THE QUEEN OF CRIME
繁體中文版
20週年
紀念珍藏

麥金堤太太之死

著——阿嘉莎・克莉絲蒂
譯——刁克利

Mrs. McGinty's Dead

策畫者的話

通俗是一種功力

吳念真（導演、作家）

通俗是一種功力。絕對自覺的通俗更是一種絕對的功力。

這樣的話從我這種俗氣的人的嘴巴說出來，大概很多人要笑破褲底了。不過，笑完之後請容我稍稍申訴。這申訴說得或許會比較長一點，以及，通俗一點。

小時候身材很爛，各種遊戲競爭完全任人宰割，唯一隱遁逃避的方法是躲起來看書或聽大人瞎掰。那年頭窮鄉僻壤的小孩能看的書不多，小學二年級時最喜歡的是超大本的《文壇》，老師借的。看著看著，某天老師發現我的造句竟出現：「捧著：朝陽捧著一臉笑顏為群山剪綵」這樣亂七八糟的文字，就拒絕再讓我看那些超齡的東西了。

老師的書不給看，我開始抓大人的書看。一種是厚得跟磚塊一樣的日文書，對我來說那完全是天書，但插圖好看，經常有限制級的素描。另一種書是比較薄的，通常藏得很嚴密，只是裡面有太多專有名詞、重複的單字和毫無限制的標點，比如「啊啊啊」、「……！！！」

老讓我百思不解。有一天，充滿求知欲地詢問大人竟然換來一巴掌後，那種閱讀的機會和樂趣也隨著消失了。

所幸這些閱讀的失落感，很快從大人的龍門陣中重新得到養分。講到這裡，我似乎先得跟一個村中長輩游條春先生致敬，並願他在天之靈安息。

我所成長的礦區，幾乎全是為著黃金而從四面八方擁至的冒險型人物，每人幾乎都有一段異於常人的傳奇故事。這些故事當事人說來未必精采，但一透過游條春先生的嘴巴重現，有時連當事人都聽得忘我，甚至涕泗縱橫，彷彿聽的是別人的故事。

條春伯沒當過日本兵，可是他可以綜合一堆台籍日本兵的遭遇，一如連續劇般從入伍、受訓、逃亡荒島，面對同鄉同袍的死亡，並取下他們的骨骸寄望帶回故鄉，乃至骨骸過多搞不清哪是誰的等等，讓聽的人完全隨他的敘述或悲或笑，彷彿跟他一起打了一場太平洋戰爭。此外他也可以把新聞事件說得讓一個三、四年級的小孩，到現在仍記得當時腦中被觸動的畫面。例如當年瑠公圳分屍案的凶手做案之後帶著小孩到安東街吃麵（這讓我一直以為台北的安東街是條專門賣麵的街道），還有甘迺迪總統被暗殺、賈桂琳抱住她先生、安全人員跳上飛快的車子保護賈桂琳……當然，這記憶全來自條春伯的嘴巴而不是報紙。我的記憶全是畫面，有畫面，是因為條春伯說得精采，說得有如親臨他至死都還搞不清地理位置的達拉斯命案現場。

於是這小孩長大後無條件地相信：通俗是一種功力，絕對自覺的通俗更是一種絕對的功力。透過那樣自覺的通俗傳播，即使連大字都不識一個的人，都能得到和高階閱讀者一樣的感動、快樂、共鳴，和所謂的知識、文化自然順暢的接軌。也許就是因為這些活生生的例子，俗氣的自己始終相信：講理念容易講故事難，講人人皆懂、皆能入迷的故事更難，而能隨時把這樣的故事講個不停的人，絕對值得立碑立傳。

條春伯嚴格地說是有自覺的轉述者，至於創作者，我的心目中有兩個。一個是日本導演山田洋次，一個是推理小說家阿嘉莎．克莉絲蒂。

山田洋次創造了寅次郎這個集合所有男人優點跟缺點的角色，在以《男人真命苦》為名的系列下，總共完成百部左右的電影。它們的敘述風格、開頭、結尾的方法不變，唯一改變的是故事，是時代，是遍歷日本小鄉小鎮的場景。數十年來，看《男人真命苦》幾已成為日本人每年的一種儀式，一如新春的神社參拜。

數十年前訪問過山田導演，他說，當他發現電影已然有它被期待的性格時，電影已經不是導演自己的。他說：當所有人都感動於美人魚的歌聲時，你願意為了讓她擁有跟你一樣的腳，而讓她失去人間少有的嗓音嗎？

人間少有的嗓音與動人的歌聲，都來自山田導演絕對自覺的通俗創造。

再如阿嘉莎．克莉絲蒂，如果我們光拿出她說過的故事和聽過她故事的人口數字，就足以嚇死你。五十多年的寫作生涯，她總共寫出六十六本長篇推理小說，外加一百多篇短篇小說和劇本。其中有二十六本推理小說被改編，拍了四十多部電影和電視劇集。作品被翻譯成一百零三種文字的版本，銷量超過二十億本。

夠了。你還想知道什麼？知道二十億本的意義是什麼嗎？二十億本的意義是全世界平均三個人就有一個人讀過她的書，聽過她說的故事。

說來巧合，她和山田洋次一樣，創造出個性鮮明的固定主角（當然，前前後後她弄出來好幾個），然後由他（或是她）帶引我們走進一個犯罪現場，追尋真正的罪犯。

故事就這樣？沒錯，應該說這是通常的架構。那你要我看什麼？不急，真的不急，克莉絲蒂會慢慢冒出一堆足夠讓你疑惑、驚嚇、意外，甚至滿足你的想像力、考驗你的耐心和智商的事件來。

推理小說不都是這樣嗎？你說得沒錯，大部分是這樣，不一樣的是……對了，她像條春伯，像山田洋次，她真會說，而且她用文字說。

文字的敘述可以讓全世界幾代的人「聽」得過癮、「聽」個不停，除了聖經，也許就是克莉絲蒂。她不是神，但她真的夠神。

數十年前，台灣剛剛出現她的推理系列中譯本，那時是我結婚前，常有同齡的文藝青年來我租住的地方借宿，瞄到我在看克莉絲蒂，表情詭異地說：「啊？你在看三毛促銷的這個喔？」

我只記得他抓了一本進廁所，清晨四點多，他敲開我的房門說：「幹，我實在很討厭那個白羅……再拿一本來看看，我跟你說真的，要不是你的書，我真的很想把那個矮儸壓到馬桶吃屎！」

我知道他毀了，愛吃又假客氣，撐著尊嚴騙自己。克莉絲蒂再度優雅地撕破一個高貴的知識份子的假面具，她的手法簡單，那手法叫通俗，絕對自覺的通俗，無與倫比、無法招架的功力。

昔日的文藝青年如今跟我一樣，已然老去，但不時還會看到他寫一些充滿理念和使命感極重的文章，在報紙和雜誌上出現。我知道他要說什麼，只是常常疑惑他想跟誰說；同樣，我記得他說過什麼，但轉眼間忘記他說了什麼。但請原諒我，幾十年前那個晚上，他在我家看完的那兩本克莉絲蒂的小說內容，我可還記得清清楚楚。

也許有一天再遇到他的時候，我會問他之後是否還看過克莉絲蒂其他的書，如果沒有，我會跟他說，想讀要趁早，因為你會老、會來不及。至於白羅那個矮儸，大概永遠不會消失。哦，對了，還有一個叫瑪波，你說不定會來不及認識……

老派偵探之必要

冬陽（推理評論人，台灣推理作家協會理事長）

「讀者非常喜歡白羅這個人物，表示『那個開朗的小個子，過氣的比利時名偵探』。顯然白羅是這本小說受歡迎的一個原因，雖然白羅可能不贊同用『過氣』二字來形容他。」知名編輯兼作家經紀人約翰．柯倫（John Curran）在《阿嘉莎．克莉絲蒂的秘密筆記》一書如是說，文中提到的「這本小說」，正是克莉絲蒂初試啼聲、名偵探赫丘勒．白羅優雅登場的《史岱爾莊謀殺案》，一部於一個世紀前出版的偵探推理作品。

百年光陰的淬鍊顯然證明了白羅絕無過氣的疲態，連帶讓我聯想起電影《金牌特務》（*Kingsman*）上映後，大眾熱議西裝如何能帥氣俊挺歷久不衰——或許可以從這個切入角度，在這裡跟老書迷、新讀友探究這個蛋頭翹鬍子偵探（我沒有影射哪款洋芋片食品喔）的魅力所在。

且讓我們話說從頭。

「我敢打賭你寫不出好的推理小說。」一九一六年，阿嘉莎．米勒（克莉絲蒂婚前的舊姓）在媽媽的打字機上敲擊，打算回應姐姐梅姬這挑釁的話語。她努力嘗試，但故事寫得不好，於是改從身旁熟悉的事物著手——比方說毒藥。阿嘉莎在藥房工作過，曾在某個夜裡驚醒，匆匆回到調劑室重新配置，因為她不記得有沒有漏做一個重要步驟，否則病患就要去見閻王了——噢，這似乎是個謀殺好點子。

阿嘉莎還記得姨婆對她的叮嚀：要注意他人覬覦她珍藏的首飾，時時留意是不是有人偷偷拉長了耳朵聽她們的竊竊私語。小阿嘉莎不但執行得徹底，還把這個習慣寫進小說裡。同時她還注意到，因為世界大戰爆發，家鄉托基湧入許多比利時難民，不如讓一個逃難到英國的比利時退休警官擔任偵探？一定很有趣！

啊，偵探小說顧名思義，只要塑造出一個教人印象深刻的偵探，大概就成功一半。這個人物必須要有特色、有個性，甚至是怪癖，而且聰明又自負。好幾個名字浮現在她腦海裡：莫里斯．盧布朗（Maurice Leblanc）筆下的怪盜紳士亞森．羅蘋、卡斯頓．勒胡（Gaston Leroux）創造的新聞記者胡爾達必，當然還有那最最知名的夏洛克．福爾摩斯——連帶創造一個華生型的助手好了。該怎麼安排呢……

於是，一位偵探的樣貌漸漸成形：五呎四吋的小個兒，蛋型臉上蓄著保養得宜、梳理有型的鬍子，衣著一塵不染，漆皮鞋擦得錚亮。他有嚴重的潔癖，說話不時夾雜法語，喜歡成雙成對的東西，喜歡方的不喜歡圓的（雞蛋為什麼不是方的呢？），口頭禪是「動動灰色的腦細胞」。阿嘉莎心想，他應該要有個像福爾摩斯一樣響亮的名字，取名「赫丘勒斯」怎麼樣？希臘神話中的大力士。姓氏叫白羅，不過搭赫丘勒斯這個名字好像不配……改一下，赫丘勒．白羅好像不錯？就這麼定了吧！

白羅很聰明，懂得觀察入微沒錯，但這並不表示他就得是台獨尊腦袋、缺乏情感的冰冷思考機器，尤其要在人物關係錯綜複雜的莊園宅邸查案追凶，交際手腕得高明些才行。他不是在謀殺發生、屍體出現後才開始像頭獵犬四處嗅聞，而是憑藉旺盛的好奇心與強烈的同理心接觸各種人事物，進而探入被害者、犯罪者、各個看似無辜但多少都和事件沾上邊的關係者的心靈深處，佐以現今稱作鑑識、法醫等等科學鐵證（哎，證據人人知道，可是要怎麼跟真相合理地連結到一塊，這就是名偵探的功力啦），讓原本叫人束手無策的事件得以畫下完美句點。也因此，白羅偶爾能預測進而制止罪案的發生，甚至對殘酷但值得憐憫的罪行網開一面，這樣才合乎人性不是嗎？

婚後以阿嘉莎．克莉絲蒂為名，推出《史岱爾莊謀殺案》後深獲好評，相隔六年的《羅傑艾克洛命案》更是引發街談巷議，而克莉絲蒂全球暢銷前十大作品中，還包括《東方快車謀殺案》、《尼羅河謀殺案》、《ABC謀殺案》、《藍色列車之謎》、《底牌》、《五隻小豬之歌》，合計八部皆由白羅擔綱演出。讀者不只喜愛這個聰明角色，還臣服於平實流暢的文筆及相對顯得衝突的複雜劇情，冷酷的謀殺動機隱藏在細膩的人際關係裡，穿透看似單純、帶點童話氣息的表象後，端賴名偵探明察秋毫、撥亂反正。尤其讓一個比利時人在英國土地上辦案，是克莉絲蒂的小心思，因為「英國人總是不信任外國人，也不相信睿智」（語出英國偵探俱樂部主席馬丁・愛德華茲〔Martin Edwards〕），讀者同兇手一樣輕忽不設防，卻也得到了參與鬥智競賽的意外驚奇和美好滿足。

這樣的閱讀感受，我稱之為「老派偵探之必要」，因為它純粹簡約，經得起反覆咀嚼，猶如前述的西裝革履，在潮流更迭的時間長河裡維持恆久的優雅風範——呼應吳念真先生寫在「策畫者的話」中的一段文字，那不是惺惺作態的高傲睥睨，而是「絕對自覺的通俗，無與倫比、無法招架的功力」所致。

不信？往下讀去就知道。而且我敢打賭，你有很高的比例會將整個白羅系列嗑完，然後是瑪波小姐系列以及其他系列，當然也不可能錯過像名列暢銷首位的《一個都不留》這類獨立之作……

註　克莉絲蒂推理全集一至三十八冊為「神探白羅系列」，三十九至五十二冊為「神探瑪波系列」，五十三至八十冊包含鬼豔先生、湯米與陶品絲、雷斯上校、巴鬥主任等名探故事。

獻詞

阿嘉莎・克莉絲蒂是世界讀者最眾，也最廣受喜愛的女作家。身為克莉絲蒂的孫兒，我相信奶奶會非常樂見這次出版，因為她極以自己作品中的趣味與娛樂為豪。

歡迎所有喜歡本系列的台灣新讀者參與這場饗宴！

——馬修・培察（Mathew Prichard）

／01

赫丘勒．白羅從維拉小館出來，舉步朝蘇活區走去。他豎起大衣的領子護住脖子，他這樣做，與其說是一種需要，不如說是出於謹慎，因為這時的夜晚並不會太冷。

「在我這種年齡，還是別冒風險的好。」白羅常常這樣說。

他心情愉快，兩眼酣足。維拉小館的蝸牛實在是美味極了，這個骯髒的小餐館，真是一個好地方。這樣想著，赫丘勒．白羅像一隻吃得心滿意足的狗那樣，伸出舌頭舔了嘴唇一圈，又從口袋裡掏出手帕，小心翼翼地拍了拍他濃密的小鬍子。

是的，他已經吃飽喝足了……現在該做些什麼呢？

一輛計程車從他身邊經過，明顯地減慢了車速。白羅猶豫了一會兒，沒有做出招呼的手勢。為什麼要搭計程車呢？不管怎麼說，他現在回去離上床睡覺的時間都還為時過早。

「哎呀，」白羅看著自己的鬍子自言自語道，「可惜的是，一個人一天之中只能吃三頓飯……」

這麼說是因為下午茶一向就是他難以習慣的。「如果一個人在五點鐘的時候吃了東西，」他解釋說，「那麼到正式進晚餐的時候，胃液就無法正常運作。我們一定要謹記，晚餐才是一天中最至關緊要的一頓飯。」

對他來說，在上午喝咖啡也是難以接受的。不，早餐該吃巧克力和麵包。如果可能的話，是十二點三十分——最遲也不能晚於一點——就得享用午餐。到最後才是一天的高潮，正式進晚餐！

每日三餐就是赫丘勒．白羅現在一天生活中的幾個高峰。作為一個一向很注意保護腸胃的人，如今邁入了老年，他的努力終於獲得回報。現在，吃飯已經不僅僅是為了滿足身體的需要，它還成了一項智力運動。因為在餐餐之間，他都會花費大量時間去打聽搜集有關美味佳肴的新資訊。維拉小館就是這項搜索和調查的結果，現在，維拉小館已經得到了老饕赫丘勒．白羅所給予的讚許。

可是非常不幸的是，又是一個漫漫長夜亟待打發。

赫丘勒．白羅嘆了口氣。

「哎呀，」他心裡想，「如果海斯汀在我身邊該有多好呀……」

想起他的這位老朋友，心裡便一陣愉悅。

「他是我在這個國家結識的第一個朋友——而且至今他依然是我最親密的朋友。沒錯，他經常一次又一次地惹我生氣，但是現在我還計較這些嗎？不，我只記得他那不輕信的揣疑之心，他目瞪口呆地盛讚我的好本事——即不必說一句假話就能輕鬆地誤導他——還有當他終於理解我了然已久的事實真相時，他的頹喪，他的幡然大驚。唉，我親愛的朋友，這是我的一處弱點，我總是想炫耀賣弄自己，這個弱點，海斯汀一直感到難以理解。但是，對於一個具有像我這樣超凡智慧的人來說，讚賞確是一種實實在在的需要——而這些讚賞必然得向外求。我不能，真的不能成天坐在椅子裡，自己一直想說：我有多麼了不起呀！一個人是需要和別人接觸的，一個人需要——就像現在流行的一句話——襯托的配角。」

赫丘勒．白羅又嘆了口氣，轉身向對面的莎弗茲波理大街走去。

他是否應該橫越馬路到萊斯特廣場找一家電影院度過這段晚間時光？他微微皺了皺眉，然後又搖了搖頭。電影裡那種鬆散的情節、缺乏邏輯的劇情，總是令他不快——即使是被某些人極力推崇的攝影技術，在赫丘勒．白羅看來，都只不過是對實景實物的拙劣模仿，只是為了讓它們看起來能與現實生活截然不同而已。

赫丘勒．白羅的結論是：當今時代，所有東西看起來都有太多人工的痕跡，再也沒有人熱愛他所高度讚賞的那種工整和條理，對精微奧妙之處的欣賞更為少見，而暴力聳動及野蠻殘酷的場面成為時尚。身為一名退休的警官，白羅已經厭倦了殘酷和暴行，年輕歲月中，他已看夠了野蠻和殘暴，那些東西總是有規則可循，鮮少例外，而且既無聊乏味且蠢鈍無比。

「事實是，」當他邁步回家時，白羅想著，「我已經跟不上時代的節奏了。而我，從高層次來講是個奴隸，正像其他人是他們自己的奴隸一樣。我的工作把我變成了工作的奴隸，就像他們的工作奴役了他們一樣。因此，當空閒來到時，他們就不知道如何填補他們的閒暇時光。於是退休的銀行家打起了高爾夫球，小商人在他們的花園裡種植仙人掌，而我呢，則在吃食上下工夫。可是現在，我又回到老問題了：可惜人每天只吃三餐，三餐之間我就無事可做了。」

他經過一個售報亭，順便瀏覽一下招貼：麥金堤太太案件的終審判決。

這沒有引起他的興趣。他隱隱約約想起了在報上看過的一小段文字，那不是一件有意思的謀殺案：一個老婦人因為幾英鎊被人敲破了腦袋。完整反應了這個年代的無知殘酷。

白羅走進他公寓所在的社區，像往常一樣，他的心情又漸漸愉快了起來。他很為自己的住所驕傲，這是一幢設計完美、極其對稱的建築。搭乘電梯到三樓，那兒有他寬敞舒適的房間。房間內部裝飾豪華，擺設有金屬用具及方方正正的安樂椅、長長方方的裝飾品。可以一點都不誇張地這麼說，這裡找不到一點弧形的曲線。

他用鑰匙打開屋門，才一踏進他淨白的方形門廊，他的男僕喬治便輕輕步上前來。

「晚安，主人，有一位……先生等著要見你。」

他敏捷地替白羅脫掉了大衣。

「真的嗎？」

白羅察覺到喬治在說「先生」之前的稍微停頓。說到區分貴賤，喬治在這方面堪稱專家。

「他叫什麼名字？」

「史彭斯先生，主人。」

「史彭斯？」

這名字一時間對白羅來說沒有特別意義，但他知道事情本該如此。

他在鏡子前站了一會兒，整理好自己的鬍子，便打開客廳的門走進去，正坐在某把寬大安樂椅上的那人站了起來。

「你好，白羅先生，希望你還記得我。那是很久以前了……我是史彭斯刑事主任。」

「啊，我當然記得。」白羅很熱情地和他握手。

基爾切斯特警察局的史彭斯刑事主任。那是一起非常有趣的案件……正像史彭斯說的那樣，已經過去很久了。

白羅向他的朋友提議喝點什麼。加石榴汁的飲料？薄荷甜酒？本篤甜酒？甜酒加巧克力……

就在這時，喬治走進房間，手中的托盤上放著一瓶威士忌和一根虹吸管。

「或者你想來些啤酒，先生？」他低聲對客人說道。

史彭斯主任方正的紅臉立刻亮起來。

「就來點啤酒好了。」他說。

白羅再次為喬治的出色表現暗暗稱奇，他從不知道這個屋子裡會有啤酒，在他看來，有人喜歡啤酒更甚於甜酒是不可思議的。

當史彭斯端起他那冒著泡沫的大酒杯時，白羅為自己倒了一小杯晶瑩剔透的綠色薄荷甜酒。

「你能來看我，真是太好了，」他說，「太好了，你是從——」

「從基爾切斯特來。我六個月之後就要退休了。事實上，我在十八個月前就已到了退休的年齡，他們請我繼續留下來，我就留下來了。」

「你這樣做是很明智的，」白羅深有感觸地說，「非常明智……」

「這樣做明智嗎？我無法確定。」

「當然，當然，十分明智。」白羅堅持道，「長時間的無所事事……你沒有領教過這些喔！」

「噢，我退休後會有很多事情可做。去年，我才搬到了一棟新房子裡，那兒有個大花園，可是很難為情的是，花園裡卻荒蕪得很，乏人照料，我還沒有時間來打理它們。」

「啊，是的，你有這樣一個花園需要照料。而我呢，我曾經決定搬到鄉下去住，在那裡種些南瓜。可惜沒成功，因為我沒那份耐心。」

「你該去看看我去年種的南瓜，」史彭斯熱情地說道，「長得好高喲！還有我的玫瑰，我喜歡玫瑰，我準備——」他停住了。「這不是我今天來找你談的事。」

「當然不是，你只是來看一個老朋友。這太好了，我很感激。」
「恐怕不僅僅如此，白羅先生。恕我直言，我需要你的幫助。」
白羅故意低聲說：「你需要一張房產抵押證明吧？你想要借貸——」
史彭斯急忙打斷了白羅的話。
「噢，天啊，不是錢的事！根本不是錢的問題。」
白羅優雅地揮了揮手表示道歉。
「請你原諒。」
「我直截了當告訴你吧，我來找你是為了那樁該死的案子，如果你出口把我罵走，我也不會感到意外。」
「我不會罵人，」白羅說，「繼續往下說吧。」
「是麥金堤太太的案子，也許你已經從報上看過相關的報導？」
白羅搖了搖頭。
「沒有特別留意，麥金堤太太……就是在一家商店或一間房子裡被謀殺的老婦人。她死了，嗯，她是怎麼死的？」
史彭斯盯著他。
「天啊，」他說，「我想起來了，真是奇怪，我以前從沒想起過哩。」
「你說什麼？」

「沒什麼，只是一個遊戲，小孩子們的遊戲，我們小時候常玩的遊戲。很多人站成一排，一問一答地向下進行。『麥金堤太太死了！』『她怎麼死的？』『一條腿跪下，就像我這樣。』然後就是下一個問題，『麥金堤太太死了！』『她怎麼死的？』『兩手伸出，就像我一樣。』我們就這樣，一個一個都跪在地上，伸出右手不動。接下來，你知道會怎麼樣！『麥金堤太太死了！』『她怎麼死的？』『就像這樣！』猛然一撞，排頭的人向後一倒，所有的人都東倒西歪地摔在地上了！」史彭斯對這些兒時的回憶大笑不止。「它確實使我想起了小時候的遊戲！」

白羅有禮地聽著。即使在這個國家住了將近半輩子，這仍然是個他無法理解英國人的地方。他自己在童年時玩過捉迷藏，但是他絕對沒有興趣再去提起它，甚至回想它了。

在史彭斯愉快的回憶結束之後，白羅略顯不耐地又一次提出他的疑問。

「她究竟是怎麼死的？」

笑容從史彭斯臉上消失了，他重新嚴肅起來。他說：「她的後腦被人用沉重的銳器敲了一下。她的存款大約有三十英鎊的現金，在她住處被洗劫一空之後，也全數不見了。她一個人住在一間小房子裡，還為一名房客提供膳食。那個房客叫詹姆斯．本特利。」

「啊，是的，本特利。」

「現場不是被破門而入的，沒有任何窗戶或鎖被撬開的跡象。本特利的生活過得很艱難，他失業後沒有了經濟來源，並且欠了兩個月的房租。遺失的錢是在那房子後面的一塊石頭下被發現的。本特利的大衣袖子沾有血跡和數根頭髮——這些血跡和頭髮跟麥金堤太太的血型和頭髮完全吻合。根據他的第一次供詞，他根本沒接近過那屍體，所以東西不可能是無意間沾染到的。」

「是誰發現屍體？」

「來送麵包的麵包師傅，那天是她該付錢的日子。詹姆斯．本特利為他開了門，說他敲過麥金堤太太的房門，但沒人回答。麵包師傅認為可能是她生病了，兩個人就到隔壁，叫來鄰居家的一個女人到樓上看看她。麥金堤太太沒在臥室裡的床上睡覺，但她的臥室被洗劫一空，地板也被撬開。然後，他們就想到去客廳看看，結果發現她在那裡，人躺在地板上。隔壁那個女鄰居嚇得魂飛魄散，歇斯底里地尖叫起來。後來，當然，他們報了警。」

「那本特利已經被捕並受到審判了嗎？」

「是的，案子已經做出了終審判決，就是在昨天開的庭，陪審團二十分鐘前才出來。審判結果是：有罪，並處以死刑。」

白羅點點頭。

「這麼說來，判決一出來，你就搭火車來倫敦找我？你為什麼要這麼做呢？」

史彭斯主任的眼睛盯著他的啤酒杯，他的手指繞著杯子邊緣慢慢地滑動著。

「因為，」他說，「我認為他沒有殺人……」

02

停了一兩分鐘，他們誰都沒說話。

「你來找我——」

白羅並沒有把話說完。

史彭斯主任抬起頭，他的臉色比之前更加陰沉了。這是一張典型的鄉下人臉龐，表情平板，非常能夠自我克制，眼睛精明而誠實，一看就知道他是那種具有牢固的原則、從來不會對自己或者是非觀念感到疑惑的人。

「我當警察已經很多年了，」他說，「在這方面，我有豐富的經驗和閱歷，我判斷一個人的能力不輸他人。在我工作期間，處理過很多謀殺案，有些案情一目了然，也有一些不那麼明顯。而某些案子，你知道，白羅先生，實在——」

白羅點點頭。

「很曲折。在你看來，我們也許是沒搞清楚，但是我們確實把一切都弄清楚了，沒有任何疑問。還有很多其他你不了解的案子都是同樣的情況。比方說有一個叫威斯勒的罪犯——他確實罪有應得；還有那些槍殺老古特曼的傢伙；以及一個叫威爾的人，他用砒霜下毒；川特溜掉了，但一定是他幹的沒錯。考特蘭太太——她很幸運——她丈夫的確是個變態的傢伙，陪審團據此釋放了她。那不是公正，而是同情。你不時會遇到這樣的情況，有時是證據並不充足，有時是出於同情，有時是謀殺者騙過陪審團——這當然不會經常發生，但它是存在的。有時是辯護律師表現得很出色，有時是檢察官失算了。啊，是的，像這類的事情，我見過很多，可是，可是——」

史彭斯捏著自己粗大的食指。

「在我的經驗裡，還沒碰過一個無辜的人為著不曾做過的事而被處死。白羅先生，我不願看到這樣的事情發生。不，」史彭斯加了一句：「在這個國家，不該出現這種情況！」

白羅瞪大了眼睛看著他。

「這麼說來，你認為你現在就要碰到這種情況了，但為什麼——」

史彭斯打斷了他。

「我知道你要說什麼，即使你不問，我也會解釋。我受命負責這件案子，尋找有關它的證據。我非常仔細地研究了整個事情經過，也搜集到我所能搜集的所有事實，而這一切都指往一個方向——它們全指向一個人。當我搜集齊全所有的證據，將它們交給上司後，就沒我的事了。後來，這案子轉交到檢察官那裡，由他負責提出告訴。他不可能有別的選擇——根據那些證據，他只能這麼做。所以，詹姆斯．本特利就被逮捕了，並受到審判。審判過程合情合理，結果他被判有罪。他們不可能對他有其他的判決，就證據而言只有此途。證據才是陪審團應該考慮的。應該這麼說，關於那些證據沒有任何疑問。是的，我應該說，判決他有罪，是所有證據所表明的必然結果。」

「可是，你為什麼對結果不滿意呢？」

「我是不滿意。」

「為什麼呢？」

史彭斯主任嘆了口氣，他沉思著用他的大手摸了摸下巴。

「我不知道，我的意思是，我說不出個所以然，說不出一個確切又令人信服的理由。在陪審團看來，我可以說，他的樣子確實像個殺人犯；但對我來說，他卻不是這樣的。關於殺人犯，我所知道的要比他們多得多。」

「是的，沒錯，在這方面，你是專家。」

「原因之一就是，你知道，他並不狂妄，他一點也不會讓人覺得他狂妄。以我的經驗，那些殺人犯通常都是相當狂妄的，而且總是自以為是，認為自己捉弄到你，令你緊張不安，他們相信自己所做的一切都很聰明，即使已走上審判席，深知自己會有何下場，他們還是會搞怪一番找找樂子。他們是引人注目的中心人物，他們正在扮演大明星的角色——這也許是他們生平第一次如此——他們全都狂妄自大！」

史彭斯以結束的表情說出了最後的結論。

「你明白我所說的這些意思吧，白羅先生？」

「我很明白。而這位詹姆斯．本特利的行為並不是這樣，對吧？」

「啊，是的。他……害怕得要死，從一開始就膽戰心驚。對有些人來說，這正是他犯罪的證明，但在我看來，並不是這樣。」

「是的，我同意你的看法。這位詹姆斯．本特利是什麼樣的人？」

「三十三歲，中等身材，皮膚呈灰黃色，黯淡無光，戴副眼鏡——」

白羅打斷他的話。

「噢，不，我並不是指他的外表特徵，我是問，他是怎樣的一個人。」

「噢，這個，」史彭斯主任想了想說，「不是那種一看就讓人喜歡的人。他神情緊張，不敢正視別人，看人的時候眼神閃爍斜視，在陪審團眼中是最不吃香的類型——時而畏縮諂媚，時而粗魯無文，好像是個虛張聲勢的紙老虎。」

他停頓了一下，輕鬆地加了一句：「事實上，他是那種很害羞的人。我有個表哥很像他，如果碰到什麼尷尬的事，他們淨會編些打死也沒人會相信的蠢謊話來遮掩。」

「你說的這個詹姆斯．本特利，似乎一點也不討人喜歡。」

「啊，是的，他毫無迷人之處，沒人會喜歡他。但不管怎麼說，總不能為了這些理由眼睜睜看到他被處死吧。」

「你認為他會被處死嗎？」

「他沒有理由不被處死。他的律師也許會提出上訴，但即使那樣，所持理由也是很難站得住腳，只能利用程序上的漏洞什麼的，我看不出他有希望打贏官司。」

「他有請到一位好律師嗎？」

「年輕的格雷布是根據窮人辯護條例公派的律師，應該說，他本著良心，表現得還不錯，他已經盡了自己最大的努力。」

「這就是說，那人受到了公正的審判，並被同胞所組成的陪審團判處死刑了。」

「正是如此。那是一個水準很高的陪審團，這七位男士和五位婦女都是正直、頭腦清醒的人。法官是上了年紀的斯坦尼，一向公正無私，毫無偏見。」

「如此說來，根據貴國法律，詹姆斯·本特利已無可抱怨了？」

「如果他是因為他沒做過的事而被處死，他就有權利抗議。」

「非常正確。」

「這起陷他於不幸的案子是我負責的，是我搜集那些證據並將它們綜合在一起，正是根據我搜集到的那些證據和調查的事實，他才被判處死刑。但我不喜歡這樣，白羅先生，我不喜歡這個結果。」

赫丘勒·白羅望著史彭斯主任那因激動而脹得通紅的臉龐，看了好長一段時間。

「那麼，」他問，「你有什麼想法？」

史彭斯神色顯得尷尬起來。

「我希望你對目前的情況有個清楚的了解，本特利的案子已經結束了，我現在又奉命調查另一個案子——監守自盜案。今天晚上就得趕到蘇格蘭去，我目前身不由己，因為我不是個自由的人。」

「而我……自由？」

史彭斯點了點頭，他的臉有些緋紅。

「沒錯，你一定會認為我厚顏無恥。可是，我再也想不出別的辦法。我做了我應該做的事，認真檢查了每一細節，分析了每一種可能性，但我沒有什麼新的發現。我不認為自己還能有什麼發現，但對你來說，也許就不同了。誰知道呢？你看問題總是——如果你允許我這樣說的話——總是用一種很逗趣的方式，也許這件案子中就該採用你那種方式。因為，如果詹姆斯．本特利沒有殺害她，那麼，一定是別人殺的，她絕對不會自己拿東西砸自己後腦。也許你可以發現我忽略的部分。你沒有義務插手這件案子，提出這樣的請求，其實是相當無禮。但我還是來了，我來找你，是因為這是我所能想到的唯一辦法，但是，如果你不想為自己找麻煩，你沒有必要為——」

白羅打斷了他的話。

「噢，我確有理由接下。我有空閒，太多的空閒；而且你已經引起了我的興趣。是的，你已經大大激發了我的興趣。這是一種挑戰，對我小小的灰色腦細胞來說，這是小小的挑戰；還有，我尊敬你。我可以想見你日後在你的花園裡種上六個月的花，也許是些玫瑰，但你並未如一心所盼地感到幸福。因為在你大腦裡一直有種不愉快的情緒，你竭力想擺脫它。我的朋友，我不會讓你有那種感覺的。最後的原因是……」白羅坐直了身子，用力點點頭。「凡事都要有個是非曲直，如果一個人沒有犯謀殺罪，他就不該被處死。」他停頓了一下，然後又問道：「不過，萬一最後證明人確是他殺的呢？」

「果真如此，我會心悅誠服地接受。」

「兩個人的智慧總比一個人的好。事情就這麼說定了，我得全力投入這件案子。很明顯地，我們已經沒有太多時間，線索已在消失中。麥金堤太太被人殺死……是在什麼時間？」

「去年的十一月二十二日。」

「那我們立刻直搗問題核心吧。」

「我有那件案子的記錄，可以提供給你參考。」

「很好。那麼現在，我們需要的只是一個大致的輪廓。如果詹姆斯．本特利沒有殺害麥金堤太太，那麼是誰殺了她？」

史彭斯聳了聳肩膀，沉重地說道：「目前，就我掌握的情況來看，找不到其他有嫌疑的人。」

「這種回答我們是不能接受的。既然每一樁謀殺案都必須要有一個動機，那麼，就麥金堤太太的案子而言，謀殺她的動機是什麼？是因為嫉妒、報復、害怕、羨慕，還是錢？讓我們從最後、也是最簡單的一個原因開始考慮起怎麼樣？她的死，誰能得到好處？」

「沒人能夠得到太多好處。她只有兩百英鎊的存款，她的侄女得到了這筆錢。」

「兩百英鎊不是個大數目，可是在某種情況下，也可以說是不算少的了。所以，就讓我們討論一下她的那位侄女。我的朋友，很抱歉我得沿著你的腳步再走一遍。我知道你一定已經把這些事情全都仔細考慮過了，但我必須從你已經走過的路再走一遍。」

史彭斯點了點頭。

「我們當然查過她的那位侄女。她三十八歲，已婚。丈夫受雇於建築、室內設計界，是位畫家。他品行良好，職業穩定，是屬於那種很聰明的人，一點也不傻。她是個和善的年輕婦女，有點愛說話，好像滿喜歡她的姑姑。我敢說，他們兩個誰也不可能急著要這兩百英鎊，儘管他們應該會很高興能得到這筆錢。」

「那棟小房子呢？他們能得到那棟房子嗎？」

「那是租來的。當然了，根據房屋租賃條例，房東不能將那老婦人趕出去，但是現在她死了，我認為她的侄女並不會把它買下來。不管怎樣，她和她的丈夫還不想這樣做。他們自己有一棟很現代化的小房子，他們很引以為榮。」史彭斯嘆了口氣說，「我非常仔細地調查過她的那位侄女和侄女婿，他們看起來是很好的一對夫妻，你以後就會了解。不過，我也不能百分之百保證。」

「沒錯，現在讓我們來談談麥金堤太太本人吧。請你描述一下——如果可以，請不要只講她的外貌特徵。」

史彭斯咧嘴笑了笑。

「不想聽那種警方的例行報告嗎？好吧。她六十四歲，是個寡婦，她的丈夫曾受雇於基爾切斯特的霍奇斯商店，七年前因肺病死去。從那以後，麥金堤太太每天都會到附近不同的人家去幫傭。布羅欣尼是個小村子，最近才漸漸有人聚居。村裡有一兩個退休的人，還有一位工程師和一位醫生。從那裡到基爾切斯特，公車和火車都很方便。至於卡倫奎，我想你也知道，是個相當大的避暑勝地，離那個村莊只有八英里的路。但是，布羅欣尼本身的景色相當漂亮，儼然一片田園風光。它離德賴茅斯和基爾切斯特的公路只有〇．二五英里。」

白羅點點頭。

「麥金堤太太住的房子是村裡四幢建築中的一幢，另外還有一家郵局兼商店，另外兩幢則住著村裡的農戶。」

「她還分租給一位房客，不是嗎？」

「是的。在她丈夫死前，夏季通常會有客人來往。後來，她就只接受一位長住的房客。詹姆斯．本特利已在那兒住了好幾個月。」

「那麼，現在我們來談談詹姆斯．本特利吧。」

「詹姆斯．本特利的最後一份工作，是受雇於基爾切斯特的一個房屋仲介商。在那家之前，他和他的母親同住在卡倫奎。她年邁體弱，由他照料，他從來都不會長時間離家外出。後來她死了，死後留有一份養老金。於是他賣掉了他們的小房子，自己找了份工作。他受過良好的教育，卻無特殊的本領和專長，就像我剛才所說的那樣，他不是一個初見面就讓人喜歡的人。他發現在社會上做事不那麼容易。不管怎麼樣，還是有家公司錄用了他，那是一家二流公司。我想他表現得並不出色，工作效率不夠好，因為當公司裁員的時候，他便名列其中。之後他就很難找到另外一份新工作，他的錢也快用光了。他通常是每月付麥金堤太太一次房租，她為他提供早餐和晚餐，每週三英鎊，這是相當合理的價格。事發前，他有兩個月沒付房租，他的積蓄幾乎用完了，而他又一直沒有找到一份新工作，她催促著他快快付清所欠的房租。」

「他知道她的房裡有三十英鎊嗎？順便問一下，既然她有一個銀行儲蓄帳戶，為什麼還要將三十英鎊藏在家裡呢？」

「因為她不相信政府。她說她已經放了兩百英鎊在他們那邊，不能再多放了。她要把錢存在她隨時都能找到的地方。她曾對一兩個人說過這樣的話，她將她的錢放在她臥室裡一塊鬆動的地板下面，那是個非常明顯的地方。詹姆斯．本特利承認他知道錢放在那兒。」

「他倒是很坦率，那侄女和侄女婿也知道嗎？」

「噢，是的。」

「那麼，現在，我們再回到我向你提出的第一個問題來，麥金堤太太是怎麼死的？」

「她是在十一月二十二日晚上死的，法醫推斷的死亡時間是在晚上七點到十點之間。當時她已經吃過晚飯──鯡魚乾、麵包和黃油。根據調查，她通常是在六點半左右吃晚飯。如果案發的當天晚上，她也在這個時間吃晚飯，那麼，從她的食物消化情況來推斷，她遇害的時間大約是八點三十分到九點鐘之間。而詹姆斯．本特利，根據他自己的說法是，當天晚上七點十五分到九點鐘之間他外出散步了。他幾乎每天天黑之後都會出去散步。他聲稱自己是在九點鐘的時候回來的（他自己有一副鑰匙），之後他就上樓回到自己的房間了。麥金堤太太在臥室裡為夏季時的房客們準備有盥洗盆。他在看了大約半個小時的書後便上床睡覺。他沒聽見也沒注意到有任何異常的事情發生。第二天早上，他下樓到廚房去，廚房裡沒人，也沒放著早餐。他說，他猶豫了一會兒，然後去敲麥金堤太太的房門，可是沒有聽到回應，他以為她睡過頭了，但又不想再敲一次。後來，麵包師傅來了，詹姆斯．本特利又上樓去敲了一次門。在此之後，就像我告訴你的那樣，麵包師傅到隔壁叫來埃里奧太太，後來就是她發現屍體，而且嚇得呼天喊地。麥金堤太太躺在客廳的地板上，她是被某種東西擊中後腦而致命的。凶器可能是那種銳利的切肉大刀，她應該當場就死了。客廳裡的抽屜都被打開，東西被翻得亂七八糟，臥室裡那塊鬆動的木板也被掀開，三十英鎊現金不見了。所有的窗戶都從裡面關得密不透風，沒有任何跡象顯示歹徒是從外面強行闖入的。」

「因此，」白羅說，「要嘛就一定是詹姆斯．本特利殺了她，再不然就是她趁本特利外出時將自己殺死的，對吧？」

「的確如此，它不是那種入室搶劫或竊盜的案子。那麼，她有可能讓誰進到屋子裡呢？鄰居、她的侄女或侄女婿。大致是如此。我們排除了她的鄰居。那天晚上，她的侄女和侄女婿去看電影了，可能——也僅僅是可能——他們兩人中的一個悄悄離開電影院，獨自騎著自行車走了三英里，殺掉那位老婦人，將錢藏到了房子後面，然後又無聲無息地返回電影院。我們認真地分析了這種可能性，但找不到證據可以證實。如果事實真是這樣，他們為什麼要把錢藏到房子後面呢？藏在那裡日後很難將錢取走。為什麼不將錢藏到那三英里之間的某個地方呢？不，將錢藏在那個地方的唯一解釋是——」

白羅替他說完了這句話。

「因為你就住在那間房子裡，但又不願把錢藏在自己的房間或者屋裡的任何地方。所以就是詹姆斯·本特利了。」

「完全正確。每一個地點證據，每一個時間證據，你都可以找到對本特利不利的結論。最後一點，他的衣袖上沾有血跡。」

「他如何解釋這血跡呢？」

「他說他記得出事的前一天，他到一個屠夫的肉店裡去幫忙了。胡說八道！那根本不是動物的血。」

「他有堅持那種說法嗎？」

「沒有。在審判的時候，他說的內容就截然不同。你知道，在他的袖口上還有一根頭髮，一根沾有血跡的頭髮，那根頭髮證實是麥金堤太太的頭髮，這事一定得做個解釋吧。於是他承認，前一天晚上他散步回來時，進去過麥金堤太太的房間。他說，他敲門後進去，發現她死在地板上，便彎腰探了探她，以便確定是生是死。之後，他就失去了鎮定，因為他平常一看到血就會失去控制。他說，他回到自己房間時，人幾乎要崩潰了，差點暈了過去。到了第二天早上，他仍然沒有勇氣承認自己已經知道這件事。」

「這是非常靠不住的說法。」白羅評論道。

「是的，的確如此，然而你知道，」史彭斯沉思著說，「它卻很有可能是真的。這不是一個正常人或是陪審團所能相信的。但是我見過這種人，我指的不是精神崩潰，而是指一旦被要求擔負些許責任、他便無法承受的那種人。都是些害羞的人。比如說，他走進房間，發現她已經死了，他知道他應該做些什麼事——去報警，或去告訴一個鄰居，去做當時應該做的事，可是他被嚇得驚惶失措。他心想：『我不需要知道這件事，我今晚不該來這個房間。我要去睡覺，我根本沒到這兒來過。』這樣想過之後，當然，害怕便尾隨而至——害怕他被懷疑和這件事情有所關聯，所以他要盡可能地使自己擺脫掉這件事。如此一來，這個傻瓜實際上反而讓自己陷了進去，把絞繩套到自己的脖子上。」史彭斯停頓了一下。「有可能是這麼回事。」

「是有可能。」白羅沉思著說。

「另外有件事，那也可能是他的律師為他編造的最好藉口。但是，我不知道事實如何。

根據他常去吃午餐的一家咖啡館的女侍說，他總是挑一個只能看見一面牆或是不必面對人的角落坐下。他只是那種有點古怪的傢伙，但是還不足以怪到成為一個殺人犯。他沒有被害妄想那類的毛病。」

史彭斯懷著希望看了看白羅，但是白羅沒有任何表示，他緊緊皺著雙眉。

兩個人默默地對坐著。

03

最後，白羅吐了一口氣，使自己振作起來。

「好，」他說，「我們已經討論了錢的動機，讓我考慮一下其他動機吧。麥金堤太太有沒有仇人？她是不是害怕著什麼人？」

「沒有這類的相關證據。」

「她的鄰居們對此有何看法？」

「沒有太多看法，也許他們不願意對警察說，但我認為他們也沒有隱瞞什麼。他們說，她獨自一人深居簡出，但一切看來很正常。我們英國的小鎮鄉民對人並不友善，這你是知道的。戰爭期間避過難的人都這麼認為。麥金堤太太看到鄰居都會和他們打招呼，但彼此的關係並不親密。」

「她在那裡住了多久？」

「大概有十八或二十年吧。」
「在這以前的四十年呢？」
「沒什麼神祕的，她出生於德文郡北部，是農家女兒。她和丈夫在伊夫拉庫姆住過一段時間，後來搬到了基爾切斯特，在那裡擁有了自己的一棟房子，但後來覺得那地方太潮溼，便搬到了布羅欣尼來。她丈夫似乎是個安分守己的人，做事很謹慎，也很少去酒吧。他們性格高尚，光明磊落，沒有什麼不可告人之事。」
「可是她還是被人謀殺了，不是嗎？」
「是的，她還是被人謀殺了。」
「那個侄女不知道她姑姑有什麼仇人嗎？」
「她沒說過。」
白羅惱怒地擦了一下鼻子。
「你知道，我的朋友，如果麥金堤太太不是個這麼平常的麥金堤太太，那麼事情就好辦了。如果她是那種所謂的『神祕女人』，擁有鮮為人知的過去，那有多好。」
「嗯，她不是，」史彭斯遲鈍地說，「她就是麥金堤太太，一個沒受過太多教育的女人，靠出租房屋、給人做些家務維生。在英國各地，有成千上萬這樣的女人。」
「可是她們沒有全給謀殺了呀。」
「是的，你說得沒錯。」

「那麼，為什麼麥金堤太太會遭到謀殺呢？原因尚待查明。有什麼相關的人呢？一個可議可疑的侄女及一個更可議可疑的房客。事實呢？讓我們看看事實吧，事實是什麼呢？一個年老的清潔婦被人殺害了，一個害羞、笨拙的年輕人被捕了，而且被判定為謀殺者。為什麼詹姆斯・本特利會被捕呢？」

史彭斯又瞪大了眼睛。

「證據對他不利，我告訴過你。」

「是的，證據。但是，請你再告訴我，我親愛的史彭斯，這些證據是真的，還是有人蓄意安排的？」

「蓄意安排？」

「是的。如果假設詹姆斯・本特利是無辜者，那麼本案只存在著兩種可能性。其一，證據是人為假造的，是故意栽贓給他的；其二，他不幸成了間接的受害者。」

史彭斯想了想。

「是的，我明白你的想法了。」

「沒有證據證明第一種可能性存在，但是，也沒有任何證據證明它不存在。那些錢被拿走，並藏在房子後面一個很容易找到的地方。如果把錢藏在他自己的房間裡，警察反而未必輕信。謀殺發生在他平時外出散步的時候，那沾在他袖口上的血跡，是照他在審判時所說那樣沾上的，還是有人故意製造的？是不是有人與他在黑暗中擦肩而過，趁機將那個明顯的證據偷偷抹在他的袖口上呢？」

「我想這可能有點兒太離譜了，白羅先生。」

「也許，也許，但我們必須盡量發揮想像力。在這個案子裡，我們必須要這樣考慮，因為我們的想像力目前還不能將事情的來龍去脈搞清楚。你知道，親愛的史彭斯，如果麥金堤太太只是個很普通的清潔婦，那麼這個謀殺者一定相當獨特。是的，事情擺明了就是這樣。這個案子足堪玩味的是那位謀殺者而不是被害人，這是與大多數案件不同的地方。在一般情況下，被害人的個人特質才是案情的關鍵。我所感興趣的往往是那個沉默的亡者，他們的愛，他們的恨，他們的事蹟。當你真正了解了那些被害人，他們便能夠開口說話，他們嘴裡會吐出一個名字，那個你想要知道的名字。」

史彭斯的表情極不舒服。

「這些外國人！」他好像在心裡這麼對自己說。

「但是這件案子，」白羅繼續發表他的見解。「卻恰恰相反。我們在探索的是一個尚未現身的人，一個仍躲在黑暗中的人。麥金堤太太是怎麼死的？她為什麼會死？只研究她的生活經歷是找不到答案的。答案應該從那個謀殺者的身上去尋找，你同意我的看法嗎？」

「我想是吧。」史彭斯主任語帶保留地說道。

「有個人想要……殺死麥金堤太太？或者說，意圖除掉詹姆斯．本特利？」

史彭斯主任用懷疑的口吻哼了一聲。

「是的，是的，這是需要弄清楚的首要問題。誰是真正的下手目標？那個謀殺者究竟想置誰於死地？」

史彭斯用難以相信的語氣說：「你真的以為會有人殺死一位完全無害的老婦人，目的是為了讓另一個人承擔謀殺罪而被處死嗎？」

「俗話說：『不打碎雞蛋就不能做蛋捲』。麥金堤太太可能是那個被打碎的雞蛋，而詹姆斯・本特利就是蛋捲了。現在，請告訴我你所知道的詹姆斯・本特利。」

「我對他並沒有很多的了解。他的父親是位醫生，在本特利九歲時就去世了。他進過一所規模比較小的公立學校。由於身體不好，不能從軍，在戰爭期間曾在政府部門工作過，他和占有欲極強的母親住在一起。」

「哦，」白羅說，「這些背景，就比麥金堤太太的可能性高了。」

「你當真相信你的這些想法嗎？」

「不，到目前為止，我什麼也不能相信。但我認為，目前存在著兩條需要調查的明顯線索。我們必須快點決定究竟該追蹤哪條線索才是正確的。」

「你想怎樣開始調查呢，白羅先生？有我幫得上忙的地方嗎？」

「首先，我想和詹姆斯・本特利做一次面談。」

「這可以安排，我會去找他的律師談這件事。」

「在此之後，當然，要根據這次談話的結果——如果它有點收穫的話，只是希望不大

——我就要到布羅欣尼村去。在那兒，我要借助你的記錄，盡可能很快地進行你曾做過的調查，把情況重新了解一遍。」

「以便彌補我所遺漏的地方。」史彭斯主任臉上出現了一絲自嘲的微笑。

「我倒是更願意這麼說——以便與你在同一件事有不同的新發現。人們對事物的反應不同，經驗也因人而異。我想要做的是，消去我剛才列舉的一兩個疑點，消去麥金堤太太的疑點——第一號疑點，顯然要比消去第二號疑點更快更簡單。那麼，在布羅欣尼，我有地方可以住嗎？那兒有沒有一家比較舒服的旅館呢？」

「有家『三隻鴨子』旅舍，不過它乏善可陳。離村子三英里的卡萊文，有一家『羔羊』旅舍。布羅欣尼村裡也有一家民宿，不過它不是真正的民宿，只是一棟破落的鄉下房子，房東是一對夫婦，他們為客人提供住宿並收取費用。」史彭斯又把握時機地加了一句：「我不認為那裡很舒服。」

赫丘勒．白羅痛苦地閉上眼睛。

「如果我該當受罪，那就受罪去吧。」他說，「這也是勢所難免。」

「我不知道你該用什麼身分去那裡，」史彭斯看著白羅，懷疑地說道，「某種歌劇演員好了，嗓子壞了來休養身體，這可能行得通。」

「我要當——」赫丘勒．白羅的聲音裡有股忠誠的熱血在奔湧。「我自己。」

聽了這話，史彭斯噘起了嘴唇。

「你認為這樣妥當嗎？」

「我認為非常妥當！是的，十分妥當。想想吧，我親愛的朋友，現在是我們面對現實的時候了。我們都知道了些什麼？什麼也不知道。因此，我們最好就是假設我已知道很多情況。我是赫丘勒．白羅，我是偉大而獨一無二的赫丘勒．白羅。而我，赫丘勒．白羅對於麥金堤太太一案的判決並不滿意；我，赫丘勒．白羅對案子的真相表示懷疑。在這種情況下，唯有我才能正確評估它的真正意義，你明白了嗎？」

「然後呢？」

「然後，既然拋出了動作，就等著觀察反應。因為一定會出現一些反應，絕對會出現一些反應。」

史彭斯主任很不安的看著這個矮個子。

「聽著，白羅先生，」他說道，「你可不要太冒險，我不希望你遭遇任何不測。」

「如果出了什麼事，你就可以證明你的看法不容質疑，不是嗎？」

「我可不希望這證明來得這麼苦情。」史彭斯主任回答說。

04

赫丘勒·白羅極其厭惡地環視著房子的四周。這房子十分寬敞，但其優點亦僅止於此。他的手指狐疑地沿著書架頂端滑過的時候，順便做了個大鬼臉——他就知道，全是灰塵！他小心翼翼地在一個沙發上坐下來。沙發的彈簧由於彈性疲乏，在他屁股下吱吱叫著。屋子裡還有兩把褪色的扶手搖椅，感覺稍微好一點，而第四把椅子看起來似乎更舒服些。可是，有一隻面目凶殘的大狗坐在上面，似乎隨時會發出嚇人的咆哮聲，白羅甚至懷疑那隻狗患有疥瘡。

房子的確很大，還貼著褪色的壁紙，牆上掛了幾件醜陋的金屬雕作，還有一兩張不錯的油畫。椅子的罩布都已褪色，而且骯髒不堪。地毯上到處都是破洞，上面的圖案其醜無比。還有各種各樣的小擺設雜亂地擺在房間的各個角落，桌子則因缺了腳架而顯得高低不平。有扇窗戶打開，而且很明顯地，世界上沒有任何力量可以將它關上。房門現在倒是關著的，看樣子似乎也不可能關得太久；它的門閂也閂不牢它，稍有動靜，就會被風吹開，而一陣陣寒風就像漩渦似地在房間裡打轉。

「忍耐，」赫丘勒．白羅自哀自憐地說，「是的，要忍耐。」

門突然開了，莫琳．薩默海太太帶著一陣風進了屋內，她環視一下屋子，對遠處的人喊了聲：「什麼？」隨即又轉身出去了。

薩默海太太一頭紅色頭髮，一臉可愛雀斑，不時處於忙亂狀態，不是正放下手裡的東西，就是在四處找東西。

赫丘勒．白羅趕快跳了起來，用力將門關上。

過了一會兒，門又開了，薩默海太太重新出現。她這次手裡端著一個大陶盆，還拿了一把刀。

一個男人的聲音從外面傳了進來。

「莫琳，那隻貓又生病了，我該怎麼辦？」

薩默海太太喊道：「我馬上就來，親愛的，看好牠。」

她放下陶盆和刀子，又出去了。

白羅再次起身將門關上，他說：「看來這罪我是受定了。」

一輛車駛來，那隻大狗從椅子上跳了下來，發出尖銳的咆哮聲，牠跳上窗邊的一個小桌子，那桌子「喀嚓」一聲應聲而倒。

「天啊，」赫丘勒．白羅說，「它竟然如此經不起重量！」

門又突然開了，冷風怒吼地狂掃著整個房間，那隻狗聽了猛追出去，仍然咆哮個不停。莫琳的聲音傳來，愈來愈大也愈來愈清晰。

「約翰，你為什麼不記著關上後門？這些可惡的老母雞正在食品櫃裡偷吃呢。」

「就這種環境，」赫丘勒．白羅深有感觸地說，「我竟然還要付給他們每星期七個基尼的費用。」

門「砰」的一聲被甩上了，窗戶外傳來母雞憤怒的咯咯叫聲。

隨即門又被打開，莫琳．薩默海太太闖了進來，大叫著撲向那個陶盆。

「我怎麼也想不起來我把這盆子放到哪兒了。這位，呃……先生你是否介意我在這裡剝豆子？廚房裡的味道實在太糟糕了。」

「夫人，我十分樂意。」

這話算不上是發自內心，不過意思也接近了。因為這是二十四小時內，白羅第一個可以與人維持六秒鐘以上的談話機會。

薩默海太太一屁股坐在一把椅子上，開始手忙腳亂地剝豆子，那模樣可真嚇人。

「我真希望，」她說，「你不要感到太不舒服，如果有什麼需要，請照實說出來。」

白羅感覺，在這家長牧野旅舍，他唯一能夠忍受的就是他的這位女房東。

「你能這樣說真是太好了，」他彬彬有禮地說，「我只是希望在我能力所及的範圍內，能為你找些合適的傭人。」

「傭人！」薩默海太太尖叫著說道，「想得美！現在連一個打工的女傭都找不到呢。我們曾有一個很好的女傭被人殺了，倒楣透頂喔！」

「你說的是麥金堤太太吧？」白羅緊接著問。

「是麥金堤太太。天啊，我多懷念那個女人啊！當然，這事件在當時的確熱鬧了一陣子，這是我們這兒發生的第一件謀殺案，但是，就像我對約翰說的那樣，對我們來說，這絕對是件壞事，沒有麥金堤，我真不知該怎麼應付這一大堆的瑣事呢。」

「你和她的關係很好嗎？」

「親愛的先生，她是個很可靠的人啊。每星期一下午和星期四上午到我這裡幫忙，每一次都像鐘錶一樣準時。不像我現在請的這個女傭是住在車站那邊，她有五個孩子，還有丈夫，沒有一次準時上班，要嘛不是她丈夫喝醉了，不然就是她的老母親或那些孩子生了什麼怪病。有麥金堤太太的時候，若真有什麼問題，也只是她個人的事，而且我可以肯定地說，這種事從來不曾發生！」

「她非常誠實正直，值得信賴？你一直很信任她？」

「噢，她從不偷東西，連吃的都不拿。當然了，她有點愛聽八卦，喜歡看別人的信或者諸如此類的事。但這也不能怪她，我的意思是，她們的生活太過單調乏味了，不是嗎？」

「麥金堤太太的生活很單調乏味嗎？」

「我想，算糟透了吧，」薩默海太太含糊其辭地說，「一天到晚跪在地上擦地板，每天一大早就有成堆成堆的衣服堆在洗衣槽裡等著她來洗。如果我得天天這麼過日子，那被人謀殺反倒是一種解脫咧，我真的這麼想。」

薩默海少校從窗戶探頭進來，薩默海太太一下子從椅子上站了起來——豆子倒了一地——衝到窗戶前，將窗子開到了最大限度。

「那條該死的狗又在吃母雞的飼料了，莫琳。」

「噢，該死，這下牠可會生病了！」

「你看，」約翰．薩默海舉著一個瓢子問，「這麼多菠菜夠不夠？」

「當然不夠了。」

「我看已經夠多了。」

「它一炒就只剩湯勺那麼多了。你到現在還不知道菠菜是怎麼回事嗎？」

「噢，天啊！」

「魚送來了嗎？」

「還沒。」

「該死，我們只好開瓶罐頭了。你來做這件事，約翰，去屋角的那只碗櫃裡拿一罐。就是那個有點鼓脹的那罐，希望它還沒壞。」

「菠菜怎麼辦？」

「我去炒。」

她從窗戶跳了出去，夫妻倆一起離開了。

白羅穿過屋子來到窗戶前，將它盡可能關緊，但薩默海的聲音還是能隨風傳進耳朵裡。

「這個新來的傢伙怎麼樣，莫琳？我看他有點兒怪，他叫什麼來著？」

「剛才和他說話時我一直想不起來，只好說『什麼先生』。白羅，就是這個名字，他是個法國人。」

「你知道嗎，莫琳，我好像看過這個名字。」

「也許是在《家庭美髮》雜誌吧，他看起來像個理髮師。」

白羅聽了縮了一下。

「不……也許這是胡說八道，我不知道，但我真的覺得這個名字很耳熟。總之，盡快從他那裡拿到七基尼的第一筆房租吧。」

聲音慢慢消失了。

赫丘勒．白羅將地上的豆子撿了起來，它們已經滾得滿地都是。剛撿完了豆子，薩默海太太又從門裡走了過來。白羅很有禮貌地把豆子遞給了她。

「給你，太太。」

「噢，太感謝了，我說，這些豆子看起來有些發黑，你知道，我們把它們放到瓦罐裡，再撒上鹽醃起來。不過這些好像已經變質了，恐怕不會太好吃。」

「我也這麼想。我可以將門關上嗎？風挺大的。」
「噢，是啊，關起來吧。我總是忘了關門。」
「我已經注意到了。」
「不管怎麼說，那門一向就關不緊，這房子實際上都快裂成碎片了。約翰的爸爸媽媽在這裡住過，他們境遇不好，可憐得很，只能由它去了。後來，我們從印度回到這兒來，也無力進行修繕。不過，這裡倒是孩子們喜歡的度假天堂，有很多房間可以讓他們進進出出地狂奔，花園和院子也都很大。房子租給人家，收入也僅夠維持日常開銷。當然，住我們這裡，有時是會受一點驚嚇。」
「我是你們目前唯一的客人嗎？」
「樓上還住著一位老太太，她從來的那天起就一直待在床上。我看不出她有什麼問題呀。說到她呀，我每天都要為她送去四盤菜，她的胃口很好。不管怎麼說，她明天就要離開了，去她侄女或什麼親戚那裡。」
薩默海太太停頓了一下，接著又說了起來，聲音有些做作。
「送魚的人一會兒就到，我不知道你是否介意……嗯，先交第一個星期的房租？你會在這兒住一個星期，對吧？」
「或許會更長。」
「很抱歉這樣要求你，但我目前手上沒有一點現金，而你也知道，現在的人常常……欠債不還。」

「你不必道歉，夫人。」

白羅拿出七英鎊和七先令，薩默海太太急忙將錢收了起來。

「非常感謝。」

「太太，或許我該把自己的情況多告訴你一些，我的名字是赫丘勒．白羅。」

這個如雷貫耳的名字並沒有引起薩默海太太的任何反應。

「好好聽的名字啊，」她熱心地說，「是個希臘名字嗎？」

「也許你聽說過，」白羅說，「我是一名偵探。」他拍了拍自己的胸脯，「也許可以說是世上最赫赫有名的偵探。」

薩默海太太感覺好笑地叫了起來。

「我看你還是個了不起的說笑專家，白羅先生。你想要偵查些什麼？菸灰，還是腳印？」

「我正在調查麥金堤太太的謀殺案，」白羅說道，「而且我從來不開玩笑。」

「哎呀，」薩默海太太說道，「我把我的手指割傷了。」

她舉起一根手指看了看，然後又盯著白羅打量了一下。

「你是說真的嗎？」她問，「我的意思是說，這件事已經過去了，全都結束了，他們逮捕了那個不用大腦的可憐蟲，他是她的房客，已經接受審判並被判了刑，一切都已經過去了。現在，他說不定已經被絞死了。」

「不，夫人，」白羅說，「他沒有被絞死，至少現在還沒，而且事情也沒有『過去』，麥金堤太太的案子還沒結束。我想用貴國一位詩人的話提醒你：『事情在沒有結束之前就不能說是過去了。』」

「噢，」薩默海太太應了一聲，她的注意力從白羅身上轉到了她腿上那只陶盆上。「豆子都沾上我的血了，拿它們做午飯可是不妙。不過沒關係，反正這些豆子是要用水煮開的食物。如果用水煮過，都還是可以吃的，對不對？甚至罐頭食物也是這樣。」

「我想，」赫丘勒．白羅平靜地說，「我今天午飯就不吃了。」

05

「我不知道，真的。」伯奇太太說道。

這話她已經說了三次。對留著黑鬍子、穿毛邊大衣、一臉外國人模樣的男人，她天生就是不信任的。

「實在很不愉快，」她說道，「可憐的姑姑被人殺害，警察無休止的問話和調查，這些事情都令人很不愉快。他們進進出出到處走動，翻箱倒櫃地搜查，沒完沒了地問問題，鄰居們又不停地說三道四。一開始，我倒還不覺得我們的生活變了樣。我婆婆很討厭那些事，她的家裡從未出過這種事——她總是不斷地這麼說，還有『可憐的喬』等等諸如此類的話。我不可憐嗎？她是我的姑姑啊，對不對？但現在，事情總算全都過去了。」

「那麼，假如說詹姆斯．本特利是清白無辜的，那怎麼辦呢？」

「胡說。」伯奇太太厲聲說道，「他當然不是清白無辜的，那件事就是他做的。我從來就不喜歡他的樣子，他總是走來走去、自言自語。我勸過姑姑：『你不該把房子租給這麼一個人，他很可能會精神失常。』可是她說他人很安靜又守規矩，不會惹什麼麻煩。她還說他不喝酒，甚至也不抽菸。這下好了，這會兒，她終於了解他的為人了吧，可憐的人。」

白羅若有所思地看著她。她是個高大豐滿的女人，皮膚的顏色很健康，很健談。這棟小房子整潔乾淨，家具光潔明亮，氣味清新，從廚房裡隱隱約約飄來了撲鼻的香味。

這是一個好妻子，把房子收拾得乾淨整潔，不辭辛勞地下廚為自己的丈夫烹煮飯菜，他在心裡讚許著。她這人有點兒偏見和固執，可是，這有何不可？至少可以肯定的是，她看來不像是會用屠刀砍她姑姑腦袋的女人，也不會是個煽動丈夫那麼做的女人。史彭斯認為她不是那種人，赫丘勒．白羅對此深表贊同。史彭斯已經調查過伯奇夫婦的經濟背景，找不出必欲謀殺的動機，史彭斯是個辦事十分認真的人。

他嘆了口氣，繼續完成自己的工作，亦即破除伯奇太太對外國人的懷疑和不信任。他將談話從謀殺案上轉開，把話題集中到被害人身上。他問了許多她那「歹命姑姑」的事，包括她的健康狀況、生活習慣、對食物和飲料的喜惡、政治觀點、她的丈夫、她的人生態度、她對性的看法、她對罪惡的看法，以及她的宗教觀點和對孩子及動物的看法等。

這些無關緊要的問題將來是否有用，他說不上來，他這不過是在大海撈針罷了。可是，談著談著，他還是不經意地了解了一些和貝絲．伯奇相關的訊息。

貝絲對她姑姑實際上了解得並不是很多。她們之間有血緣關係，她尊敬年長的一輩，但她們並不十分親密，平常不定時或是一個月左右，她和丈夫會在星期日去看望一下姑姑，並在那兒共進午餐。有少數時候，是姑姑前來探望他們夫婦；他們會在聖誕節互相交換禮物。他們夫妻知道姑姑存了一點錢，也知道在她去世後，他們將得到那筆錢。

「但這並不是說我們真的需要這筆錢，」伯奇太太提高嗓門解釋，「我們也有積蓄。我們把她的葬禮安排得隆重體面，那的確是很莊重的葬禮，有鮮花和各種該有的東西。」

姑姑喜歡做針線活兒。她不喜歡狗，因為牠們會把環境搞得一團糟。但她過去養過一隻貓，後來牠走丟了，從此就再沒養過貓。但在郵局工作的那個女人曾想送她一隻小貓。她總是讓自己的房間保持整潔，不喜歡骯髒，她很寶貝她的銅器，每天都要清理一遍廚房地板。她外出做工也都做得不錯，通常她的工錢是一小時一先令十便士，卡彭特先生卻給她兩先令。卡彭特家很有錢，他們希望姑姑每週能多去幾次，但姑姑不願讓其他雇主失望，因為她在替卡彭特先生工作之前，就已經替她們服務了。若真的那樣做，她認為是不近情理的。

白羅又提到了長牧野的薩默海太太。

「噢，是的。姑姑也幫她做家務，每星期兩天，他們是從印度回來的。他們在印度的時候，擁有許多印度僕人，薩默海太太對管理家事一竅不通，他們曾經試著經營蔬菜農場，但是對這行也知之甚少。每當孩子們在假期時回到家，整個屋子就亂得不像話。可是薩默海太太是個很好的女主人，姑姑很喜歡她。」

麥金堤太太的形象就這樣一點一滴地清晰起來。她喜歡做針線、擦地板、晶亮的銅器；

她喜歡貓而不喜歡狗，她喜歡孩子但不過分溺愛；她獨來獨往，自食其力；她星期日上教堂，但不參加教堂的活動；有時她也會去看電影，但這種情形很少；她看不慣不合規矩的事情，她曾經辭掉為一個藝術家和他妻子的工作，因為她發現他們沒有正式結婚；她平時不閱讀，但喜歡週末版報紙，喜歡看些女主人送她的舊雜誌；雖然她不大去電影院，但對電影明星的私事很感興趣；她對政治不熱中，卻像她丈夫生前一貫的做法一樣，她投票給保守黨；在服裝上，她從不花太多錢，女主人們送她的衣服已經足夠她穿了；另外她還小有積蓄。

真實的麥金堤太太和白羅所想像中的她，非常相似。而貝絲．伯奇，也就是麥金堤太太的侄女，也和史彭斯記錄裡的那個貝絲．伯奇十分吻合。

在白羅起身告辭之前，喬．伯奇回家來吃午飯了。他是個矮小精明的男人，不像他的妻子那麼容易被判斷出個性喜好。他的神情有點緊張，但不像他的妻子起初時那麼懷有敵意及存疑。事實上，他急於表現自己的合作態度，而這一點在白羅看來，似乎是個異常的表現。為什麼喬．伯奇要向一個難纏的陌生外國人示好呢？只是因為他帶著一封史彭斯主任的推薦信嗎？難道喬．伯奇這麼急於要和警察搞好關係嗎？還是他不能像他妻子那樣經得起警察的盤問和異議？

也許是因為良心不安。為什麼會良心不安呢？可以有很多種解釋，但沒有一種是與麥金堤太太的死亡有關。或者，那個藉口看電影的不在場證明都是出於他的偽造，正是這個喬．伯奇叩了那所小屋的大門，被他的姑姑迎了進去，然後他便把那個毫無戒心的老婦人除掉了。接著，他拉開了所有抽屜，將房間洗劫一空，並製造出搶劫的假象。他將那些錢藏到房子後面，相當狡猾地嫁禍給詹姆斯．本特利。麥金堤太太那筆銀行存款，才是他真正的目標，那兩百英鎊會歸到他妻子的名下。因為某種不為人知的原因，他急切地需要這筆錢。

白羅又想起來，殺人的凶器一直沒找到。為什麼在犯罪現場找不到那件凶器呢？就連白癡也知道做案的時候要戴上手套，以免留下指紋，那麼為什麼要扔掉那件凶器呢？那件凶器必定是一件沉重而鋒利的東西吧？是因為那件凶器很容易被認出來是伯奇家的東西嗎？它會不會被洗淨拭亮後，就放在這間房子裡？根據法醫的驗屍報告，那應該是件剁肉用的器具，也許它外形有點特別、不同，很容易被辨識出來。警察一直在搜索這件凶器，但到目前為止仍未找到。他們搜查了樹木，打撈了湖水，麥金堤太太的廚房裡沒有遺失任何東西。沒有人能夠證明詹姆斯．本特利的私人用品中，有和凶器類似的東西。他們從來沒見他買過剁肉刀或類似的器具，這對他是個小小有利的反證，但和其他明顯的證據比起來，這一點又顯得微不足道。但是，這仍是個疑點……

白羅敏銳地掃視了這間相當擁擠的小客廳。

那件凶器會藏在這裡或是這棟房子的其他什麼地方嗎？難道是因為這個原因，喬．伯奇才顯得良心不安，而急於顯出樂意合作的樣子？

白羅很難下此斷語。事實上，他並不這樣想，但是，他又無法十分肯定……

06

在布雷瑟斯卡特公司的辦公室被盤問一番後，白羅被人領進了斯卡特先生的房間。

斯卡特先生是個活力充沛的急性子，態度十分熱誠。

「早安，早安。」他搓著雙手說，「我們能為你做些什麼？」

他帶著職業本能地打量眼前的白羅，想要弄清楚他的身分，而且，顯然，做了一連串的註記。

外國人，上等衣服質料，可能相當富有，是個餐廳老闆？還是個旅館經理？一位電影製作嗎？

「我希望我不會占用你太多時間，我想和你談談你以前的雇員詹姆斯．本特利。」

斯卡特先生生動的眉毛向上挑高一吋，然後又落了下來。

「詹姆斯．本特利，詹姆斯．本特利？」他迅速地提出一個問題。「你是報社記者？」

「不是。」

「你不會是警察吧？」

「不，至少……在這個國家不是。」

「在這個國家不是，」斯卡特先生立即將這句話存進大腦以備不時之需。「這是怎麼回事？」

白羅一向不拘泥於誠實至上這原則，他理直氣壯地說道：「我正在進行詹姆斯．本特利一案的調查，負責詢問他的親戚朋友。」

「我不知道他有什麼親戚。不管怎麼說，他被判有罪，你知道的，而且判處了死刑。」

「但是還未執行。」

「啊，只要生命還在，就有希望，對吧？」斯卡特先生搖了搖頭。「頗令人質疑。證據太充分了。他的親戚是些什麼人？」

「我只能告訴你一個事實：他的親戚既有錢，又有權勢，有錢得不得了。」

「你這話很令我吃驚。」斯卡特先生管不了自己地軟化了下來，白羅那句「有錢得不得了」，對他來說，有一種不可抗拒的催眠作用。「是的，的確令我吃驚。」

「本特利的母親，也就是本特利夫人，」白羅接著解釋道，「跟她自己的家庭徹底斷絕了聯繫，兒子也不知情。」

「豪門恩怨，呃？唉，唉，年輕的本特利可從來沒有因此沾過一點兒光。很可惜，他的這些親戚沒有及早趕來營救他。」

「他們剛剛才知道這些情況，」白羅解釋道，「他們委託我盡快趕到你們英國來，盡全力挽救。」

斯卡特向椅背一躺，他那秉公辦事的態度放鬆了下來。

「我不知道你還能做些什麼。說是精神錯亂吧？現在確實有點為時太晚了。不過，如果你能找到那些名醫作證，也許可以試試。當然，我在這方面很不在行。」

白羅向前傾了傾身。

「先生，詹姆斯．本特利在這兒工作過，你可以告訴我他的情況。」

「能告訴你的寥寥無幾，寥寥無幾。他是我們的基層職員，我對他沒什麼不好的印象。他看起來是個很正派的年輕人，誠實正直，如此等等。但他缺乏生意頭腦，他就是不能把一件事情給辦好。我們做這行的不精明是不行的，如果某個客戶來找我們，說他有幢房子想賣掉，我們就得設法幫他賣掉；如果另一個客戶想買一幢房子，我們就得盡力替他找一幢房子。如果這是一座條件不太好的房子，我們就該強調它的悠久歷史、時代意義，而不提它周圍的不利環境。如果這幢房子正好面對煤氣場，我們就說它設備完善，使用方便，而隻字不提它的景觀。總而言之，要想盡辦法使我們的客戶感到滿意，這才是我們公司要完成的事情。要運用各式各樣的手腕和策略。『我們奉勸你趕快買下這幢房子，夫人，有個國會議員對它也非常感興趣，他確確實實非常喜歡這幢房子。今天下午他還會再來。』他們十之八九會掉入陷阱，說有個國會議員想要買什麼，總是能打動很多人的心。搞不懂為什麼。哪有一個國會議員會住在選區以外的地方？總之這個辦法非常奏效。」他突然大笑了起來，滿嘴的假牙全露了出來。「心理學，就是這麼回事，純粹是心理學。」

白羅緊抓住這個詞。

「心理學，你說得對極了。我看得出來，你是個判斷力很強的人。」

「還不算太壞，不算太壞。」斯卡特先生謙虛地答道。

「因此，我再問你，你對詹姆斯．本特利的印象如何？只有你知我知——絕對只是你知我知。你認為是他殺了那個老婦人嗎？」

斯卡特瞪起了眼睛。

「當然。」

「那麼，從心理學來看，你認為他有可能做這種事嗎？」

「啊，說到這個的話……不，我不覺得，我根本想不到他會有這樣的膽量。既然你問了，我就告訴你。他有點不正常，這樣想的話，事情就合理了。有一點瘋瘋癲癲，老想著會被解雇，老愛杞人憂天，實在有點精神錯亂。」

「你解雇他沒有什麼特殊理由嗎？」

斯卡特搖了搖頭。

「這年頭生意不好做，職員們沒有工作可做，我們只好解雇那些最沒能力的人，就是本特利了。我想，他會常常碰上這種事。公司給了他一份評價很好的推薦信，不過他還是沒能找到一份新工作。他幹勁不足，缺乏活力，給人的印象不很好。」

事情總是這樣，白羅想著離開了那個辦公室。詹姆斯・本特利總給人留下不好的印象。想到大多數他碰過的殺人犯都具有相當魅力，他心裡稍微感到安慰。

§

「對不起，你介意我坐下來和你談談嗎？」

白羅坐在「藍貓」咖啡店的一張小桌子旁，從他剛才正在認真研究的菜單上抬起頭來。「藍貓」的燈光很暗，它的特色是專門營造一個有橡樹和方格玻璃窗構成的舊日世界。但剛剛在他對面坐下的那位女士，因著身後昏暗背景的映襯下，卻顯得格外引人注目，嬌豔動人。她一頭金髮，穿著一件發亮的藍色套裝。此外，赫丘勒・白羅感覺到，就在不久前，他曾經在什麼地方見過這個女人。

她繼續說：「我不小心聽到了你和斯卡特談的事情。」

白羅點了點頭。他已經注意到斯卡特那些辦公室隔間，它們在設計上是便利性重於隱祕性。這並沒有使他擔憂，因為他本就希望能夠引起公眾的注意。他說：「你當時正在右邊的那個窗戶旁打字？」

她點點頭，露出了潔白的牙齒，微笑表示默認。她是一個健康的年輕女性，身材豐滿，是白羅非常欣賞的類型。她的年齡，據他判斷大約有三十三、四歲，自然髮色應是黑髮，有點叛逆。

「我們談談本特利先生吧。」她說。

「談本特利先生的什麼？」

「他打算上訴嗎？那是不是有了什麼新的證據？啊，我太高興了，我簡直難以……我就是不相信他會殺人。」

白羅的眉毛揚了起來。

「這麼說，你從不認為是他殺的？」他慢慢地說道。

「啊，一開始我是這麼想，我猜一定是弄錯了。但是後來有了證據——」

她停了下來。

「是的，有證據。」白羅說。

「根據那些證據，又好像不可能是別人做的。我當時就想，也許是他發瘋了。」

「在你看來，他是不是有點……我應該怎麼說呢，有點古怪？」

「啊，不，不是古怪，他只是有點害羞和遲鈍。每個人都會有那種情況。事實上，他從來就沒有好好表現過自己，他對自己沒信心。」

白羅看了看她，她對自己當然有足夠的自信，還極可能有兩個人的自信。

「你喜歡他？」他問。

「是的，我是喜歡他。」她的臉紅了。「艾咪——她是辦公室裡的另外一個女孩——她經常取笑他，叫他『討厭鬼』，但是我非常喜歡他。他彬彬有禮，性情溫和，而且他知道很多事情，我的意思是知道很多從書上看來的東西。」

「是嗎，書上看來的東西。」

「他很想念他的母親，你知道，她病了很多年，不是真正的疾病，只是身體不太健康，他願意為她做任何事。」

白羅點點頭，他對那些母親非常了解。

「當然了，她也很照顧他，會關心他的健康、他冬天時的心臟毛病，還有生活起居等等。」

白羅又一次點點頭，問道：「你和他是朋友嗎？」

「我不知道——不能說是。我們曾一起聊天。但自從他離開這裡之後，我就很少見過他。我以朋友的身分給他寫過一封信，但他並沒有回信給我。」

白羅輕輕地問：「但是你喜歡他？」

她大膽地說道：「是的，我喜歡……」

「太好了。」白羅說道。

他腦子裡飛快地回想起他與那位死刑犯會面的情況。那天他仔細端詳著詹姆斯・本特利，他有一頭灰褐色的頭髮，瘦瘦的身材，一雙手指的關節很大，細長脖子上大大的喉結看得很清楚。他也看到了那種閃爍不定、有些尷尬難堪甚至是鬼鬼祟祟的眼神。他不是乾脆爽朗的人，也不是那種給予人信賴感的人，而是那種神神祕祕、略帶狡詐、令人捉摸不定的人。他說話含混不清、遮遮掩掩，這就是詹姆斯．本特利給人的表面印象，給陪審團留下的印象：會撒謊、會偷錢、也會砸爛一位老婦人的腦袋。

但對於人性知之甚詳的史彭斯主任來說，他對他並沒有這樣的印象；赫丘勒．白羅也沒有這樣的印象；現在，這位女孩也不是如此看他。

「小姐，你的名字是——」

「瑪蒂．威廉斯，有什麼我幫得上忙的嗎？」

「我想是有的。有人相信詹姆斯．本特利是無辜的，威廉斯小姐。他們正在努力證明這件事，我就是那位受命進行調查的人。我可以告訴你的是，我已經取得了相當大的進展，是的，進展相當大！」

他毫不臉紅地撒了一個謊。在他看來，撒這個謊非常有必要。必然有那麼一個人在那裡惴惴不安、心中忐忑，瑪蒂．威廉斯一定會把這些話說出去。她一旦說出去了，就像是投石在水中，被激起的漣漪將迅速蔓延開來。

他說：「你剛才對我說，你和詹姆斯．本特利過去曾在一起交談，他告訴過你有關他的母親和他的家庭生活，他有沒有提到過他或是他母親和誰的關係很不好呢？」

瑪蒂・威廉斯想了想。

「沒有……沒有你所說的那種關係。我覺得，他的母親不太喜歡年輕女人。」

「通常兒子很孝順的母親都不太會喜歡年輕的女人。不，我不是這個意思。有沒有像是家族世仇或是什麼宿敵，還是對他心存不滿、懷有敵意的人？」

她搖了搖頭。

「他從未提過這類的事。」

「他有沒有提到過他的女房東麥金堤太太呢？」

她微微聳肩。

「沒有提起過名字。只說過一次，說她太常煮鹹鯡魚了，還有一次提到他的女房東很難過，因為她的貓丟了！」

「他是不是向你提起過——請你務必誠實——他知道她放錢的地方？」

那女孩的臉色略略轉白，但她仍無懼地昂起下巴。

「事實上，他對我說過，我們談到有些人就是不相信銀行——他就說他的女房東把她的錢放在一塊地板下面。當時他說：『只要趁她外出，我任何時候都可以去偷過來。』這並不像個玩笑，他從來不開玩笑，其實他是擔心那女房東太粗心大意了。」

「噢，」白羅說，「那太好了——我的意思是，根據我的觀點來看。就算詹姆斯・本特利想到要偷錢，他也覺得那必須趁人不在的時候。不然他可以說：『總有一天，有人會為了這筆錢而砸了她的腦袋。』」

「但不管怎麼說，他都不是說真的。」

「噢，是的，但是人一旦開口說話，不管是多麼不經意，總是不可避免地暴露自己是哪種個性的人。聰明的罪犯向來就不願開口說話，但罪犯中又很少是聰明的，他們通常會誇大其詞，說個沒完沒了，如此一來，絕大多數的罪犯便只好束手就擒了。」

瑪蒂．威廉斯脫口說道：「但一定是某個人殺了那位老婦人。」

「那是當然的了。」

「是誰？你知道嗎？你有任何想法嗎？」

「是的。」赫丘勒．白羅又一次撒謊道，「我認為我已經有了一些不錯的想法，但目前才剛剛有了進展。」

那位女孩看了看她的錶。

「我必須回去了，我們只能休息半個小時。基爾切斯特是個不起眼的小地方，我以往總是在倫敦找工作。如果有什麼我能幫得上忙——真正的幫忙——請務必讓我知道，好嗎？」

白羅拿出了一張名片，寫上了長牧野的住址和電話號碼。

「這就是我現在住的地方。」

他注意到自己的名字並沒有引起她的注意。這使他感到懊惱，他忍不住心想，現在年輕的一代對名人的認識也太欠缺了吧。

§

赫丘勒·白羅坐上返回布羅欣尼的公共汽車，稍稍感到了一點欣慰。不管怎麼說，現在總算有個人和他一樣相信詹姆斯·本特利是清白無辜的。本特利並不像他自己以為的那麼沒人緣嘛。

他的腦子又忍不住想起了在監獄裡的本特利。那是一次多麼令人失望的會面呀！他沒有激起他任何的希望，甚至可以說沒有一丁點的興致。

「謝謝你，」本特利只是呆板地說道，「但我想在這件事上，可能沒人會對我有幫助。」

不，他相信自己沒有任何敵人。

「如果人們幾乎注意不到你是存活著，你就不可能有什麼敵人。」

「你媽媽呢，她有仇人嗎？」

「當然沒有。每個人都喜歡她，而且尊敬她。」他的聲音裡有一絲惱怒。

「你的朋友們呢？」

詹姆斯·本特利說——更像是囁嚅。

「我沒有什麼朋友。」

這話並不確切，因為瑪蒂·威廉斯就是一個朋友。上帝的安排是多麼奇妙啊！白羅想，不論一個人長得是多麼貌不驚人，總還是會讓那麼個人喜歡上。儘管威廉斯小姐外表十分性感，但他敏銳地覺察到，她實際上是真正具有母愛的那種人。她具備的特質正是詹姆斯．本特利所缺少的。那種旺盛的精力，那種活力，那種拒絕認輸，那種永往直前一定要取得勝利的決心！他深深嘆了口氣。

今天，他撒了好多的謊呀！但是不必太過介意，撒謊是必要的。白羅胡思亂想起來，自言自語地說了好多胡亂套用的比喻。

「不管怎麼說，大海裡還是能撈到一根針；在一大群沉睡的狗兒中，我總能夠喊得醒一隻；如果向空中放箭，也一定會有一支掉下來，正好射中一棟玻璃房屋！」

07

麥金堤太太住的小屋離公共汽車站只有幾步遠，有兩個孩子正在台階上玩耍：一個手裡捧著個好像是被蟲咬壞的蘋果在啃，另一個手裡拿個錫製托盤正往門上砸，口裡亂喊亂叫的，兩個孩子看起來都玩得很開心。

白羅上前用力敲門，加入這陣嘈雜的喧鬧。一個站在屋角的女人往這邊望了望，她穿著一件色彩繽紛的大外套，頭髮亂蓬蓬的。

「停下來，厄尼。」她喊道。

「不要，我要玩！」厄尼說了一聲，又繼續敲托盤。

白羅離開了門前的台階，朝屋角走去。

「真拿孩子沒辦法。」那個女人說。

白羅想說「你有的是辦法」，卻沒有開口。

那女人示意他繞過牆角，從後門進去。

「我把前門鎖上了，先生，請你從這裡進來吧。」

白羅穿過一間堆放農具的骯髒屋子，進了廚房，廚房比那間屋子更髒。

「她不是在這兒被人殺死的，」那個女人說，「她是死在客廳裡。」

白羅眨了眨眼。

「你到這裡就是為了這個，對吧？你是個外國人，住在薩默海太太那裡，是吧？」

「這麼說，你對我所有的情況都知道了？」白羅說著，臉上綻放出光彩。「是的，沒錯，您是——」

「基德爾太太，我丈夫是個粉刷工人，四個月前我們剛搬來。以前，我們和伯特的媽媽住在一起。有人說：『你們該不會想要住在一個發生過謀殺案的房子吧？』可是我的回答是，房子只是個房子，總比大家擠在一間起居室或睡在椅子上要好。有人死在這兒，太可怕了，對不對？但不管怎麼說，我們住得好好的。人們總是說，被害死的冤魂會回來，可是她沒有，要去看看發生謀殺的地方嗎？」

感覺上就像是個遊客在接受導遊服務一樣，白羅感到很滿意。

基德爾太太把他領進了一個小房間，這裡面放著一件仿詹姆士一世時代的沉重擺設，顯得過分擁擠。它不像其他房間，一看就像沒人住過一樣。

「她倒在地板上，後腦被砸爛了，把埃里奧太太嚇壞了，是她最先發現了她的屍體——

應該說她和拉金，就是那個麵包師傅。但是樓上藏的錢被偷走了。請上來，我這就帶你看錢被偷走的地方。」

基德爾太太領路上了樓梯，將白羅帶進一間臥室，裡面有個很大的櫃子、很大的銅床，還有幾把椅子和一套套嬰兒裝，有的溼，有的乾。

「就在這兒。」基德爾太太驕傲地說道。

白羅朝四周打量了一下。很難想像，這個雜亂無章、擁擠不堪的地方，竟曾經是一位講究居家環境的老婦最勤於清理的生活中心。

這是麥金堤太太生前生活和睡覺的地方。

「我猜，這不是她的家具吧？」

「噢，不是的。她的侄女從卡倫奎過來，把東西都給搬走了。」

這裡現在已沒有留下任何麥金堤太太的東西。基德爾夫婦已經進駐攻占了這個地方，生者總是比死者強勢。

樓下傳來了一個小孩扯著嗓子尖叫的哭聲。

「啊，孩子醒了。」基德爾太太解釋道。

她急忙跑下樓去，白羅也緊跟著下去。

在這裡沒什麼可調查的。他朝隔壁鄰居家走去。

§

「是的，先生，是我最先發現了她。」

埃里奧太太的表情非常戲劇化。這是一個乾淨的屋子，乾淨，而且單調，唯一誇張的東西是埃里奧太太。她是個高大、瘦削、黑頭髮的女人，當她回憶起生活中令人驕傲的那一刻時，立即變得神采飛揚。

「拉金就是那位麵包師傅，來敲我的門，他說：『麥金堤太太出事了，我們怎麼敲門她都不回答，好像是病得很重。』我想她很可能真的生病了，畢竟她年紀不小。據我所知，她有心悸的毛病，依我看，她一定是中風了。所以我就趕快過去。那兒只有兩個男人，他們當然不方便進她的臥室。」

白羅對這種進退有據的表現表示讚許。

「我急忙朝樓上跑，他站在梯台上，臉色像死人一樣慘白，我當時可沒想到……噢，當然了，我當時並不知道出了什麼事。我使勁敲門，但裡面沒有任何回答。於是我就轉開把手，走了進去。整個房間亂成一團，地上的木板都被撬開了。『這是搶劫。』我說，『但是那個可憐的人在哪兒呢？』然後我們想到去客廳看一看，啊，她就在那裡，人躺在地板上，那顆可憐的腦袋都被砸開了！謀殺！我一眼就看了出來。是謀殺，這不可能是別的事情，就是劫殺！就在布羅欣尼這裡！我尖叫再尖叫，哭喊個不停。

「他們對我可是半點辦法都沒有，我當時一下子就暈了過去，他們只好跑到『三隻鴨子』去給我拿來白蘭地。後來即便我醒來了，仍有好長好長一段時間，我渾身上下還一直顫抖個不停。『求你別這麼大呼小叫了，太太！』主任來了以後，就這麼對我說。『求你別這樣呼天搶地的，你最好是回家喝杯茶鎮定一下吧。』於是，我就回家了。當我先生從外面回來時，他瞪著我問：『咦，到底出了什麼事？』那時我渾身上下還在抖個不停。打從小時候起，我一直都是這麼神經質。」

白羅有技巧地打斷了這個女人的驚魂記。

「是的，是的，這一點誰都看得出來。請問你最後一次看到麥金堤太太是什麼時候？」

「應該是出事的前一天。當時她正從房子裡出來，要到後院去摘薄荷葉，我當時正好在餵雞。」

「她和你說些什麼話了嗎？」

「只說了聲午安，問雞蛋有沒有比較多一些。」

「那就是你最後見到她的情況嗎？在她遇害的當天，你見過她沒有？」

「沒有，不過我看到他了。」埃里奧太太壓低了聲音說，「大約在上午十一點的時候，他正沿著大馬路走著，像平時一樣，一步一步拖著腳走。」

白羅耐心地等她繼續說下去，但她沒再講什麼，他問道：「當警察逮捕本特利的時候，你覺得驚訝嗎？」

「啊，可以說驚訝，也可以說不驚訝。我跟你說，我總覺得他有點瘋癲，我很相信，這種人有時會突然發狂。我叔叔有個低能的兒子，他有時就會莫名其妙大發脾氣，然後便像是突然長大了，火氣大得連他自己都不知道。是的，那個本特利是瘋癲沒錯。如果他們最後把他送到精神病院而不是處死的話，我是不會感到吃驚的。不信，你看看他藏錢的地方。沒有人會把錢藏在那種地方，除非存心想被人發現。不太聰明，頭腦簡單，他就是那種人。」

「除非存心讓人發現。」白羅低聲自語道，「隨便問一句，你沒有丟過切肉刀或是斧頭吧？」

「沒有，先生，沒丟過。警察也問過我這個問題，還問了村裡所有的人。到目前為止，他是用什麼凶器將她殺死的，仍是一個謎。」

§

赫丘勒・白羅朝郵局走去。

凶手刻意要讓人找到那筆錢，但他不想讓人找到殺人凶器。找到那筆錢，就會把嫌疑目標轉到詹姆斯・本特利身上。那麼找到那件凶器，會讓大家懷疑到……誰呢？他搖了搖頭。

他已經走訪了另外兩戶人家，他們不像基德爾太太那樣充滿活力，也不像埃里奧太太那樣誇張，大驚小怪。他們一致認為，麥金堤太太是一位非常正派的女人，平常不愛與人來往。她在卡倫奎有個侄女，除了那個侄女，沒看過有別人來探望過她。據他們所知，也沒有人不喜歡她或者和她有仇。聽說，有人提議為詹姆斯．本特利寫份請願書，是不是真有這回事？會不會要求他們在請願書上簽名呢？

「一無所獲，一無所獲啊，」白羅自言自語道，「什麼都沒有，沒有一絲希望。我現在非常能理解史彭斯主任為什麼會感到絕望了。但是，我可未必如此。史彭斯主任是個優秀、任勞任怨的人，但我，我是赫丘勒．白羅啊！對我來說，真相早晚會出現。」

他某一隻光潔發亮的皮鞋踩進一個小水窪裡，只得趕緊將腳抬了起來。也許他是了不起、獨一無二的赫丘勒．白羅，但他也是位上了年紀的老人，而他的鞋又太緊了。他走進了郵局。

郵局裡靠右邊的一側是辦理郵寄業務的，左側則陳列著各式各樣的商品，包括糖果、食品雜貨、五金器具、玩具、文具用品、生日卡片、針線包，還有小孩子的衣服等等。

白羅慢慢走上前，想買些郵票，一個女人急忙迎了過來接待他。這是個中年婦女，眼睛敏銳而明亮。白羅心想，這個地方毫無疑問是布羅欣尼村消息最集中的地方。那女人的名字取得十分貼切，叫斯威蒂曼太太。

「十二便士。」斯威蒂曼太太說著，敏捷地從一個大冊子中撕下了郵票。

「這樣總共是四先令十便士，你還要點別的什麼嗎，先生？」

她急切地注視著他。從她身後的門裡，探出了一個少女的頭，正側耳傾聽著，她頭髮亂蓬蓬的，還患了鼻塞。

「我在這裡人生地不熟。」白羅嚴肅地開口說。

「我知道，先生。」斯威蒂曼太太附和道，「你是從倫敦來的吧？」

「我猜你十分清楚我此行的目的。」白羅微笑說道。

「噢，不，先生，我一點也不知道。」斯威蒂曼太太敷衍道。

「你知道麥金堤太太。」白羅提了一句。

斯威蒂曼太太搖了搖頭。

「那是件很令人難過的事情，很令人震驚。」

「我想你對她非常了解吧？」

「噢，是的，就和其他布羅欣尼的人一樣，都很了解她。她每次來這兒買東西，總要和我聊上一會兒。是啊，是場不幸的悲劇；現在還沒結案吧？我好像聽人這麼說。」

「就詹姆斯·本特利是否有罪這件事，從某種角度來講，目前還存在疑點。」

「啊，」斯威蒂曼太太說道，「警察抓錯人又不是頭一回了，雖然我不是指這個案子。當然我也不認為凶手是他，他是那種羞怯、憨直的人，但你曉得他對人不會構成什麼威脅。不過，這種事也很難說，對不對？」

白羅試問有沒有便箋紙。

「當然有了，先生，請到櫃檯櫃檯這邊來。」斯威蒂曼太太急忙跑到左邊櫃檯下面坐了下來。

「難以想像的是，如果不是本特利先生殺的，那麼究竟會是誰呢？」

她說著，把手伸到架子最上層，取出便箋紙和信封。

「有時候，我們這兒確實有一些很可惡的流浪漢，也很可能是他們其中一個人發現她家窗戶沒關緊，就跑了進去。但是他總不會丟下錢不要吧？他殺人不就是為了錢，而且鎊鈔上又沒有記號或號碼。來，給你，先生。這種藍色邦德牌的信箋很不錯，還配有信封。」

白羅接過東西並付了錢。

「麥金堤太太從未提過她害怕什麼人，或有什麼人使她感到緊張嗎？」他問。

「她沒這樣對我說過，她不是個容易害怕的膽小鬼。有時候，她在卡彭特先生家待到很晚——他們住在山頂上，家裡經常請客人吃晚飯並住在那兒——麥金堤太太有時晚上到那兒幫助洗刷清理，經常半夜才從山上下來。我才不敢那麼做，從山下走下來的那段路好暗。」

「你了解她的侄女嗎？就是伯奇太太。」

「只是見面打過招呼，她有時會和丈夫一起到這兒來。」

「麥金堤太太死後，他們繼承了一點兒錢。」

她用目光銳利的黑眼睛看了看他。

「啊，那是當然的了，對不對，先生？你總不能自己帶走，理應留給自己的血親吧。」

「噢，是的，是的。我完全同意。麥金堤太太喜歡她的侄女嗎？」

「我覺得非常喜歡，先生，那種含蓄的疼愛。」
「她也喜歡她侄女婿嗎？」
斯威蒂曼太太的臉上出現一種迴避的表情。
「據我所知是這樣。」
「你最後一次看見麥金堤太太是在什麼時候？」
斯威蒂曼太太想了想。
「嗯，讓我想想看，那是什麼時候呢，埃德娜？」
埃德娜坐在台階上抽著鼻涕，沒有回答。
「是不是她遇害的那天？不，不是。是她死的前一天，或者在那一天以前。啊，是的，是星期一，這就對了，她是在星期三遇害的。沒錯，是星期一。那天，她來買了瓶墨水。」
「她來買墨水？」
「可能必須寫封信吧？」斯威蒂曼太太自作聰明地說。
「有可能。那天她看起來和平時沒有兩樣吧？有沒有什麼異常的地方？」
「沒……有，我認為是沒有。」
抽鼻涕的埃德娜從門口跑進來，突然插嘴說道：「她那天不一樣！」她堅定地說，「好像有什麼事感到很高興——嗯，也不是高興，而是很興奮。」
「也許你是對的，」斯威蒂曼太太說，「我當時沒有注意到這一點，但是現在你這麼一說……她是看起來滿有精神的。」

「你還記得她那天說過什麼話嗎？」

「通常我是記不得曾和人說過什麼。但因為她被謀殺了，警察又再三盤問，還有其他種種事情，便使我想起來了。她沒提到任何和詹姆斯．本特利有關的事，這一點我很肯定。她談了一會兒卡彭特家的情況，還有厄普沃太太，這些都是她幫傭的人家，你知道。」

「啊，是的。我本打算問你她在這裡都替哪些人家工呢？」

斯威蒂曼太太立刻回答說：「星期一和星期四去長牧野薩默海太太那兒幫忙，也就是你現在住的那家旅舍，對不對？」

「是的，」白羅嘆了口氣。「我看我也沒有別的地方可住吧？」

「在布羅欣尼沒有，你在長牧野住不慣吧？薩默海太太是個好人，但她不會料理家務。這些從國外回來的女人都是那個樣子。家裡常常亂糟糟的，總有地方得重新打掃，麥金堤太太經常這麼說。是的，星期一下午和星期四上午去薩默海太太的旅舍幫忙；星期二上午到倫德爾醫生家，下午去拉布拿居的厄普沃太太家；星期三去亨特莊的韋瑟比太太家；星期五到瑟爾克太太——現在叫卡彭特太太那兒。厄普沃太太年紀很大，和她的兒子一起住。她們有個女僕，但是她是個新手，麥金堤太太每星期去一次，把事情給安排好；韋瑟比先生和太太從來用人都用不長，韋瑟比太太體弱多病；卡彭特家很漂亮，經常招待客人，他們都是很好的人。」

聽了她對布羅欣尼人的最後評語，白羅走出了郵局，重新回到大街上。他慢慢走上山坡，朝他住宿的長牧野走去。他衷心希望那罐早已膨脹的罐頭和沾血的豆子，都已經在午飯時被吃完了，而且沒被存下來當晚餐招待他。但是，也許還會有其他可疑的罐頭留著。住在長牧野這種旅館，風險總是有的。

總括來看，這一天令人失望。有些什麼收穫呢？

那個詹姆斯・本特利總算還有一個朋友；不論是他還是麥金堤太太都沒有任何仇人；那位麥金堤太太在她死去的前兩天，心情興奮，還買了一瓶墨水……白羅突然停住了腳步，牢牢地站在原地。

這不就是個線索，一個小線索嗎？

他當時隨口問了一句，為什麼麥金堤太太要買墨水？斯威蒂曼太太認真地回答說，她猜她是要寫一封信。

這代表某種意義，而他差點就忽略過去了。因為對他來說，就像對絕大多數人一樣，寫一封信是極其平常的事情。

但是，對麥金堤太太來說並非如此。對她而言，寫信是如此的不同尋常，以至於要寫封信，她就必須特地出門去買一瓶墨水。這表示麥金堤太太平常很少寫信。斯威蒂曼太太是郵局局長，對此一定知之甚詳。麥金堤太太在她死去的兩天之前寫了封信。她究竟是寫給誰呢？又是為了什麼？

這也許不太重要，她可能是寫給她侄女，也可能是寫給一個久未見面的朋友。在墨水這樣簡單的事情上大費周章，簡直是荒謬至極。

但這是至今他最大的收穫。他要根據這條線索追蹤下去——

一瓶墨水。

08

「一封信？」貝絲．伯奇搖頭。「不，我沒收到過姑姑的信，她寫信給我做什麼？」

白羅猜測說：「也許她有什麼事想告訴你。」

「姑姑不是個愛寫信的人，她都快七十歲了，你知道，她年輕時沒受過什麼教育。」

「但她能讀能寫，對吧？」

「噢，那當然，但她不是愛看書的人，雖然她也喜歡看《世界新聞》和《星期日彗星報》。寫一封信對她來說仍是件困難的事。如果她有什麼事想要告訴我，比如說要我們改天再去看她，或者是說她不能來我們這裡，她通常是打電話告訴本森先生——他是個藥劑師，就住在我們隔壁——然後由他轉達，他實在非常幫忙。你知道，我們算是同一個區域，打通電話只需要花上兩便士，布羅欣尼的郵局就有個公用電話。」

白羅點點頭，他很同意兩便士的電話費是比兩便士半的郵費便宜。他大致了解麥金堤太太是那種相當節儉、會精打細算的女人。他想，她生前一定是很重視錢。

他又溫和地追問道：「但我猜，你姑姑總給你寫過信吧？」

「啊，聖誕節會寄卡片來。」

「也許她在英國的其他地方有朋友，會給他們寫信？」

「這我就不知道了。她有一個小姑，但兩年前就死了，還有一位布利普太太，但她也過世了。」

「這麼說，如果她要寫信給什麼人，那很可能是為了回覆別人的信？」

貝絲．伯奇充滿了困惑。

「我不知道有誰會寫信給她，我確定……當然了，」她的臉突然亮了起來。「也許是公務信函吧？」

白羅同意。這個時代，收到貝絲隨口提到的公務信函是很普遍的事，不算特別。

「都是一些無聊的事，」伯奇太太說，「要你填很多表格，問一大堆粗魯無禮的問題，那些問題根本不該問我們這些正經的人。」

「這麼說，麥金堤太太也許是收到了政府的信函，需要她回覆囉？」

「如果真是這樣，她會把它拿給喬看，這樣，喬就可以幫她填寫那些東西，那種事很讓她不耐煩，她總是請喬幫忙。」

「你是否記得她的遺物中有些什麼信件？」

「我不確定，我不記得有這類東西，警察先接收過去，沒多久他們就讓我收拾她的東西，把它們帶回來了。」

「那些東西現在怎麼樣了？」

「那邊的那只箱子是她的——是很結實的上好紅木，樓上還有一個衣櫃和一些很好的廚房用具，其他東西我們都賣了，因為我們沒有地方保存。」

「我指的是她的私人物件，」他解釋道，「比如梳子、牙刷、照片、毛巾、衣服等等。」

「噢，這些東西。我老實告訴你吧，我把它們都收到一個箱子裡，現在還放在樓上。不知道該拿它們怎麼辦。我原想在聖誕節時，把那些衣服拿到舊物拍賣場去，但我忘了。然而把這些衣服賣給那些惡劣的二手商又過意不去。」

「我不知道……是否可以看看箱子裡的東西？」

「當然沒問題。但我不認為你能發現什麼有用的東西，警察已經全部檢查過一遍。」

「我知道，不過，我還是再去看看吧。」

伯奇太太很快地將白羅領到後面的小臥室。白羅判斷，這個房間主要作為裁縫間。

她從床底下拉出了一只箱子，說：「啊，就在這裡。請你原諒，我得離開一會兒，我正在燉東西。」

白羅請她不用客氣，於是聽到她咚咚咚地走下樓去。

他將箱子拉向自己，打開了它，一股樟腦味迎面撲來。

帶著憐惜的心情，他一一拿出了裡面的東西，這些東西豐富呈現了一個過世女人的個人特質。裡面有一件相當破舊的黑大衣、兩件羊毛套衫、一件外套和一條裙子、長筒襪，沒有內衣（有可能是貝絲．伯奇自己拿去穿了）、兩雙用報紙包著的鞋子、一支刷子、一把梳子（很舊但很乾淨）、一面銀框刻紋鏡子，以及一幅結婚照，外面是皮革相框，照片上兩個人的衣著打扮都是三十年前的樣式，這大概就是麥金堤太太和她丈夫的結婚照。還有兩張彩色明信片、一隻陶瓷狗、一張從報紙上剪下的胡瓜醬食譜和一篇描寫飛碟的文章，第三張是一份剪報，標題寫的是「希普頓婆婆的預言」，還有一本《聖經》和一本祈禱書。

沒有手提包或手套，也許是貝絲．伯奇拿走了或是扔了。根據白羅的判斷，這些衣服對高大豐滿的貝絲來說是太小了，麥金堤太太是個瘦小的女人。

他解開用報紙包著的一雙鞋，質料很好，沒怎麼穿過，一定比貝絲．伯奇的號碼要小。

他剛想將鞋再重新用報紙仔細包好，眼睛卻被那張報紙的標題吸引住了。

那是一份《星期日彗星報》，日期是十一月十九日。

麥金堤太太是在十一月二十二日被人殺害的，那麼，這就是她在遇害以前那個星期日買的報紙。當時，它一定放在她的房間裡，貝絲．伯奇就順手拿它包起了姑姑的東西。

十一月十九日，星期日；而在星期一，麥金堤太太去郵局買了瓶墨水……

有沒有可能是因為她在星期日的報紙上看到了什麼呢？

他又打開另外一雙鞋，包那雙鞋的報紙是《世界新聞》，日期也是十一月十九日。

他將兩張報紙攤平，拿起來坐在椅子上認真看著。他很快就發現了問題，在《星期日彗星報》上，有一部分被剪掉了，在中間那一頁上留下了一塊長方形的空白，這塊空白對前面發現過的那些剪報來說都太大了。

他仔細閱讀了兩份報紙，但沒發現有意思的東西，他又將這兩雙鞋子重新包好，整整齊齊地放回箱子裡，再邁步下樓。

伯奇太太正在廚房裡忙著。

「沒發現什麼有用的東西吧？」

「啊，是沒有。」他故作輕鬆地說道，「你記不記得在你姑姑的錢包或手提包裡有一張剪下來的報紙？」

「我不記得了，也許警察拿走了吧。」

警察不會把它拿走的，從史彭斯所做的記錄中可以確定這一點。老婦人手提包裡的東西都列有清單，其中並沒有包含那張剪下的報紙。

「好，」白羅自忖道，「接下來就容易了，若非徹底失敗，就是我終於有了進展。」

§

白羅靜靜地端坐不動，面對著成捆落滿灰塵的報紙，他告訴自己，它對那瓶墨水的判斷並沒有使他枉費心機。

《星期日彗星報》刊登的一向都是發生在過去的浪漫故事，白羅現在看的這張《星期日彗星報》，是十一月十九日星期日的，在中間頁的最上方，是如下醒目的大標題：

昔日悲劇中的女性受害者，

如今她們都在哪裡？

標題下面是四張模糊不清的照片，很明顯是許多年前拍攝的。她們看起來並不覺得有多不幸。實際上，她們看來都有點可笑，因為她們都穿著過時的服飾，再也沒有什麼比過時的時髦更滑稽的了——雖然在三十年後，她們也許又會再顯魅力，或者重新流行。

每一張照片下面都有一個名字：伊娃．凱恩，克雷格名案的「另一個女人」；賈妮斯．考特蘭，「不幸的妻子」，丈夫是個人面獸心的惡棍；小莉莉．甘博爾，擁擠年代的不幸兒童；維拉．布雷克，堅信丈夫不是凶手的妻子。

接下來，又用醒目的黑體字提出了這個問題：

如今這些女人都在哪裡？

白羅眨了眨眼，開始認真閱讀這些年代久遠、記憶模糊的女主角們傳奇的人生故事。

他記得伊娃·凱恩這個名字。因為克雷格案在當時曾經轟動一時。艾爾·克雷格是個市府職員，辦事勤奮。他身材矮小，平凡善良，行為端正。最大的不幸是，他娶了一個令人討厭、喜怒無常的妻子。克雷格太太使他負債累累，平日總是對他沒完沒了地嘮叨找碴，而且患有精神病——有些嘴壞的朋友說，那完全是想像所致。伊娃·凱恩是他們家的保母，她當時年僅十九歲，長得很漂亮，無依無靠，人也相當單純。她瘋狂地愛上了克雷格，他也愛她。然後有一天，鄰居們就聽說克雷格太太被安排到國外治病去了，這都是從克雷格口裡聽來的。他說某天晚上夜深時，他用車先將她送到倫敦，又目送她坐船去了法國南部，之後他就回到他住的鎮上。他不時便向人提起從他妻子的來信，看來她的健康狀況並無好轉；而伊娃·凱恩一直留下來替他照料家務。這時，就開始有流言蜚語傳了開來，最後，克雷格收到他妻子在國外病死的消息，他離開了家，約一個星期後回來，告訴大家葬禮的情形。

從某個角度上講，克雷格是個頭腦簡單的人。他犯了一個錯誤，就是提到了他妻子的死亡地點，說是在法國一個很著名的旅遊勝地——里維拉。偏偏有人有朋友住在那裡，透過通信了解到，既沒有聽聞過一個克雷格太太的死訊，也沒聽到在那裡舉行過任何葬禮。過了一陣子，謠言四起，於是有人向警察報了案。後來的事情可以簡單地概述如下：

克雷格太太根本就沒前往法國的那個旅遊勝地，她是被碎屍肢解埋在克雷格家的地窖裡。驗屍報告顯示，她是被農藥毒死的，克雷格被捕並被送上法庭受審；伊娃·凱恩一開始被指控為同謀，但是指控後來被撤銷了，因為有證據顯示，她對所發生的事情毫不知情。最後，克雷格全部招認，被判了死刑，而伊娃．凱恩也懷著身孕離開了那個小鎮。

《星期日彗星報》的報導如下：

她在紐沃德的好心親戚為她安置了一個家，她也改名換姓。這個可憐的年輕女人，在她年輕單純的年紀，就被一名冷血殘酷的殺人犯勾引誘騙。她從此永遠離開了這個地方，開始了新的生活。她的內心已永遠把往事封閉，而且對她的女兒隱瞞其父親的真實姓名。

「我的女兒以後要快樂長大、無憂無慮，她的生命絕對不能被殘酷的過去所玷汙。我發誓要盡我所能，讓不幸的記憶只留在我一個人心裡。」

脆弱可憐、容易輕信別人的伊娃，如此年輕就領教了人性的醜陋和罪惡。如今她在哪裡？是不是變成一位年邁婦人，住在中西部的某個小鎮上安靜度日，受到她鄰居的尊敬？也許，她的眼神還透露著深沉的悲哀。是不是另外有一個年輕的女人，過得幸福而快樂，可能帶著自己的一大堆孩子，前來探望她的老媽媽，反覆講述著每天生活中所遇到的點滴痛苦和埋怨，嘮叨著家務瑣事，而對她媽媽曾經忍受過的那些痛苦往事卻一無所知呢？

「哎呀呀。」白羅說，然後繼續看下一則故事。

賈妮斯．考特蘭，「不幸的妻子」，她的不幸當然歸咎於她的丈夫。他容易大驚小怪而全面防堵的古怪行徑，她忍受了八年之久，「整整八年的殉難生活。」《星期日彗星報》嚴厲地評論道。後來，賈妮斯交了一位朋友，那是個帶著理想主義色彩而涉世未深的年輕人。有一次，他偶然看到這對夫妻間的爭執場面，立時給嚇壞了，因此，就對那位丈夫施暴，一下子使出了太大力氣，以至於後者的頭碰到了光滑大理石的壁爐邊上，頭蓋骨撞碎了。

陪審團認為，被告行凶出於一時激憤，那位年輕氣盛的男孩並沒有殺人動機，因此，以過失殺人罪判處他五年徒刑。

飽受痛苦的賈妮斯，受不了這個案子帶給她的輿論壓力，為了遺忘這一切，她出國了。

「她真的已經遺忘了嗎？」《星期日彗星報》這樣問道，「但願如此，也許在某個地方，她已成為一個幸福的妻子和母親。對她來說，這麼多年默默忍受噩夢般的痛苦，如今驀然回首，只像是一場過眼雲煙的夢幻。」

「唉，唉。」赫丘勒．白羅說著，將眼睛移到了莉莉．甘博爾身上。

那是位擁擠時代的不幸兒童。莉莉．甘博爾被她那過分擁擠的家庭給趕了出來，由她的一位姨媽負責照顧。有天莉莉想去看電影，姨媽說不行，莉莉．甘博爾就順手拿起一把放在桌上的剁肉刀，對著她姨媽砍了下去。那位姨媽雖然獨斷蠻橫，人卻長得瘦弱矮小，莉莉的那一擊立即就把她砍死了。對於一個十二歲的女孩來說，莉莉發育完好，身強體壯。少年觀護所的門打開了，莉莉從普通人的生活中消失。

現在，莉莉已是成年婦女，重新獲得自由，在我們的文明社會裡占有自己的一席之地。據說，在她受拘禁的緩刑期間，行為可以說是表現良好，足堪表率。這不正好說明我們該譴責的不是孩子本身，而是整個社會制度嗎？在愚昧無知的環境中被人養育，莉莉．甘博爾只是個環境的受害者。

現在，既然她已經為她不幸的過失付上了代價，我們希望她從此幸福地生活著。既是一個好公民，又是一個好妻子和好母親。

可憐的莉莉．甘博爾。

白羅搖了搖頭。

一個十二歲的孩子，對著姨媽揮動剁肉的大刀，使力把她殺死，根據白羅的觀點，無論如何這都不能算是個好孩子，在這個案子裡，他的同情心投向那位姨媽。

他又將目光移到了維拉．布雷克的報導上。

顯而易見，維拉．布雷克屬於那種諸事不順、命運舛錯的女人。

一開始，她和她那位殺死銀行警衛而受到警察通緝的男友一起遭到逮捕。後來，她嫁給一位平實的商人，結果卻發現他專門為人銷贓。她的兩個孩子也是如此，隨著年齡增長，也常受到警察的特別關注。他們和母親到商店購物時，多次順手牽羊。然而最後，終於有一個「好人」出現在她的生活中。

他主動為可憐的維拉在自治領安置一個家，帶著她的孩子們離開這個令人鼻酸的國家。

「從此以後，一種新的生活等待著他們。在受過多年命運的打擊之後，維拉的苦難終於過去了。」

「說不定，」白羅懷疑說，「她發現自己又嫁了一個專門在遊輪上使詐的大騙子。」

白羅向後一仰，仔細看那四張照片。

伊娃．凱恩一頭鬈髮，覆蓋著她的耳朵，頭上還戴著一頂大帽子，手裡捧著一束玫瑰貼在耳朵邊，就像拿著電話話筒一樣。

賈妮斯．考特蘭的帽子壓得很低，一直壓到了耳朵上面，她披著一條大圍巾，一直垂到了她的臀部。

莉莉．甘博爾是個相貌平平的孩子，樣子像是患有腺狀增殖呼吸困難症，張大著嘴巴，戴著一副厚眼鏡。

維拉．布雷克一身黑白分明的衣服，看起來似乎很不快樂，並沒有什麼明顯的特徵。

麥金堤太太剪下這些報導和照片一定有什麼原因，為什麼呢？難道只是因為她對這些故事感興趣嗎？

白羅不這麼認為。

麥金堤太太在她長達六十年的生活中，只保存寥寥無幾的幾樣東西。從警察的物品記錄上，白羅了解到這個情況。她在去世前的那個星期日，把這份報紙剪了下來。到了星期一，她去買了瓶墨水，據推斷是要寫一封信，但平時她從來不寫信。如果那是一份公家回函，她很可能會去請喬・伯奇幫她寫，因此，那不會是一封有關公務的信件。那麼，究竟它是怎樣的一封信呢？

白羅的眼睛又一次瀏覽了那四張照片。

《星期日彗星報》這樣問道：

如今她們都在哪裡？

白羅想，這些女人中的某一個，去年十一月時也許就在布羅欣尼。

§

第二天，白羅和潘姆拉・霍斯佛小姐進行了單獨會晤。

霍斯佛小姐不能和他談太久，因為她必須趕往薛菲爾德，她解釋道。

霍斯佛小姐身材高大，具有男子氣概，抽菸、喝酒樣樣來。看著她粗獷的面龐，很難相信《星期日彗星報》上那些過分傷懷易感的文章竟出自她的筆下，然而事實正是如此。

「快說，快說，」霍斯佛小姐不耐煩地對白羅說道，「我馬上就要走。」

「是關於《星期日彗星報》上你寫的那篇文章，去年十一月的『不幸女人』系列。」

「啊，那個系列，糟糕透了，是不是？」

白羅對此沒有發表任何見解。他說：「我要談的是十一月十九日刊登的那組和犯罪案件有關的女人。它談到了伊娃．凱恩、賈妮斯．考特蘭、維拉．布雷克和莉莉．甘博爾。」

霍斯佛小姐咧嘴笑了笑。

「噢，我想起來了。就是那篇標題為『如今她們都在哪裡』的文章嗎？」

「我猜想，文章刊登之後，你通常會收到一些讀者來信吧？」

「這是一定的，有些人好像除了寫信以外就沒其他事可做。有的人來信說，他有一次曾看到殺人犯克雷格在大街上遊走；還有人願意告訴我他的成長故事，說我一定想像不到有如此不幸的事。」

「在那篇文章刊登之後，你有沒有收到布羅欣尼一位麥金堤太太寄來的信？」

「老兄啊，我怎麼會知道？我收到的信成打成捆，怎麼會記得某個人的名字呢？」

「我想你應該記得的，」白羅說，「因為過幾天之後，這位麥金堤太太便被人謀殺了。」

「啊，這倒有趣了。」霍斯佛小姐忘記了她要趕往薛菲爾德的事。她兩腳攤開，安安穩穩地坐在那把椅子上。「麥金堤……麥金堤，我確實記得那個名字，被她的房客砸了後腦。

從大眾的觀點來看，那不是一件聳動的罪案，也沒什麼香豔刺激的內容。你說那個女人給我寫過信？」

「我認為她給《星期日彗星報》寫過信。」

「那是同一件事，信最後都會送到我手裡。至於說那椿謀殺案，她的名字一定有上報……我當然應該記得──」她停了一下。「啊，我想起來了──那不是從布羅欣尼發出的信，是從布羅維。」

「你記得是這樣的嗎？」

「嗯，我不敢肯定，但那名字……很有意思的名字，是不是？麥金堤。是的，字寫得很難看，好像教育程度很低。如果我曾經聯想到……但我敢肯定，信是從布羅維寄來的。」

「你剛才說她字寫得很糟糕，寫起布羅欣尼可能看來和布羅維差不多。」

「是的，也許是吧。不管怎麼說，我們不太可能知道這些稀奇古怪的鄉村地名。麥金堤，是的，我確實記得，也許是那椿謀殺案讓我對這個名字留下了印象。」

「你記得她在信中都說了些什麼嗎？」

「她提到某張照片什麼的，她說她知道有一張和報紙上一樣的照片，問我們要不要付錢給她，能付多少。」

「你給她回信了嗎？」

「老兄，我們根本就不需要那種東西，我們給她寄去了制式回函，對她表示了禮貌性的感謝，就這樣，可是我們將那封信寄去布羅維了，我不知道她會不會收到。」

「她知道有一張和報紙上一樣的照片……」

此時白羅的腦子裡回想起莫琳．薩默海不經意的一句話。

「當然了，她有點愛聽八卦。」

麥金堤太太喜歡聽人家的是非。她為人誠實可靠，但她喜歡打聽別人的隱私。人總喜歡隱瞞，隱瞞一些很可笑或不重要的往事，可能是怕引起感傷，或只是不願意回首，不再想那些過去的事情。

麥金堤太太看見過一張舊照片，後來她又看到那張照片被《星期日彗星報》上刊登了出來，她不知道是否能用它換點錢……

白羅迅速地站起身來。

「謝謝你，霍斯佛小姐。冒昧請問你，你所寫的那些案件報導，內容是否真實可靠？比如說，我注意到你弄錯了克雷格案的審判時間，事實上，比你所寫的要再晚一年；還有考特蘭案，她丈夫的名字叫海伯特而不是哈伯特，我記得好像是這樣；而莉莉．甘博爾的姨媽是住在白金漢郡，而不是波克郡。」

霍斯佛小姐揮了揮香菸。

「老兄，沒有必要講求精確，這純粹是一篇煽情的大雜燴，我只是擷取一些事實，然後大筆一揮，隨意抒發罷了。」

「我的意思是，你們舉出的那些女主角也許並未如報上所描述？」

霍斯佛小姐像一匹野馬般發出了嘶鳴般的長笑。

「當然，你以為呢？我毫不懷疑伊娃・凱恩是個絕對自私的人，根本不是個受到傷害的小女人。至於說考特蘭，她為什麼要默默地忍受虐待長達八年之久呢？因為他可以賺錢養家，而她那位浪漫的小男朋友卻身無分文。」

「那個不幸的孩子莉莉・甘博爾呢？」

「我才不願意她手裡拿著一把砍肉的斧頭繞著我跑來跑去。」

白羅扳著手指說道：「她們都離開了這個國家，去了新的世界，到了國外，到自治領去，開始一種新的生活。那麼目前並沒有什麼資料顯示，後來她們是否回來了嗎？」

「沒有，」霍斯佛小姐應道，「不過現在，我真的要走了。」

那天晚上，白羅給史彭斯打了電話。

「我才在納悶呢，白羅，有什麼收穫嗎，任何收穫？」

「我已經著手調查了。」白羅答道。

「是嗎？」

「調查的結果如下：住在布羅欣尼的人，都是非常好的人。」

「你這是什麼意思，白羅先生？」

「啊，我的朋友，想一想吧，『非常好的人』，那自古以來就是個充分的殺人動機啊。」

／09

「都是非常好的人。」

白羅一邊喃喃低語，一邊邁步來到車站附近「十字路」的大門前。台階上掛著的銅牌顯示，醫學博士倫德爾醫生就住在這裡。

倫德爾醫生身材魁梧，神情愉快，大約四十歲，他對來訪的客人表示了誠摯的歡迎。他說：「偉大的赫丘勒．白羅光臨，使我們寧靜的小村莊感到無限光榮。」

「啊，」白羅心滿意足，非常高興。「這麼說，你聽說過我？」

「我們當然聽說過你，誰沒聽過呢？」

對這一問題再做何種回答都會有損於白羅的崇高地位。他只是禮貌地說道：「我的運氣真好，你正好在家。」

他並非運氣好，事實上恰恰相反，這是白羅算準的。倫德爾醫生由衷地回答說：「是啊，正好碰到我在家，再十五分鐘我就有一個外科手術要做。我能為你做什麼呢？我真好奇，很想知道你來此地有何要事，是來休養度假，還是我們這裡發生了什麼案件？」

「那已經過去了，不是現在。」

「過去？我不記得——」

「麥金堤太太。」

「啊，當然，當然，我都快忘了。但是你該不會是說，你來此地是和這件事有關吧？現在來不是太遲了？」

「我就私下告訴你好了，我是受雇於被告人，有新的證據出現足以提起上訴。」

倫德爾醫生迅速問道：「但是能有什麼新的證據呢？」

「這個，唉，恕難奉告——」

「噢，當然，對不起了。」

「但是我遇到了一些問題，可以說，非常奇怪，非常——我到底該怎麼說呢——有意思。倫德爾醫生，我來找你，是因為我知道麥金堤太太以前曾受雇於你。」

「噢，是的，是的，她是……來點飲料如何？雪利？威士忌？你喜歡雪利？我也是。」

他端來兩只杯子，在白羅身旁坐下，繼續說道：「她過去每週來一次，幫忙做些額外的清理工作，我原本已有一個很好的女管家，非常不錯，但是像擦拭家具銅飾，還有擦洗廚房地板之類的工作……唉，斯科特太太不太能跪在地上擦地板。麥金堤太太工作非常出色。」

「你認為她是個誠實可靠的人嗎？」

「誠實可靠？啊，這是個奇怪的問題。我認為我不能評斷，因為我沒有機會了解，但據我所知，她相當誠實可靠。」

「那麼，若是她對誰說了什麼，你認為那些話靠得住嗎？」

倫德爾醫生有些不解。

「噢，我不敢那麼說。我對她的了解確實很少，我可以問一問斯科特太太，她對她的了解會多一些。」

「不必，最好還是別這樣做。」

「你讓我益感好奇了，」倫德爾醫生和氣地說，「她會到處說什麼呢？事關誹謗嗎？中傷，我是這個意思。」

白羅只是輕輕地搖了搖頭。他說：「你明白，這一切目前還處於保密階段，我剛剛才開始著手調查。」

倫德爾醫生苦澀地說：「那你得快一點兒了，是嗎？」

「沒錯，我能運用的時間有限。」

「我必須說你的話讓我很吃驚……我們這裡的人都相當確定人是本特利殺的，這好像沒什麼值得懷疑。」

「看起來只是個見財起意的普通案件，沒有什麼特別，這就是你要說的話嗎？」

「是……是的，這樣說並不為過。」

「你認識詹姆斯．本特利嗎？」

「他來找我看過一兩次病，他為自己的健康感到擔心。我想他母親對他過分保護了，這種情況滿常見的，我們這兒也有一個與此類似的情況。」

「噢，真的嗎？」

「是的，厄普沃太太，勞拉．厄普沃，她對她兒子太溺愛，幾乎都要把他繫在她的裙子上了。我們就私底下講，他是個聰明的年輕人，但不像他自己認為的那麼聰明。他確實還算相當有才華，是一名很有前途的劇作家，我們的羅賓。」

「他們在這裡住的時間長嗎？」

「有三、四年了吧，在布羅欣尼，沒有哪一家定居的時間很長。最初的村莊只是繞著長牧野旅舍周圍的幾戶農舍，我知道你現在就住在那裡吧？」

「是的。」白羅的語氣不甚雀躍。

倫德爾醫生看著好笑。

「旅舍，啊？」他說，「那個女人對如何經營旅舍簡直一無所知。她過去一直住在印度，嫁過去後就有成群的僕人使喚。我敢說你住在那裡很受罪，從來沒有人住得下去。至於那個可憐的薩默海，他現在苦心經營的什麼市場菜園那玩意兒，絕對不會有什麼成果。他人是不錯，但沒有一點生意頭腦。這個時代如果不想破產，就得有生意頭腦。不要以為我治好了多少病人，我只不過是個高級的表格填寫者和證明簽字人。不過我還是喜歡薩默海太太，薩默海太太是個很迷人的女人，雖然薩默海先生喜怒無常，脾氣暴躁，他屬於老一輩的人，已經跟不上時代了。可惜你不認識老薩默海上校，標準的鐵漢，驕傲得不得了。」

「他是薩默海少校的父親嗎？」

「是的，老人死的時候沒留下多少錢，而且留了一些債務拖垮他們，不過他們還是決定留在老地方。真不知道該佩服他們，還是該說他們是傻瓜。」

他看了看錶。

「我不能再打擾了。」白羅說。

「我還有幾分鐘。另外，我還想讓你見見我的妻子。我不知道她現在到哪兒去。聽說你來我們這個地方，她非常高興。我們倆對犯罪事件都很著迷，讀了很多相關方面的書。」

「是犯罪學，偵探小說，還是週報？」白羅笑著說。

「三種都讀。」

「你也會閱讀《星期日彗星報》這類報紙嗎？」

倫德爾笑了笑。

「若沒有這種報紙，星期日怎麼打發？」

「五個月前，上面刊登過一篇很有意思的文章，其中一篇是關於那些和謀殺案有牽連的女人，以及她們的不幸經歷。」

「是的，我記得你提到的這篇文章，不過，全是胡言亂語一堆。」

「啊，你是那麼認為嗎？」

「當然。克雷格案我只在報上看到過。但其他幾個案子，像考特蘭的那個案子，我可以告訴你，那個女人絕對不是個無辜的受害人，她一定是個殘酷惡毒的女人。我知道這個情況，是因為我的一個叔叔照顧過她丈夫。他當然不是什麼好東西，但他的妻子也絕對不比他好到哪裡去。她操控那個沒有經驗的年輕人，慫恿他謀殺了她的丈夫。然後，他因過失殺人罪被關進監獄，而她卻完全無事地離開，成了一個很富有的寡婦，而且又嫁給了別人。」

「《星期日彗星報》沒有提到這些情況，你知道她嫁給誰了嗎？」

倫德爾搖了搖頭。

「我沒聽人提過他的名字。不過有人告訴我說，她混得很好。」

「讀了這篇文章，總會禁不住想，那四個女人現在都在哪裡呢？」白羅打趣地說道。

「是呀。或許我們就曾在最近的晚宴上碰過她們呢。我敢打賭，她們全都把自己的過去隱藏在內心深處，你根本就不可能根據那些舊照片認出她們，我敢說，她們看起來一定平凡得很。」

鐘報時的聲音響了，白羅站了起來。「我不能再耽誤你了，你已經夠忙了。」

「就怕對你沒什麼幫助，一般男人很少知道自己的清潔傭人長什麼樣子。不過，請稍候片刻，你一定要見見我的妻子，不然她永遠不會原諒我。」

他帶白羅來到前廳，大聲叫道：「希拉，希拉——」

樓上傳來了隱隱約約的回答。

「下來一下，我給你看樣東西。」

一個臉色蒼白、瘦小、頭髮金黃的女人輕快地從樓上跑了下來。

「這位是赫丘勒．白羅先生，希拉。如何？」

「噢。」倫德爾太太驚訝得一時說不出話來，她那淡藍色的眼睛怯怯地盯著白羅。

「夫人。」白羅以他的異國方式向她微微一鞠躬。

「我們聽說你到這兒來了，」希拉．倫德爾說，「但是我沒想到——」

她停住了，藍眼睛飛快地看了看她丈夫的臉。

「她對他可是唯命是從啊。」白羅心想。

他說了幾句禮貌性的應酬話後便告辭離開了。

他得到的印象是：倫德爾醫生和藹可親，倫德爾太太怯弱謹言。

對倫德爾夫婦的了解僅止於此，這就是麥金堤太太每個星期二上午的雇主倫德爾家。

§

亨特莊是一棟堅固的維多利亞式建築。大門前有長長的車道，雜草叢生，極不整潔。剛剛建成的時候，它可能不是一座很大的宅院，可是現在龐大得不太容易管理了。

白羅向那個前來開門的年輕外國女人說，想見見韋瑟比太太。她盯著他看了一會兒，然後說：「我不知道她方不方便，請進來吧，還是找韓德瑟小姐如何？」

她把他一個人留在大廳裡。

套句房屋仲介商的話，這個大廳可謂「裝備豪華」，擺著很多從世界各地搜集而來的古董、文物。但現在看起來都不是十分乾淨整潔，它們落滿了灰塵。

過了一會兒，那個外國女人又出現了。

「請進來吧。」她說。

然後，他被領進了一間很冷的小房間，裡面擺著一張大書桌。在壁爐架上，放著一支奇醜奇大的銅咖啡壺，巨大的壺嘴看起來好像一個碩大無比的鷹鉤鼻。

白羅身後的門開了，一個女孩走了進來。

「我媽正躺在床上，」她說，「我可以幫得上忙嗎？」

「你是韋瑟比小姐？」

「我姓韓德瑟，韋瑟比先生是我的繼父。」

她是個年齡在三十歲左右的年輕小姐，衣著樸素，身材高大，不太靈活，她的一雙眼睛相當具有警覺性。

「我想知道一些麥金堤太太的情況，她過去曾在這裡做過事。」

她盯著他。

「麥金堤太太？她已經死了呀。」

「我知道，」白羅輕聲說，「然而我還是想聽聽她的事。」

「噢，是不是因為保險或什麼事？」

「啊，不是為了保險的事，是為了新的證據。」

「新的證據？你的意思是說……和她的死因有關？」

「我受雇於被告的律師，」白羅回答，「代表詹姆斯·本特利那邊前來調查。」

她仍然盯著他，問道：「但是，難道不是他殺的人嗎？」

「陪審團認為是他殺的，但是，陪審員誤判的例子也是有的。」

「那麼說，是別人殺了她？」

「有可能。」

她急切地問：「是誰？」

「這……」白羅緩緩地說，「就是問題所在。」

「我什麼都不知道。」

「是嗎？但是你可以告訴我一些麥金堤太太的事，對吧？」

她很不情願地說：「我想是吧……你想知道什麼呢？」

「啊，從頭開始講吧。你認為她這人怎麼樣？」

「噢，沒什麼特別的地方，她和其他人沒什麼兩樣。」

「愛說話還是沉默寡言？非常好奇還是小心謹慎？愉快開朗還是鬱鬱寡歡？是個好女人或者不是個好女人？」

韓德瑟小姐想了想。

「她工作很盡力，但是，她的話太多，有時候她會說些稀奇古怪的事……我不是很喜歡她。」

門開了，那個外國女僕說道：「迪德麗小姐，你媽說，請把客人帶上去。」

「我媽要我把這位先生帶到樓上去？」

「是的，麻煩你。」

迪德麗．韓德瑟疑惑地看了看白羅。

「你願意上樓和我媽談談嗎？」

「當然願意。」

迪德麗．韓德瑟在前面帶路，穿過客廳上了樓梯，她莫名其妙地講了一句：「外國人有時候實在很討厭。」

因為這句話明顯是指那位女傭，而非針對前來拜訪的客人，所以白羅不在意。他覺得迪德麗．韓德瑟好像是個相當單純的年輕女人——單純到幾近愚蠢了。

樓上那個房間裡放滿了各種小擺飾，這是一個愛好旅遊者的房間。顯然她到過世界各地，而且在她所到之處必會買一份當地的紀念品。大多數的紀念品顯然取悅了遊客也剝削了遊客。房間裡的沙發、桌子和椅子都擺得太多，感覺空間太小，布幔太多——而正中央端坐的就是那位韋瑟比太太。

韋瑟比太太看起來是個小女人，一個寬大房間裡哀婉動人的小女人，這就是外人產生的第一印象。但實際上，她並不像她想表現的那麼小。就算是中等身材，任何崇尚纖弱的女人只要往這房間一塞，一定會達到它的最佳效果。

她此時正舒舒服服地靠在一個沙發上，在她旁邊放著書本和一些針線，另外還有一杯橘子汁和一盒巧克力。她愉快地說道：「很抱歉我不能站起來迎接你，因為醫生堅持要我每天休息。如果我不聽話，每個人都會責備我。」

白羅握住她伸出的手，很得體地微微鞠了鞠躬。

他的身後傳來了迪德麗執拗的聲音。

「他想要知道麥金堤太太的情況。」

那隻馴服地放在白羅手中的玉手突然一緊，使白羅一時間感覺自己握著一隻小鳥的爪子。但這可不是那種精美的細瓷器，而是一隻貪婪食肉的利爪。

韋瑟比太太輕聲笑著說：「多可笑呀，親愛的迪德麗。麥金堤太太是誰呀？」

「噢，媽媽，你應該記得的呀，她替我們做過事，就是被人殺死的那個清潔婦。」

韋瑟比太太渾身顫抖了起來。

「別說了，親愛的，這太可怕了！她死後好幾個星期我一直很緊張。可憐的老女人！可是她怎麼這麼傻，竟然把錢藏到地板下面，她應該把錢存到銀行裡。我當然記得這些事情，我只是忘了她的名字。」

迪德麗遲鈍地又重複了一遍：「他想知道她的情況。」

「噢，請你坐下來吧，白羅先生。我非常好奇，倫德爾太太剛剛打電話來說，我們這兒來了一位非常著名的犯罪學家。她告訴我一些你的情況。後來，那個白癡弗莉達說有一位客人來訪時，我就確定是你。於是我吩咐下去，把你請上樓來。現在，請你告訴我究竟是怎麼回事？」

「就像你女兒說的那樣，我想了解麥金堤太太的情況，她在這兒幫過傭。我知道她每星期三來照料你，也正好是在星期三，她遇害了。所以在她死的當天，她來過這裡，對吧？」

「我想是的，是的，應該沒錯。不過我沒十分把握，時間都過去這麼久了。」

「是的，好幾個月了。那天她有沒有說過什麼……什麼特別的話？」

「那種階層的女人總是話很多，」韋瑟比太太厭惡地說，「沒有人會認真聽她說什麼，可是不管怎麼樣，她總不會說那天晚上她要被人搶劫、遭人殺害吧，對不對？」

「事出必有因吧。」白羅說。

韋瑟比太太皺了皺眉頭。

「我不明白你是什麼意思。」

「或許我自己也不明白……至少現在還不明白。我正努力打破疑團，尋找線索……你看週報嗎，韋瑟比太太？」

她的藍眼睛睜得大大的。

「是的，當然了，我們這裡有《觀察家報》和《週日時報》，為什麼問這個呢？」

「隨便問問，因為麥金堤太太都看《星期日彗星報》和《世界新聞》。」

他停頓了一下，但沒人做出任何反應。

韋瑟比太太嘆了口氣，微微閉上眼睛。她說：「這太令人難過了，她那個恐怖房客，我認為他腦子有些不太正常，可是他顯然是個受過相當教育的人。那更糟，對不對？」

「是嗎？」

「當然，我真的這麼想。多麼殘酷的罪行啊，竟然用剁肉用的刀，噢！」

「但警察從未找到凶器。」白羅說。

「我想他可能是把它扔到水塘或什麼地方去了。」

「他們打撈過那些水塘了，」迪德麗說，「我……我看到過。」

「親愛的，」她媽媽嘆息著說，「別說得這麼嚇人，你知道我多麼痛恨這種事情，我的頭受不了。」

那個女孩嚴厲的目光直視著白羅說。

「我想不該再繼續了，」她說，「這對她很不好，她非常敏感，連偵探小說都不敢看。」

「我很抱歉，」白羅說著，站起身來。「我這樣打擾只有一個理由，某個人在三星期後就要被處死了。如果不是他做的——」

韋瑟比太太用手撐起身子，她的聲音很尖利、刺耳。

「當然是他做的，」她叫道，「當然是他做的。」

白羅搖了搖頭。

「這我就不確定了。」

白羅疾步走出了房間，當他下樓時，那個女孩從後面趕了上來，她在客廳攔下了他。

「你是什麼意思？」她問道。

「就是我說的那個意思啊，小姐。」

「是的，可是——」她停了下來。

白羅沉默不語。

迪德麗．韓德瑟慢慢地說：「你讓我媽很難過，她痛恨那種事情——搶劫、謀殺，還有暴力。」

「這麼說，一個曾在這兒幫傭的女人被人殺死，對她來說一定是個極大的打擊。」

「噢，是的……噢，是的，確實如此。」

「她心力交瘁，是嗎？」

「她不願聽到那件事的消息。我們……我們都盡量讓她避開那些惹人討厭、恐怖可怕的事情。」

「戰爭期間怎麼辦？」

「幸運的是我們這一帶從未受到轟炸。」

「小姐，戰爭期間，你做過什麼工作？」

「噢，我在基爾切斯特參加過志願救護隊的工作，還給婦女志願服務隊開過車。當然了，我不能離開家，媽媽需要我，就像現在這樣，她不願意讓我太常出去。頭痛的事很多，還有僕人……當然，媽媽是從來不做家務的，她身體一直不是很好。要找到合適的人來幫忙，實在太難了。正因為這樣，麥金堤太太才這麼受歡迎，她對我們幫助很大，從開始來幫忙的時候就是這樣。她工作很出色。但是，當然了，好景不長。」

「你很介意這些事嗎，小姐？」

「我？噢，不。」她看來很吃驚，「但對媽媽來說就不同了，她……她很多時候是生活在過去的回憶裡。」

「有些人就是這樣，」白羅說，他的思緒回到了不久前待過的那個房間。在那裡，有一個五斗櫃的抽屜被拉開了，裡面裝滿了各種各樣的小東西，有一把折斷的扇子、一個銀咖啡壺、一些舊雜誌。那個抽屜裝的東西太滿了，怎麼也關不緊。他輕聲說：「他們保存東西，保存對過去時代的記憶，包括參加舞會的入場券，用過的扇子，還有那些故去老友的照片，甚至是菜單和戲劇節目單。因為，看著這些東西，過去的往事就復活了。」

「我想是吧，」迪德麗說，「我無法理解這種感覺，我從來不保存東西。」

「你總是向前看，而不是向後看？」

迪德麗語氣緩慢地說：「我不知道我是向哪裡看……我的意思是說，眼前的事就看不完了，不是嗎？」

前門開了，一個又高又瘦的年長男人走進大廳。一看見白羅，他的腳停住了。

他瞟了迪德麗一眼，眉毛向上揚了揚，帶有一種詢問的神情。

「這是我的繼父，」迪德麗說，「我……我還不知道你的名字。」

「我叫赫丘勒．白羅。」

白羅像平時那樣，很不好意思地說出這個了不起的名字。

韋瑟比先生聽了好像沒什麼感覺。

他應了一聲「噢」，然後轉身掛他的大衣。

迪德麗說：「他是來問麥金堤太太的情況。」

韋瑟比先生一動也不動，停了一會兒，然後在掛鉤上掛好他的大衣。

「這未免太奇怪了。那個女人幾個月前就死了，雖然她在這兒幫過傭，我們對她和她的家庭卻毫不了解。如果我們知道的話，早就告訴警察了。」他的話裡有一種想要結束的口吻，他看了看錶。「我想，午飯再過一刻鐘就準備好了。」

「恐怕今天會晚一些。」

韋瑟比先生的眉毛又揚了起來。

「是嗎？我可以問一問為什麼嗎？」

「弗莉達今天一直很忙。」

「我親愛的迪德麗，我很不願意提醒你，但是管理家務的任務已經落到你肩上。如果每天都能準時一點開飯，我會很讚賞你。」

白羅推開前門，自己走了出去，他回頭朝後看了看。

韋瑟比先生看著繼女的目光中，有一種冷冷的厭惡，而他繼女回望他的目光裡，更有一種仇恨的眼神。

10

白羅吃過午飯才去拜訪第三戶人家。午飯吃的是文火燉牛尾、番茄湯，還有莫琳樂觀地希望能夠做成薄煎餅的食物，這些東西吃起來味道都很怪。

白羅漫步向山上走去。不一會兒向右一轉，就來到拉布拿居了。這棟建築是由兩個小房子合併在一起，又按照現代品味重新進行了修繕。這裡住著厄普沃太太和她那位前途遠大的年輕劇作家兒子羅賓·厄普沃。

來到門前，白羅停住腳步，伸出一隻手，整理了一下他的鬍子。這時，一輛車從山上開了下來，一個蘋果核被人從車上扔出，正丟在白羅的臉頰上。

白羅驚訝得跳了起來，口裡抗議地喊了一聲。車停住了，一個人從車窗裡探出頭來。

「非常對不起，我丟到你了嗎？」

白羅在答覆之前先停了下來。那張臉看起來很清朗，面頰寬闊，灰白的頭髮翻捲著蓬亂的波浪，他的記憶之弦被撥動了，尤其是那個蘋果核更有助於提醒他的記憶。

「閣下，」他喊了一聲，「一定是奧利薇夫人。」

的確，正是那位大名鼎鼎的偵探小說作家。

隨著一聲驚呼：「啊，是白羅先生。」那位女作家立刻試圖從轎車裡探身出來，車身很小，而奧利薇夫人是個身材高大的女人，白羅於是趕緊上前伸手相助。

她低聲做了解釋。

「開車開了這麼遠的路，人都變笨了。」

說著，奧利薇突然從車裡跳到大馬路上，簡直就像火山爆發一般快速。

大量的蘋果也隨著叮叮咚咚地滾下山去。

「袋子破了。」奧利薇夫人解釋道。

她從胸前外衣上抖落幾塊蘋果皮，然後像隻巨大的紐芬蘭狗般搖了搖她那碩大的頭顱，藏在她衣服裡的最後一顆蘋果，從她身上滾落下來，追隨著那些沿山坡滾下去的同伴了。

「可惜袋子破了，」奧利薇夫人說道，「這些都是很好的蘋果，不過，我想在這樣的農村，一定會有很多蘋果——或者沒有？也許都運出去銷售了，我發現現在很多事都變得奇怪了。好了，你好嗎，白羅先生？你不是住在這裡吧？是的，我確定你不是。那麼，我猜一定是有謀殺案了？我希望不會是我的女房東吧？」

「你的女房東是誰？」

「在那兒，」奧利薇夫人說著，用頭點了點。「我意思是說，如果那組房子就叫拉布拿的話，就是那個地方了。在經過教堂後左邊的半山腰上，是的，就是那個地方。」她又問：「我的女房東怎麼樣？」

「你不認識她？」

「是的，可以說，我來這裡是為了職業需要，我有一本書目前正被改編成戲劇，由羅賓・厄普沃改編，我們要一起把劇本走一遍。」

「那我得向你表示祝賀。」

「根本不是那麼回事，」奧利薇夫人說，「目前只有痛苦可言，我不知道為什麼我要那麼做。我寫書賺的錢已經夠用了；我的意思是說，因為那些吸血鬼們拿走了大部分的錢，如果我得到愈多，那麼他們就賺得更多，所以，我不讓自己過分勞累。但是，你體會不到那種痛苦，別人將你筆下的人物形象改來改去，還讓他們說些他們從來沒說過的話，做些他們一向不會做的事。如果你表示抗議，他們就會說要這樣戲才好看，這就是羅賓・厄普沃腦子裡打的主意。人人都說他很聰明，如果他真的那麼聰明，我就不明白為什麼他不乾脆自己去寫劇本，然後饒了我筆下那個可憐的芬蘭人？現在，他甚至稱不上芬蘭人了，他居然搖身一變成了個挪威抗議運動的成員。」

她伸出手抓了抓頭髮。

「啊，我把我的帽子弄哪兒去了？」

白羅朝車裡看了看。

「夫人，我想你一定是把它坐到位子底下了。」

「啊，好像是如此。」

奧利薇夫人表示贊同，她拿起被坐扁的帽子，察看了一番。

「啊，好了。」她又愉快地接著說，「我不怎麼喜歡這頂帽子，但我想星期日我也許得到教堂去，雖然主教先生說過不一定非戴不可，我還是認為那個傳統的牧師會希望到教堂去的人能戴著帽子。告訴我你調查的謀殺案或什麼案子吧，你還記得我們那樁謀殺案[1]嗎？」

「難以忘懷。」

「十分有趣，對不對？我不是指謀殺本身——這我一點兒也不喜歡。我是指之後的調查部分。這次是誰？」

「這個人不像謝塔納先生那麼有看頭。她是一個清潔婦，幾個月前遭人打劫殺害了。你可能在報紙上看到過，她的名字叫作麥金堤太太。有個年輕人被指控有罪，而且被判處了死刑——」

「但是他並沒有那麼做，你知道是誰做的，而且你打算找出證據。」奧利薇夫人敏捷地反應道，「這太精采了！」

「你想得太遠了，」白羅嘆息了一聲說道，「目前我還不知道是誰做的——還有好長一段路得走。」

「男人總是這麼遲鈍，」奧利薇夫人充滿了不屑的口氣。「我很快便能告訴你究竟是誰幹的。我猜是這一帶的什麼人吧。給我一兩天時間，讓我到處走一走，我就能找出誰是殺人犯。女人的直覺……這，才是你所需要的，在謝塔納那個案子中，我的直覺就非常正確，不是嗎？」

白羅好心不去重提奧利薇夫人在那個案子當中，一直不停地變換著她的懷疑對象。

「你們這些男人啊，」奧利薇夫人縱容地說，「如果是讓女人來領導蘇格蘭警場的話，那——」

這個老掉牙的建議她才說了一半，院子大門裡便傳來了一個聲音，打斷了她的話。

「你好，」一個很悅耳的男高音說，「你是奧利薇夫人嗎？」

「我是。」奧利薇夫人答應一聲，又小聲對白羅說：「別擔心，我會非常謹慎。」

「不必了，夫人，我不希望你過度謹慎，最好恰恰相反。」

羅賓·厄普沃走下台階穿過門來，他沒戴帽子，穿一條非常破舊的灰色法蘭絨褲子和一件很不正式的運動衣。如果不是稍有發胖的趨勢，他應該算得上是一個相貌堂堂的人。

1 指白羅與奧利薇夫人首次相遇合作的案件，參克莉絲蒂的《底牌》一書。

「阿蕊登，我的寶貝！」他大叫著，熱烈地擁抱了她。

他站開一點兒，手還搭在她的肩膀上。

「親愛的，關於第二幕，我有一個絕妙的構思。」

「是嗎？」奧利薇夫人毫無熱情地說，「這位是赫丘勒‧白羅先生。」

「好極了，」羅賓說，「你帶行李了嗎？」

「帶了，在車後面。」

羅賓拖出來兩只箱子。

「真沒意思，」他說，「我們找不到合適的傭人，只有一個老珍妮特，我們還總得遷就著她。真叫人討厭，不是嗎？你的箱子怎麼這麼重，難道裏面裝炸彈了？」

他搖搖晃晃上了台階，回過頭叫道：「進來喝一杯吧。」

「他這是叫你呢，」奧利薇夫人說著，從車的前排座位拿過一個手提包、一本書和一雙鞋，「剛才你說希望我不要太謹慎是說真的嗎？」

「愈不謹慎愈好。」

「我自己不傾向於那麼做，」奧利薇夫人說，「不過，那是你的謀殺案，我會盡力幫你。」

羅賓又出現在門口。

「進來吧，進來吧，」他喊道，「等一會兒再管那輛車。老媽媽急著要見你們。」

奧利薇夫人快步奔上台階，赫丘勒・白羅緊隨其後。

拉布拿居的室內裝飾非常講究格調。白羅猜想，在這上面一定花了很大一筆錢，雖然代價昂貴，但它裝飾得既簡樸又高雅，每一片小橡木板都貨真價實。

客廳的壁爐旁有一把輪椅，上面坐著勞拉・厄普沃。她微笑著表示歡迎。她是一個充滿活力神采飛揚的女人，年紀大約六十歲左右，頭髮呈鐵灰色，下巴堅硬頑強。

「我很高興見到你，奧利薇夫人，」她說，「我知道你不願意讓人當面恭維你，說你寫的書。但是，多年來，你的書一直是我巨大的精神食糧——尤其是自從我成了這麼個殘疾。」

「您這麼說真是太客氣了，」奧利薇夫人說著表情極不自在，雙手扭捏地交叉在一起，像個女學生。「啊，這位是白羅先生，他是我的一個老朋友，在您的門外，我們倆碰巧相遇。事實上，我當時把蘋果核砸到了他身上。」

「您好，白羅先生。羅賓！」

「什麼事，媽媽？」

「為我們準備一點飲料來，香菸在哪裡？」

「在那張桌子上。」

厄普沃太太問：「您也是一位作家嗎，白羅先生？」

「噢，不，」奧利薇夫人說，「他是個偵探。您知道，就像夏洛克・福爾摩斯那種人

——頭戴獵鹿帽，手拉小提琴等等的，他到這裡來是為了偵破一樁謀殺案。」

裡面傳來了好像是打碎杯子的微響。厄普沃太太尖聲說：「羅賓，小心點。」她又對白羅道：「那非常有趣，白羅先生。」

「這麼說，莫琳．薩默海的話是對的。」羅賓喊著說，「她拉拉雜雜地告訴我說，我們這裡來了一位偵探，她似乎認為這件事十分可笑。不過，其實它是相當嚴肅的，對吧？」

「當然是嚴肅的，」奧利薇夫人說，「你們這裡藏有一名殺人凶手。」

「是的，但是，是誰被謀殺了？或者，是否有屍體被挖出來了，但不得洩漏呢？」

「不是不得洩漏，」白羅說，「關於那樁謀殺案，你們都已經知道了。」

「麥金——什麼太太，一個老清潔婦，在去年秋天。」奧利薇夫人說。

「噢，」羅賓．厄普沃失望地叫了一聲，「但是那件事早過去了。」

「一點也沒有過去，」奧利薇夫人說，「他們抓錯人了。如果白羅先生不能及時查出真正的凶手，那人就會被處死。這種事聽來真令人激憤。」

羅賓開始給大家分發飲料。

「這杯白衣女郎雞尾酒給你，媽媽。」

「謝謝，我親愛的寶貝。」

白羅微微皺眉，羅賓把飲料又分別遞給奧利薇夫人和他。

「好了，」羅賓說，「為命案乾杯。」

他喝了下去。

「她以前曾來這裡幫忙。」他說。

「麥金堤太太嗎？」奧利薇夫人問。

「是的，是不是，媽媽？」

「你說她經常來幫忙，那也只是一星期一天罷了。」

「有時候下午會再來幫忙。」

「她做人怎麼樣？」奧利薇夫人問。

「十分正派，」羅賓說，「愛整潔愛得要命，她把每件東西都洗得乾乾淨淨，然後整整齊齊地放在抽屜裡，你簡直不知道東西都擺哪裡去了。」

厄普沃太太苦笑說：「如果不是有人至少一週來整理一次，恐怕很快地你在這棟小房子裡就無法轉身了。」

「我知道，媽媽，我知道。不過，除非東西都放在原處不動，不然我簡直無法工作，我的筆記本總是被弄得亂七八糟。」

「這我一點兒也幫不上忙，很令人惱火。」厄普沃太太說，「我們有一位非常忠實的老僕人，但是，她也只會做做飯而已。」

「你得的是什麼病？」奧利薇夫人問，「關節炎嗎？」

「有點類似，恐怕不久後我就需要一個保母隨侍在側，真討厭，我不喜歡依賴別人。」

「好啦，親愛的，」羅賓說，「別激動。」

他用手輕輕拍著她的肩膀。她突然溫柔地朝他一笑。

「羅賓貼心得像個女兒一樣，」她說，「他什麼事都做，把一切都考慮得很周到，再沒有人比他更體貼人了。」

他們彼此相互微笑。

赫丘勒．白羅站起身來。

「唉呀，」他說，「我必須告辭了，我還要再去拜訪一個人，必須趕火車。夫人，多謝你的盛情款待。厄普沃先生，我謹祝你這部戲圓滿成功。」

「希望你的謀殺案順利偵破，大獲全勝。」奧利薇夫人說。

「你是認真的嗎，白羅先生？」羅賓．厄普沃問道，「或者這只是個可怕的惡作劇？」

「當然不是在開玩笑，」奧利薇夫人說，「這事絕對是認真的，他不肯告訴我凶手是誰，但是他知道，對不對？」

「不，夫人，」白羅的抗議顯得很沒有說服力。「我告訴過你，到目前為止，我還不能說我知道。」

「你是這麼說，但是我認為你確實知道……可是你想保持神祕，對不對？」

厄普沃太太尖聲叫道：「是真的嗎？不是開玩笑吧？」

「不是開玩笑，夫人。」白羅笑道。

他鞠了躬，轉身離開了。

當他走下台階時，聽見羅賓・厄普沃清楚的男高音。

「親愛的阿蕊登，」他說，「你說得沒錯，但看他留的那種小鬍子，還有那些行頭，怎麼能把他的話當真呢？你真會相信他很棒嗎？」

白羅暗自發笑。他當然很棒。

他正要橫越過那條狹窄的小路，又及時地抽身往後猛地一跳。是薩默海家的汽車，正搖搖晃晃飛駛過來，和他擦肩而過，開車的是薩默海。

「對不起，」他叫道，「我急著要去趕火車。」遠處還傳來他隱隱約約的解釋。「去冠芬花園。」

白羅也打算去趕火車，乘坐當地駛往基爾切斯特的火車，他和史彭斯主任已經約好在那裡會晤。

在趕火車之前，他還有時間再去拜訪一戶人家。

他邁步朝山頂走去，穿過層層大門，走上一條費心保養的車道，車道通向一座由玻璃和混凝土建構成的現代化住宅，屋頂方方正正，有很多玻璃窗。這就是卡彭特夫婦的家。蓋伊・卡彭特，是那家規模很大的卡彭特工程公司的合夥人，他非常富有，最近投身政治界謀求發展，他和妻子新婚不久。

為卡彭特家開大門的既不是外國傭人，也不是忠心耿耿的老僕人，而是一位表情冷淡的男管家。他很勉強地才讓赫丘勒・白羅進門來。依他的眼光來看，赫丘勒・白羅屬於那種應該被拒於門外的來訪者。他明顯地懷疑赫丘勒・白羅到這裡來是為了推銷產品。

「卡彭特先生和夫人此刻都不在家。」

「那麼，也許我可以稍等片刻？」

「我不確定他們什麼時候會回來。」

他關上了門。

白羅並沒有走下車道，而是繞著屋角朝院子裡走去，他幾乎撞到了一位穿著貂皮大衣、身材高大的年輕女人。

「喂，」她說道，「你在幹嘛？」

白羅彬彬有禮地脫帽致意。

「我希望，」他說，「能見見卡彭特先生或者是他的夫人，我是否有榮幸見到卡彭特夫人？」

「我就是卡彭特夫人。」

她不客氣地答道，但是，語氣稍微有些緩和。

「我的名字叫赫丘勒・白羅。」

沒有任何反應，不但這個偉大非凡、獨一無二的名字對她來說毫無意義，而且白羅認為，她甚至也不知道他是莫琳・薩默海最新的房客。由此看來，這個消息還沒在當地傳開。

這是個很微小的細節，但也許非常重要。

「是嗎？」

「我希望見見卡彭特先生或者夫人。但是夫人，見到你最符合我的期望，因為我要詢問的都是些平常的家務瑣事。」

「我們這裡來了一位胡佛了。」卡彭特夫人不無懷疑地說。

白羅笑了起來。

「不，不，你誤解了我的意思。我只是要問你幾個有關家務的小問題。」

「啊，你是指那些家政調查表嗎？我認為那種做法簡直愚蠢透頂——」她停頓一下。

白羅微微一笑，她及時封住自己的嘴巴，沒有說出大逆不道的話來。由於她丈夫從事政治活動，在批評政府行為時措辭謹慎是非常必要的。

「我們最好還是進屋子裡說。」

她帶路穿過大廳，來到一個大小合適的房間，這房間通向一個修剪整齊的花園。屋子看來嶄新潔亮，擺放著一套寬大沙發和兩把有扶手的椅子，另有三、四件齊本岱爾式的椅子、一張辦公桌、一個寫字檯。其造價之昂貴難以計數，都是從最有名的公司購置的，但完全看不出個人品味。白羅想，這新婚的女主人個性到底如何？是冷若冰霜，還是過度拘謹？

當她轉身時，白羅對她有了初步的評價。這是一個花費奢侈、年輕漂亮的女人。頭髮呈白金色澤，梳妝得十分精心，無可挑剔，但是特別的是那一雙碧藍的大眼睛，在眼睛瞪大時，裡面有一絲冷冷的寒光。這是雙相當美麗也容易使人沉醉的眼睛。

她說話了，語調優雅，不再煩躁。

「請坐吧。」

白羅坐下來，他說：「你太和氣了，我希望向你提幾個問題。這些問題與一位已故的麥金堤太太有關。她被人謀殺了，事情是發生在去年秋天。」

「麥金堤太太？我不懂你的意思。」

她瞪著他看，眼神逼人，充滿懷疑。

「你記得麥金堤太太嗎？」

「不，不記得。我對她一無所知。」

「你記得有關她的謀殺案嗎？或者說，那樁謀殺案太普通了，所以你沒注意？」

「噢，那樁謀殺案嗎？啊，當然記得。我只是忘了那個女人的名字。」

「可是她在這裡為你工作過。」

「她沒有為我工作過，我當時不住在這裡。卡彭特先生和我結婚才三個月。」

「但是她的確為你工作過。我想是在每星期五上午吧，你當時是瑟爾克太太，住在玫瑰園。」

她惱怒地說：「如果你什麼都知道，我不明白你為什麼還要問。不管怎麼說，這究竟是怎麼回事？」

「我正著手調查與那樁謀殺案有關的訊息。」

「為什麼？究竟為什麼？為什麼找上我？」

「你也許知道一些情況，對我能有所幫助。」

「我什麼也不知道。我為什麼應該知道？她只是一個愚蠢的老清潔婦。她把錢藏在地板下面，有人就因為那點錢搶了她並殺了她。這實在令人反感，很殘忍，就像你在那些週報上讀到的事一樣。」

白羅迅速抬起頭。

「週報，是的，就像《星期日彗星報》。你平常或許也看《星期日彗星報》吧？」

她跳了起來，跌跌撞撞地朝著通往花園的落地窗走去。她步履不穩，差點撞上落地窗的邊框。這令白羅聯想到一隻大飛蛾，盲目地拍打著翅膀朝燈火撲去。

她大聲喊：「蓋伊——蓋伊！」

一個男人的聲音在不遠的地方回答道：「伊芙？」

「趕快到這裡來。」

一個大約三十五歲的高個子男人出現了。他加快腳步走上了陽台，朝落地窗走了過來。伊芙．卡彭特對他嚷道：「這裡有個人，一個外國人，他問我去年秋天那樁可怕的謀殺案。那個老清潔婦——你記得嗎？我痛恨那種事，你知道我討厭那種事。」

蓋伊．卡彭特緊鎖雙眉，穿過落地窗，走進客廳。他的臉很長，像張馬臉。面色蒼白，非常傲慢，一副目中無人的樣子。

赫丘勒．白羅覺得他一點也不吸引人。

「我可以問一下這究竟是怎麼回事？」他問道，「你惹我妻子生氣了？」

赫丘勒．白羅攤開了手。

「我絕不願觸怒這麼一位迷人的女士，因為那位死去的女人曾經替她工作過，我只是希望，她對我正在著手進行的調查有所幫助。」

「可是……那都是些什麼調查？」

「對，問清楚這個問題。」他妻子催促道。

「對於麥金堤太太的死因，進行另一次新的調查。」

「胡說，那案子已經了結了。」

「不，不，就這一點你弄錯了，案子還沒結束。」

「你是說，一次新的調查？」蓋伊．卡彭特又皺起了眉頭。他懷疑地說，「由警察來進行嗎？胡說，你和警察毫無關係。」

「正是，我獨立辦案，和警察無關。」

「是新聞界，」伊芙．卡彭特插話道，「那些可怕的週報，他這麼說過。」

蓋伊．卡彭特眼裡閃著一絲謹慎的神情。基於他目前的地位和身分，他可不想招惹新聞界。他口氣比較親切溫和了。

「我的妻子很敏感，謀殺之類的事總是讓她難過。我相信你問她也沒有用，她對那個女人沒什麼了解。」

伊芙語氣強烈地嚷道：「她只是個愚蠢的老清潔婦，我告訴過他。」她又加了一句：「她還愛撒謊。」

「噢，這很有趣，」白羅臉上發光，打量著這兩個人，「這麼說，她撒過謊，這對我們也許是個很有價值的線索。」

「我不明白。」伊芙惱怒道。

「建構做案動機，」白羅說，「這正是我要追蹤的線索。」

「她是因為存放在家裡的錢被人搶劫而遭到殺害，」卡彭特嚴厲地說，「那才是做案動機。」

「噢，」白羅輕輕地說，「但是，真是這麼回事嗎？」

他像個剛剛說出一句生動台詞的演員那樣站起身來。

「如果我使夫人感到不快，我深表遺憾，」他彬彬有禮地說，「這種事總是令人相當不愉快。」

「整件事情都很令人難過，」卡彭特很快接話說道，「我妻子自然不願意重新想起此事，我很抱歉我們不能給你提供任何消息。」

「啊，不過你們已經提供了有用的消息。」

「什麼？」

白羅輕聲說：「麥金堤太太喜歡撒謊，這是一個很有價值的線索。夫人，請再說具體點，她到底撒過什麼謊？」

他禮貌地等候伊芙・卡彭特開口說話，

她終於說道：「噢，沒什麼特別的。我的意思是……我不記得了。」

也許是意識到兩個人都在看著她，表示希望她說下去，她又說：「她講了一些很愚蠢的話——說別人的閒話，那些話不可能是真的。」

仍然是一陣沉默，然後，白羅說：「我明白了，她的舌頭很危險。」

伊芙・卡彭特迅速做出了反應。

「噢，不，我不是那個意思，沒那麼嚴重。只是愛說些小道消息，就這個意思。」

「愛說些小道消息。」白羅輕輕說。

他做了個告辭的手勢。

蓋伊・卡彭特陪他走進廳廊。

「你任職的那家報紙——那家週報——叫什麼？」

「我向夫人提到的那家報紙，」白羅措辭小心地說，「是《星期日彗星報》。」

他停頓了下來，蓋伊・卡彭特深思著說道：「《星期日彗星報》。恐怕我不常讀這份報紙。」

「有時候上面會刊登些有趣的文章，還有一些有趣的照片……」

不待他想及，白羅便彎腰鞠躬，迅速說道：「再見，卡彭特先生。如果我——對你多有打擾，我表示道歉。」

出了大門，他又回頭看了看那所宅院。

「不無可疑，」他說，「是的，不無可疑……」

／11

史彭斯主任坐在白羅的對面嘆息道：「我並不是說你一無所獲，白羅先生，」他語氣緩慢地說，「就我個人而言，我認為你有，但是太薄弱，沒有多大用處。」

白羅點點頭。

「這些線索做不了什麼事，的確如此，還需要更多證據。」

「我和我的屬下應該注意到那份報紙才是。」

「不，不，不要責備自己。案情太明顯了——搶劫行凶，房間被翻得亂七八糟，錢不知去向。在一堆雜物之中，一份被剪過的報紙怎麼可能引起你的注意呢？」

史彭斯固執地重複說：「我應該多加注意的，還有那瓶墨水——」

「聽到這個情況是純屬偶然。」

「然而，對你而言卻極其重要——為什麼呢？」

「因為它引出了『寫信』這件事。對像你我這樣的人來說，史彭斯，我們經常寫信，對我們來說，這是件習以為常的事。」

史彭斯主任又嘆息一聲。然後，他拿出四張照片，擺在桌子上。

「這些就是你要我找的照片，《星期日彗星報》上刊登過的原照。不管怎麼說，它們怎麼都比登在報紙上的影印照要清楚點。但是，在我看來，它們不會有多大用途，影像又舊又褪色，只要髮型一變，就有極大差別，根本看不清楚耳型或臉部輪廓。加上那些吊鐘形女帽，還有那種生硬的髮型，以及那些玫瑰花，怎麼看都一樣！你不會有所發現的。」

「我們可以排除維拉・布雷克，在這一點上，你同意我的看法吧？」

「我贊成，如果維拉・布雷克住在布羅欣尼，那每個人都會知道的。訴說她生命中那段不幸的故事，都快變成她的專長了。」

「對其他幾位你有什麼收穫？」

「我已經盡可能搜集了一些資料。伊娃・凱恩在克雷格被判刑之後離開了這個國家。而且我還能告訴你她用的新名字。她的新名字叫霍普，意思是『希望』，頗有深意吧？」

白羅低語道：「是呀，是呀，非常浪漫的想法。『美國的伊芙林・霍普死了。』這是你們一位詩人的詩句。我敢說她取名字的時候一定想到了這句話。順便問一句，她改過的名字叫伊芙林嗎？」

「是的，我相信是。但是，人們總是叫她伊芙。順便說一句，白羅先生，既然我們談到了這個問題，我可以告訴你，警察對伊娃．凱恩的看法與這篇文章相去甚遠。」

白羅笑了笑。

「警察怎麼想，並不足以作為證據，但是，那通常是非常有價值的暗示。告訴我，警察對伊娃．凱恩怎麼想？」

「他們認為，她絕對不是一個無辜的受害人。當時，我很年輕，記得聽我的上司和負責這個案子的特雷爾探長討論過。特雷爾相信（我提醒你，他毫無證據），將克雷格夫人除掉這個主意，完全是出自伊娃．凱恩。她不僅想出這個辦法，而且還親自下手。克雷格有天回到家中，看見他的小女友已經下手把人殺了。我敢說她當時的想法是，把這件事當成自然死亡處理。但是，克雷格想得更多。他收拾了殘局，將屍體藏在地窖裡，然後編造出克雷格夫人死在國外的謊言。後來，當事情敗露之後，他堅稱全是他一人所為，伊娃．凱恩對此事一無所知。好了，」說到這裡，史彭斯主任聳聳肩膀。「沒有人能提出任何證據反駁，東西就放在家裡，他們倆任何一人都能使用。漂亮的伊娃．凱恩滿臉無辜的神情，充滿恐懼。她的表現相當出色，是個聰明的小演員。特雷爾探長心存懷疑，但是沒有任何證據可以證明。白羅先生，我告訴你該知道的事，但它算不上證據。」

「但是，它證明這些所謂不幸的女人，有可能不僅僅是個不幸的人，她更可能是一名兇手。而且，如果有充足的理由和動機，她可能還會再次殺人……好了，現在談一談下一位不幸的女人——賈妮斯．考特蘭吧。關於她的情況，你能告訴我什麼呢？

「我查過檔案記錄了，全是些令人厭惡的事情。如果我們處死了伊迪恩・湯普森，我們當然也應該處死賈妮斯・考特蘭。那是一對討人厭的夫婦，她和她的丈夫，很難分出誰好誰壞。她教唆那個年輕人，令他怒火填胸忍無可忍地犯下重罪。不過，我要提醒你，自始至終，都有一位富有的男人藏在幕後，正是為了要和他結婚，她才急於要除去她的丈夫。」

「她後來和他結婚了嗎？」

史彭斯搖搖頭。

「不知道。」

「她到了國外，後來呢？」

史彭斯還是搖搖頭。

「她自由了，沒有受到任何指控。她是否再婚，後來情況到底怎樣，我們一無所知。」

「也許某天有人會在雞尾酒會上遇到她。」白羅說道，他想起了倫德爾醫生的話。

「是呀。」

白羅把眼光移到了最後一張照片上。

「那個小孩莉莉・甘博爾的情況如何？」

「她當時年紀太小了，不能以謀殺罪起訴。她被送進了少年觀護所，在那裡她表現很好，學會了速記和打字，在緩刑期間找到了一份工作，表現得不錯。最後聽到她的消息說是在愛爾蘭。我認為，我們可以排除她的嫌疑。你知道，白羅先生，這和維拉・布雷克的情況相同，不管怎麼說，她終於改邪歸正，人們對一個十二歲的孩子在盛怒之下所做出的事是不會斤斤計較的。我們先排除她的嫌疑怎麼樣？」

「如果殺人凶器不是一把剁肉刀的話，也許我願意這麼想。」白羅說，「不可否認，莉莉．甘博爾是用一把剁肉刀砍死她姨媽的，而殺害麥金堤太太的凶手所使用的凶器，據說也是一把像剁肉刀的東西。」

「也許你是對的。現在，白羅先生，讓我們聽聽你調查的情況吧，我很高興，沒有人置你於死地。」

「呃，沒……有。」白羅遲疑了一下說道。

「我也不怕告訴你，自從去倫敦找過你以後，我曾經有一兩次很擔心你。現在告訴我，在布羅欣尼的居民中，誰有嫌疑？」

白羅打開了他的小記事本。

「伊娃．凱恩如果現在還活著，應該是接近六十歲的人了。《星期日彗星報》上提及她的女兒，如今也該三十多歲了。莉莉．甘博爾也大約是這個年齡。賈妮斯．考特蘭現在差不多要到五十歲了。」

史彭斯點點頭表示贊同。

「因此，我們調查布羅欣尼居民的時候，重點是放在麥金堤太太為她們工作的那些人身上。」

「我認為最後這一推論相當合理。」

「是的，麥金堤太太為不同人家做一些家務雜事，這樣的事實使情況變得有些複雜。但是，我們可以推測，在她替人工作的時候，她看見了不該看見的東西，比如說，在經常去幫傭的某一戶人家中，看見了一張照片。」

「我同意。」

「那麼，按照照片上人物的年齡推算，就可能為我們提供有價值的線索——首先是麥金堤太太在死亡當天服務的韋瑟比家。韋瑟比太太和伊娃．凱恩的年紀吻合，而她也有一個和伊娃．凱恩的女兒年紀相符的女兒，據稱是和前夫所生。」

「那張照片能說明什麼嗎？」

「從照片上辨認不出來，畢竟時間過去得太久了。用你的話就是說，時間長河洶湧流逝。唯一清楚的是，韋瑟比太太年輕時必定是個非常漂亮的女人，如今她仍然風韻猶存。但她看起來太脆弱了，無力去行凶殺人。但是我也明瞭，這正是當時大家判斷凶手不是伊娃．凱恩的理由。找不到殺害麥金堤太太所使用的凶器，不知道它的把手形狀、揮動的難易程度、刀鋒的尖銳程度等等，就無法斷定殺死麥金堤太太究竟需要多麼大的力氣。」

「是的，是的。為什麼我們自始至終都沒辦法找到凶器呢……繼續說下去吧。」

「關於韋瑟比一家，我要說的另一點是韋瑟比先生挺會找碴。那女兒對她母親孝順體貼，但她痛恨她的繼父。對這些事情我不多加評論，提出來是僅供參考。她女兒也許會為了防止母親的過去傳到繼父耳朵裡，而殺人滅口；這母親也許會為了同樣的原因而殺人；而這個繼父也許會為了阻止『醜聞外洩』而殺人。為了維持顏面而犯下的謀殺，是超乎我們想像的多！韋瑟比可是所謂的『好人家』啊。」

史彭斯點點頭。

「如果……我說如果，《星期日彗星報》上的這篇文章所言屬實，那麼，韋瑟比一家是最符合的人選。」他說道。

「沒錯，在布羅欣尼的居民中，在年齡上和伊娃相符的另一個人是厄普沃太太。如果她是伊娃．凱恩，有兩點證據表示她不可能殺死麥金堤太太。其一，她患有嚴重的關節炎，大部分時間是癱坐在輪椅上——」

「在小說中，坐輪椅很可能是一種偽裝，」史彭斯有些懷疑地說，「然而，在現實生活中，它不太可能作假。」

「其二，」白羅繼續說，「厄普沃太太好像是個獨斷、強勢的人，習於苛責而非勸導，這種性格特徵和年輕的伊娃不符。但是，人們的性格確實會改變，也會隨著歲月增進而日趨頑固。」

「這倒是。」史彭斯表示同意，「厄普沃太太不是不可能，但看來不像。現在看看別的可能性吧，賈妮斯．考特蘭呢？」

「我認為她可以被排除在外，布羅欣尼沒有一個人年齡與她吻合。」

「除非那些年輕的女人是整過型的。別理我，只是玩笑話。」

「有三個女人在三十歲左右，其中一個叫迪德麗．韓德瑟；一個是倫德爾醫生的妻子；還有一個是蓋伊．卡彭特的夫人。也就是說，她們幾個中有一個可能會是莉莉．甘博爾或者是伊娃．凱恩的女兒，這是根據年齡來推測。」

「那可能是——」

白羅嘆息道：「伊娃．凱恩的女兒身材是高是矮，頭髮是金黃是黑色，我們都不曉得，沒有資料顯示她到底長什麼樣。我們在那方面已經考慮過迪德麗．韓德瑟的情況了。現在看看其他兩位，首先我要告訴你的是：倫德爾太太在害怕些什麼東西。」

「害怕你？」

「我認為是。」

「這也許很有意思，」史彭斯慢慢說道，「你是說，倫德爾太太可能是伊娃．凱恩的女兒或者是莉莉．甘博爾。她是金黃色還是黑色的頭髮？」

「金黃色。」

「莉莉．甘博爾是個金頭髮的女孩。」

「卡彭特夫人也是金頭髮。她是一個全身上下都用錢堆出來的年輕女人。不管她是否真正漂亮好看，她的眼眸令人非常難忘，那是一雙美麗的湛藍大眼。」

「啊，白羅——」史彭斯向他的朋友搖搖頭。

「你知道她跑出房間叫她丈夫時的樣子嗎？她讓我想起美麗可愛的飛蛾——她攤開雙手，像盲目的動物一樣，搖搖晃晃地朝家具撞去。」

史彭斯入神地看著他。

「真羅曼蒂克，白羅先生，你好羅曼蒂克啊，」他說，「我是指你，還有什麼可愛飛蛾和湛藍大眼的。」

「我才不是，」白羅說，「我的朋友海斯汀，他才稱得上是羅曼蒂克和多愁善感呢，我從來就不會！我很嚴肅，非常實際。我要告訴你的是，如果一個女孩全身最美麗的地方就是她那雙可愛美麗的眼睛，那不管她近視多深，她都會摘掉眼鏡，哪怕周圍是一片模糊或距離遠近難以判斷。」

說著，他用食指輕輕敲打著照片上那個小女孩，那是莉莉．甘博爾，戴著厚重呆板的眼鏡。

「這就是你的想法嗎？你懷疑她是莉莉．甘博爾？」

「不，我只是說也許有這種可能。麥金堤太太死的時候，卡彭特夫人還沒改嫁過來。她是個丈夫死在戰場上的年輕寡婦，生活非常悲慘，住在工寮裡。然後她結識了鄰區的某個富人，並且即將下嫁於他——這個人有政治抱負，自恃甚高。如果蓋伊．卡彭特發現他要娶的是一位出身低微、曾經用剁刀殺死姨媽而臭名昭著的女孩，或是本世紀最聲名狼藉的罪犯克雷格的女兒——這種罪犯會陳列在你們的恐怖屋裡——那麼，他是否願意接受這一切呢？

你會說也許吧，如果他真愛那個女孩的話，是的！但是，他不是那種人。我的觀察是，他自私自利，野心勃勃，十分看重聲望。我認為，如果當時年輕的瑟爾克太太——就是後來的卡彭特夫人——渴望把握良緣的話，她就會非常非常擔心，怕有絲毫的不利消息傳到她未婚夫的耳朵裡。」

「我懂了，你認為是她做的，對不對？」

「我再次告訴你，親愛的朋友，我不知道！我只是檢驗各種可能性。卡彭特夫人對我有戒心，非常警覺，嚴加防範。」

「那就糟了。」

「是的，是的，這使事情非常困難。我曾經在鄉下和幾個朋友住在一起，他們出去打獵。你知道打獵是怎麼回事吧？我們帶著槍和狗在樹林裡行走，讓狗把小鳥從隱蔽處驚嚇出來，小鳥被驚得飛出樹林，飛向空中，我們便舉槍射擊。那種情形和我們現在要做的事差不多，我們要驚動的不僅是一隻鳥，因為一定還有其他一些鳥兒躲在隱蔽處深藏不露。也許那些鳥和本案沒什麼關係，但是鳥兒自己並不知道這種情況，我親愛的朋友，我們必須搞清楚哪一隻才是我們要找的鳥兒。在卡彭特夫人寡居期間，可能不小心做了一些事——沒什麼大不了的事，但仍是不方便公開。她急於對我說麥金堤太太愛撒謊，一定是有原因的！」

史彭斯主任摸了一下鼻子。

「讓我們先把這一點搞清楚吧，白羅。你到底是怎麼想的？」

「我怎麼想並不重要，我必須了解事實。但到目前為止，獵狗才剛進入隱蔽地帶。」

史彭斯低語道：「要是我們能夠找到一點確切的證據、一個真正可疑的線索就好了。就目前的情況而言，一切都還只是在推測階段，而且是站不住腳的推測。就像我說過的那樣，這件事的立足點很薄弱，真的會有人因為我們所推測的種種原因而殺人嗎？」

「這得視情況而定。」白羅說，「許多人的家庭狀況我們並不了解。但是，保持體面和受人尊敬是一種很強烈的願望。這些人可不是藝術家和放蕩不羈的人，他們都是在布羅欣尼風評很好的人，那位郵局局長就是這麼對我說的。而且，風評好的人更要保護他們的光環。他們擁有長年幸福的婚姻生活，從來沒人懷疑你是一個聲名狼藉的人物、曾經涉及一樁聳動的殺人案件，也無人懷疑你的孩子會是一個著名罪犯的親骨肉。你也許會說：『我寧願死掉，也不願意我的丈夫知道這一切！』或者說：『我寧願去死，也不願意讓我的女兒發現她的身世！』然後，你或許會接著想，如果麥金堤太太死了的話，一切就會……」

史彭斯靜靜地說：「因此，你認為是韋瑟比夫婦。」

「不，也許他們最為吻合，但是僅止於此而已。就個人性格而言，厄普沃太太比韋瑟比太太更像是個謀殺者。她有決心和意志力，對兒子非常嬌寵。她結婚之後安頓下來，過著受人尊敬的婚姻生活，享盡天倫之樂，為了防止兒子知道她之前的身世經歷，我認為她有可能冒險一試。」

「那種事會讓他難過嗎？」

「我個人不這麼認為。年輕的羅賓具有現代人的多疑性格，非常自私。不管怎麼樣，我應該說，他不像他媽媽對待他那樣，全心全意地關注她，他可不是詹姆斯・本特利。」

「假如厄普沃太太就是伊娃・凱恩，那麼她的兒子羅賓會不會為了防止事實外洩，而殺死麥金堤太太？」

「我應該說，絕不可能。他反而很可能會誇大這一事實，利用這個事實極力渲染，為了他的劇本宣傳！我不認為羅賓・厄普沃會為了面子，或全心全意地保護他母親而犯下殺人罪，除非是為著羅賓・厄普沃他本身的利益。」

史彭斯嘆息了一聲，他說道：「範圍實在很大，我們也許可以找找這些人過去的歷史。可是這需要花點時間，戰爭把很多事情弄得更複雜了，很多檔案文件被銷毀，這為那些想要掩蓋自己過去的人，帶來了無窮盡的機會，他們可以取得別人的身分證明等等來達到這一目的，尤其是在頻繁的意外事件中，根本沒人能認出屍體是誰，這麼做更是輕而易舉！如果我們能夠把懷疑對象鎖定在某個人身上也就罷了，可是，白羅先生，你卻發現了這麼多可能性。」

「我們很快就可以縮小範圍，排除一些不可能的人。」

白羅離開這位主任的辦公室時，心裡並不像他所表現的那麼興奮。他和史彭斯一樣感到時間的急迫性，如果他有更多時間就好了……

再倒退一步來看，還有個問題值得懷疑——他和史彭斯精心推測的結論果真站得住腳嗎？假若詹姆斯．本特利真的有罪呢……

他並未受這種懷疑所影響，但是，這仍使他感到不安。

他在腦海裡一次又一次回憶起他和詹姆斯．本特利會面時的情形。此時，當他站在基爾切斯特月台上等待他要乘坐的列車時，他又想起了那一幕。今天是一個有市集的日子，月台上人很擁擠，穿過柵欄進站上車的人又源源不絕。

白羅身體向前傾，朝著列車開來的方向張望。是的，列車終於進站了，他還沒來得及站直身子，就感到有人故意對準他的後背用力推了一把，推的力量非常大且突如其來，令人毫無防備。他眼見著就要倒向鐵道，被壓在急速駛來的車輪之下了，但是月台上站在他身邊的一個人，在這緊要關頭一把抓住了他，將他拉了回來。

「喂，你這是怎麼了？」那人問道，他是個身強體壯的大個子士兵。「你醉昏頭了嗎？你差點掉到車輪下。」

「謝謝你，千謝萬謝。」

人群已經在他們身邊湧動起來，正在爭先恐後地上車、下車。

「現在沒事了吧？我來幫你擠上去。」

白羅搖搖晃晃地被推到車上，找了一個座位坐下。

要解釋「我被人推了一把」是沒用的，但是，他的的確確是被人猛推了一下。在那天傍晚以前，他一直保持警覺，時刻注意提防著危險的逼近。但是，在和史彭斯談話之中，史彭斯開玩笑似地問他是否有人企圖謀害他的性命之後，他無意中放鬆了警戒，認為危險已經過去，那些擔憂純屬幻想。

但是，他大錯特錯了！顯見他在布羅欣尼所做的這些調查和會面中，有某一次的談話產生了效果。有人害怕了，設法想要中止他對一個已經了結的案件再進行調查。

在布羅欣尼車站的一間電話亭裡，白羅撥通了史彭斯主任的電話。

「是你嗎，我親愛的朋友？我請你注意聽我說。我有重要消息告訴你，十分精采的消息。剛才有人企圖要除掉我……」

他滿意地聽著電話線另一頭傳來源源不絕的關切和問候。

「不，我沒受傷，但那真是千鈞一髮……是的，差點葬身車輪下。不，我沒看見是誰幹的。但是，向你保證，我的朋友，我遲早會找出這個人。現在，我們終於知道，我們追蹤的方向是正確的。」

／12

正在檢查電錶的那個人和蓋伊．卡彭特家的男管家正在聊天，管家在一旁看著他檢查電錶。

「電力的計算基礎要更新了，」他解釋說，「用戶的費率等級是依住家面積畫分的。」

那位男管家表示懷疑地問道：「你的意思是說，電費和其他費用一樣也會上漲嗎？」

「這要看情況而定。我覺得應該說是大家平均分擔。你參加昨天晚上基爾切斯特的那場集會了嗎？」

「沒有。」

「他們說，你的主人卡彭特先生演講得非常精采，你認為他會當選嗎？」

「上次他差一點兒就當選了。」

「是啊，只差一百二十五票而已。參加那種集會時，通常是你開車送他，還是他自己開車去呢？」

「通常是他自己開車去，他喜歡開車，他有一輛勞斯班特利。」

「他對自己還不錯嘛！卡彭特夫人也會開車嗎？」

「是的，但依我所見，她車開得太快了。」

「女人通常都那樣，昨天晚上的集會她也參加了嗎？或許她對政治並不感興趣？」

男管家咧了咧嘴。

「不管怎麼說，她還是假裝有興趣。不過，昨天晚上她沒有待到結束，因為頭痛還是什麼別的原因，在演講中途她就先離場了。」

「噢！」那位電工又檢查了一下保險絲。「好，差不多都好了。」他說道。

當他收拾工具準備離開時，又漫不經心地順口亂聊了幾句。

他快步走下車道，但是，剛一繞過大門口那條路的轉彎處，他就停下腳步，在他的記事本上又添加了一項：

卡彭特先生昨天晚上獨自駕車回家，到家的時間最晚是十點三十分。極有可能在事發時間內，出現在基爾切斯特中央火車站。卡彭特夫人提前離開會場，只比卡彭特先生早十分鐘到家，所持說是乘火車回家。

這是此位電工記事本上的第二條記事，第一條內容如下：

倫德爾醫生昨天晚上出門應診，方向是基爾切斯特。也有可能在事發時間內出現在基爾切斯特中央火車站。倫德爾太太整個晚上獨自一人在家。在送過咖啡之後，女管家斯科特太太當天晚上沒有再見過她。她自己有輛小轎車。

§

在拉布拿居，小說家與劇作家的討論正在進行之中。

羅賓．厄普沃急切地說道：「你應該看得出這是一句多麼精采的台詞，對不對？而且，如果我們真能使這傢伙和那個女孩產生敵對情緒，整個故事就會產生巨大的張力！」

奧利薇夫人神情沮喪地用手撥開被微風吹散的灰白頭髮，這一來，倒使她頭髮看來像遭遇到龍捲風侵襲一樣。

「你明白我的意思吧，對不對？親愛的阿蕊登？」

「噢，我明白你的意思。」奧利薇夫人臉色陰沉。

「當然，要你也感到高興才算數。」

除非是自欺欺人，否則在奧利薇夫人臉上絕對看不出絲毫高興的表情。

羅賓神色愉悅地繼續說道：「我的感覺是，一位奇特的年輕人從空中跳傘降落——」

奧利薇夫人打斷他說：「他六十歲了。」

「啊，不！」

「他是六十歲了。」

「我可不這麼看他，三十五歲——不可能再老了。」

「可是我寫關於他的書都將近三十五年了，而他在我第一本書裡至少就有三十五歲。」

「但是，親愛的，如果他六十歲，那就不可能讓他和那女孩產生感情糾葛——那女孩叫什麼名字？啊，對了，英格麗。我的意思是，那他不就變成一個老不修了！」

「當然了。」

「所以你明白啦，他必須是三十五歲。」羅賓自鳴得意地說。

「那麼，他就不再是史文．赫森了。乾脆把這個人物改成是一個參加抗爭運動的挪威青年好了。」

「可是，親愛的阿蕊登，這個劇本的整個核心就是史文．赫森。大眾如此崇拜史文．赫森。他們成群結隊去劇院就是為了看他，他就是我們的票房保證，親愛的！」

「但是，讀我書的人都知道他是什麼模樣！你不能憑空杜撰一個挪威抗爭運動中的青年，然後把這個人叫作史文．赫森就算交代。」

「阿蕊登，親愛的，我已經都解釋過了。這不是一本書，親愛的，這是一部戲，我們必須使它充滿魅力！如果我們找到戲劇張力，再加上史文．赫森和這個女孩——她叫什麼名字呢？卡倫。你知道，他們兩人產生敵對立場，處處鬧彆扭，然而，同時又極端地互相吸引，為對方著迷——」

「史文．赫森對女人毫無興趣。」奧利薇夫人冷冷地說道。

「可是，你也不能把他弄得像個同性戀啊，親愛的，這種戲可不行。我的意思是，這種戲不是要歌詠英雄人物，它需要驚悚、謀殺和露天戲的趣味。」

提到露天這字眼，立刻產生了效果。

「我認為我該出去走走了，」奧利薇夫人唐突地說道，「我需要空氣，我亟需呼吸新鮮空氣。」

「要我和你一塊出去嗎？」羅賓溫柔地問。

「不必了，我一個人獨自走走。」

「隨你吧，親愛的，這樣也好。我最好過去給媽媽調一杯蛋奶酒，可憐的人，她現在一定覺得被冷落了，她喜歡得到別人的注意，你知道。你會再想想地窖那場戲的，對吧？這件事愈來愈好玩，它一定會獲致極大的成功，我有這個把握！」

奧利薇夫人嘆了口氣。

「但是，最主要的是，」羅賓繼續說，「要你感到高興。」

奧利薇夫人冷淡地瞥了他一眼，抓過一件很搶眼的軍用短斗篷披在自己寬大的肩膀上，那是她在義大利買的。然後，朝布羅欣尼村走去。

她決定把注意力轉移到現實世界的犯罪事件上，藉以忘掉眼下的煩惱。赫丘勒．白羅正需要幫助，她要查一查布羅欣尼的居民，鍛鍊一下她的女性直覺——她的直覺從未失敗過——然後可以告訴白羅到底誰是凶手。屆時，他只需要去取得必要的證據即可。

奧利薇夫人走下山坡，來到郵局，買了兩磅蘋果，開始了她的調查。在買蘋果的時候，她和斯威蒂曼太太親切的交談。

在對近期的天氣非常溫暖這一事實達成共識之後，奧利薇夫人提到，自己正住在拉布拿居的厄普沃太太家裡。

「噢，我知道。你是倫敦來的偵探小說家吧？我這裡有你三本企鵝版的偵探小說。」

奧利薇夫人朝那三本企鵝版的書瞥了一眼，它們被兒童用品遮去了一大半。

「《第二條金魚奇案》是一本相當好的書，」奧利薇夫人說道，「《死的是隻貓》，裡面提到一個一英尺長的吹火筒，其實它應該有六英尺長。很奇怪居然會有這麼大的吹火筒，但是，這是博物館裡的人寫信告訴我的。有時候我覺得有些人讀書，只是為了在書裡挑錯、找毛病。還有一本書是什麼？啊！書名叫《少女之死》。這本書簡直廢話連篇，無一可取！我想讓安眠藥溶入水裡，可是這種安眠藥根本不溶於水，整個故事從一開始就有一大堆麻煩，幾乎難以完成。最後至少死了八個人，史文．赫森才發揮了他的聰明才智。」

「這些書都很暢銷，」斯威蒂曼太太說道，對作者那些有趣的自我批評無動於衷。「你一定不相信，我自己從沒讀過一本，因為我實在沒時間讀書。」

「你們這裡出了一件真實的謀殺案，對不對？」奧利薇夫人問。

「是的，那是在去年十一月，幾乎可以算是發生在隔壁。」

「我聽說有個偵探正在這裡做調查，是吧？」

「噢，你說的是住在長牧野的小個子外國先生吧？他昨天還在這裡四處詢問呢——」

斯威蒂曼太太突然住口不說了，因為又來了一位顧客要買郵票。

她急忙走到郵品櫃檯那邊。

「早安，韓德瑟小姐，今天天氣可真暖和。」

「是的，是很暖和。」

奧利薇夫人盯著這個高瘦女孩的背影仔細觀察，她牽著一頭短腿白毛的小㹴犬。

斯威蒂曼太太問：「韋瑟比太太近來好嗎？」

「很好，謝謝。她不大外出，近來東風吹得很厲害。」

「基爾切斯特本週要上映一部非常好看的電影，韓德瑟小姐，你應該去看看。」

「昨天晚上我還想著要去，可是我實在抽不出時間。」

「下週是貝蒂．格拉布——我這裡五先令的郵票賣完了，給你兩張二先令六便士的郵票行嗎？」

那女孩走了之後，奧利薇夫人說：「韋瑟比太太身體不便，對不對？」

「可能是吧，」斯威蒂曼太太語氣苛刻地答道，「我們有些人就沒時間閒躺著不動。」

「我非常贊同你的看法。」奧利薇夫人說，「我告訴厄普沃太太，只要她稍微努力活動她的雙腿，對她一定有好處。」

斯威蒂曼太太表情愉快起來。

「她想站的時候就站得起來啦——我是聽人說的。」

「現在也是嗎？」奧利薇夫人思考一下消息的來源。「聽珍妮特說的？」她大膽猜測。

「珍妮特．格魯姆發了不少牢騷，」斯威蒂曼太太說，「這並不奇怪，是吧？格魯姆小姐年紀也不輕了，每次一吹東風，風溼病就很嚴重。他們稱那種病叫關節炎，有錢人得了那種病的時候，就會坐在輪椅上什麼的。唉，我可不願意冒險讓我的兩條腿停止活動，我不能這麼做。但如今即使你長了凍瘡，都會跑去看醫生，就是為了享受國民健保的好處，免得每月繳交的錢浪費了。我們這種醫療健保實在太多了。老想著自己身體不舒服是不好的。」

「我想你的話很對。」奧利薇夫人說道。

她拿起自己買的蘋果，出門去追迪德麗．韓德瑟。這並沒有費多大的勁，因為那隻小狗又老又肥，走得很慢，正盡情享受青草的芳香氣息。

依奧利薇夫人的經驗，狗兒一向是與人攀談的最佳工具。

「多麼可愛呀！」她叫了一聲。

那個高瘦小姐的平靜臉龐上流露出高興的表情。

「這狗確實很可愛，」她說，「你是不是很可愛，班？」

班抬起頭，輕輕搖了搖牠臘腸一樣的身體，用鼻子嗅了嗅一旁的薊草，點點頭又湊上前去，像平時那樣對嗅到的味道做出了滿意的表示。

「牠會打架嗎？」奧利薇夫人問，「這種小㹴犬通常很凶猛。」

「是的，牠是個凶猛的鬥士，所以我外出時總帶牠同行。」

「我了解。」

兩個女人都注意著那條小狗。

過了一會兒，迪德麗·韓德瑟有些唐突地問：「你是……你是阿蕊登·奧利薇吧，對不對？」

「對，我現在住在厄普沃家。」

「我知道，羅賓告訴我們說你要來。我必須告訴你，我好喜歡你的書。」

奧利薇夫人像往常一樣，聽到人恭維她的書，總是尷尬得滿臉發紫。

「啊，」她不太高興地喃喃道，「我很高興。」

「雖然我想多讀一點，可是沒辦法。因為我們的書是由泰晤士讀書俱樂部提供的，而且我媽不喜歡偵探小說。她敏感得要命，那種書會使她整夜睡不著覺，但是我卻對偵探小說很著迷。」

「你們這裡出過一件真正的殺人案，對吧？」奧利薇夫人問道，「發生在哪棟房子？

是在這些農舍中嗎？」

「就是那邊的那棟房子。」

迪德麗．韓德瑟說話的聲音有些驚魂未定。

奧利薇夫人把視線投向了麥金堤太太生前住過的房子，它門口的台階上有兩個不太可愛的孩子坐在那裡，正在殘忍地折磨一隻貓。當奧利薇夫人趕上前阻止時，那隻貓伸出鋒利的爪子趁勢逃掉了。

那個大男孩被貓抓傷了，痛得大聲嚎叫起來。

「你活該。」奧利薇夫人說了一句，又對迪德麗．韓德瑟說道：「看起來不像是曾經發生過謀殺案，對吧？」

「對，是不像。」

兩個女人好像對這點都有共識。

奧利薇夫人接著又說道：「被殺的是一位清潔婦，是吧？據說是謀財害命。」

「是她的房客殺害的，她有一些錢……藏在地板下面。」

「我明白了。」

迪德麗．韓德瑟突然又冒出一句：「可是也許根本就不是他。我們這兒來了一位很有趣的小個子外國人，他名字叫赫丘勒．白羅——」

「赫丘勒．白羅嗎？啊，是的，我對他很了解。」

「他真是個偵探嗎？」

「親愛的，他非常有名，也非常聰明。」

「那麼，也許他會發現，他根本就沒殺人。」

「誰？」

「那個……那個房客，詹姆斯．本特利。啊，我真希望他能洗清罪名。」

「是嗎？為什麼？」

「因為我不希望是他，我絕不希望是他。」

奧利薇夫人好奇地看了看她，被她聲音裡強烈的情感打動了。

「你了解他嗎？」

「不，」迪德麗慢慢地說道，「我不能算是認識他。但是，有一次，班的一隻腳被夾板夾到了，他幫我解開。而且，我們談了一點話……」

「他這人怎麼樣？」

「他非常孤獨，他媽媽剛去世不久，他非常愛她。」

「你也非常愛你母親嗎？」奧利薇夫人敏銳地問道。

「是的，所以我明白，我意思是說，明白他當時的感受。我和我媽——我們倆相依為命，誰也離不開誰，你知道。」

「我記得羅賓告訴我說你有個繼父。」

迪德麗憤恨地說：「噢，是的，我是有個繼父。」

奧利薇夫人含糊地說：「那畢竟和自己的親生父親不一樣，對吧？你還記得你的親生父親嗎？」

「不記得，他在我出生之前就去世了。我四歲的時候，媽媽和韋瑟比先生結婚。我……我一直很恨他。而媽媽——」她停頓了一下才說，「媽媽的命運很悲慘，沒有人同情她、理解她。我的繼父是個沒良心的人，冷酷無情，鐵石心腸。」

奧利薇夫人點點頭，然後低語道：「這個詹姆斯．本特利感覺一點也不像個罪犯。」

「我從來沒想到警察會把他抓起來。我相信，這一定是哪個流浪漢幹的。有時候，在公路兩旁會出現一些可怕的流浪漢，應該是他們之中的哪個人幹的。」

奧利薇夫人安慰似的說道：「也許赫丘勒．白羅最終會查明真相。」

「是的，也許——」

她突然轉身走上了亨特莊的門道。

奧利薇夫人在她身後盯著看了一會兒，然後從手提包裡掏出一個小記事本。她在上面寫道：「不是迪德麗．韓德瑟」，並且在「不是」兩個字下面打上了加重記號，而且因為用力過猛，筆芯都被折斷了。

在半山腰上，她遇見了羅賓．厄普沃，他正陪著一位漂亮的金髮小姐朝山下走。

羅賓為她們做了介紹。

「伊芙，這就是那位棒透了的阿蕊登．奧利薇。」他說，「親愛的，我不知道她是怎麼平衡自己的。她看起來是如此的仁慈寬厚，對不對？一點也不像是整天沉溺於凶殺案的人。這位是伊芙．卡彭特。她丈夫將成為我們下一任議員。現任的這位議員羅傑．韋瑟比先生糊塗得很，可憐喔。他經常躲在門後襲擊年輕女孩。」

「羅賓，你可不能散布這種可怕的謠言，你這麼做會敗壞我們政黨的聲譽。」

「啊，我管他呢！又不是我的黨，我是個自由主義者。這是唯一符合現代潮流的政黨，人數少又精挑細選，沒有任何當選機會，我崇拜已消失的主義。」

他又對奧利薇夫人說：「伊芙今天晚上想邀我們去喝一杯，這是特意為你準備的晚會，阿蕊登。你知道，為大家引薦名人。你到我們這裡來，我們大家都非常非常興奮。你可不可以把你下一本書的凶殺案地點放在布羅欣尼？」

「啊，你一定要這麼做，奧利薇夫人。」伊芙．卡彭特說道。

「讓史文．赫森出現在這裡很容易嘛，」羅賓說，「他可以像赫丘勒．白羅一樣，住在薩默海家的旅舍裡。我們現在正要到那裡去，因為我對伊芙說，赫丘勒．白羅在他那一行裡和你在小說界一樣都是赫赫有名的人。她說她昨天對待他的態度相當粗魯無禮，因此她也要去邀請他參加宴會。不過說真的，親愛的，一定要把你下一個謀殺案放在布羅欣尼。我們都會非常興奮。」

「啊，請你一定要這麼寫，奧利薇夫人。那會多麼有趣啊！」伊芙．卡彭特說。

「我們要讓誰做殺人凶手，誰做受害人呢？」羅賓問。

「你家現在的清潔婦是誰？」奧利薇夫人問。

「啊，我親愛的，不是那種謀殺案。那太沒意思了。不，我認為伊芙是一個相當好的受害者人選。也許可以讓她被自己的長絲襪勒死——不行，有人用過這種方法。」

「我認為最好是你被人謀殺了，羅賓，」伊芙說，「未來的劇作家，被人刺死在鄉村農舍裡。」

「我們還沒有選好誰是殺人凶手，」羅賓說，「我媽媽怎麼樣？她可以用她的輪椅，這樣就不會留下任何腳印，我認為這個想法很不錯。」

「不過，她可不會把你刺死，羅賓。」

羅賓想了想。

「是的，也許不會。事實上，我還在考慮讓她把你勒死。這她是不會過意不去的。」

「可是我想讓你成為受害者。殺你的人可能是迪德麗．韓德瑟，那個受壓抑的鄰家女孩，誰也不曾注意她。」

「就這樣吧，阿蕊登，」羅賓說，「你下一本小說的情節已經幫你準備好了，你所要做的就是虛構一些線索，還有，當然啦，還要真正下筆書寫。噢，天哪，莫琳養的狗多可怕呀。」

他們已經來到了長牧野旅舍門前，兩隻愛爾蘭獵犬從裡面衝上前來，狂吠亂嚎。

莫琳．薩默海從庭院裡出來，手裡拎著一個水桶走進了豬圈。

「趴下，弗林。過來，考密克。你們好，我正在清掃豬圈。」

「我們知道，親愛的，」羅賓說，「從我們站的地方就能聞到你的氣味，豬隻怎麼樣了？」

「昨天晚上我們可被牠嚇壞了，牠躺在地上一動也不動，也不想吃早飯。我和約翰查遍了養豬手冊上的所有病症，為牠擔心得整夜睡不著覺。可是今天早上，牠又一點兒事也沒有了，活蹦亂跳的。當約翰來給牠餵食的時候牠像瘋了似的，還把他撞倒在地上，約翰不得不去洗個澡。」

「你和約翰過的日子真刺激啊。」羅賓說道。

伊芙說：「你和約翰今天晚上來參加我們的宴會好嗎，莫琳？」

「非常樂意。」

「主要是為了介紹奧利薇夫人，」羅賓說，「不過，事實上現在你就可以見到她，這位就是。」

「真的就是你嗎？」莫琳叫道，「好高興啊。你正在和羅賓一起合作寫劇本，對吧？」

「我們漸入佳境，」羅賓說，「順便提一下，阿蕊登，今天早上你出去之後，我思考了一下演員的問題。」

「啊，演員。」奧利薇夫人鬆了一口氣應道。

「我想到了扮演埃利克的合適人選。塞西爾・利奇。他正在卡倫奎的劇院演出，哪一天我們要去看看。」

「我們想見見你的房客，」伊芙對莫琳說，「他在嗎？今天晚上我也想邀他過去。」

「我們會把他一起帶去的。」莫琳說。

「我認為我最好親自邀請他。事實上，昨天我對他態度不太好。」

「啊！他應該在附近吧，」莫琳含糊地說，「大概是在花園裡。考密克・弗林這兩隻可惡的狗——」

她咚地一聲把水桶丟在地上，朝養鴨池的方向飛奔過去，從那裡傳過來一陣陣鴨子嘎嘎亂叫的聲音。

13

奧利薇夫人手裡拿著杯子，朝赫丘勒．白羅走來。此時，卡彭特夫婦的晚宴已接近尾聲。在此之前，他們倆都各自被自己的崇拜者所環繞著。現在，杜松子酒已經被喝掉大半，晚會氣氛融洽，該是老朋友湊在一起，追憶著大家都熟知的八卦消息和流言蜚語的時刻，而兩位外來的客人也終於有機會互通信息，進行交談。

「到外面陽台上去。」奧利薇夫人像個陰謀者般地壓低聲音說。

在此同時，她往他手裡塞了一張小紙片。

他們一同走出去，穿過落地窗，來到陽台上。白羅打開了那張紙。

「倫德爾醫生。」他讀道。

他詢問的目光投向了奧利薇夫人，奧利薇夫人使勁點了點頭，一大撮灰髮因而散落下來遮掩住她的臉。

「他是殺人兇手。」奧利薇夫人說道。

「你這麼認為嗎？為什麼？」

「憑直覺啊，」奧利薇夫人說，「他是那種類型的人，熱心、對人和藹可親什麼什麼的。」

「也許吧。」

白羅的聲音並不確定。

「你認為他的動機是什麼？」

「違反職業道德，」奧利薇夫人說，「麥金堤太太知道這一點。但不管原因是什麼，我可以相當肯定就是他幹的。我仔細觀察了其他所有人，他是最值得懷疑的。」

白羅隨意地說道：「昨天晚上，有人在基爾切斯特火車站試圖把我推向鐵軌。」

「天哪，你的意思是說，有人想要謀殺你？」

「毫無疑問，正是如此。」

「而倫德爾醫生昨夜出去應診了，我知道。」

「我知道……是的，倫德爾醫生是外出應診了。」

「那麼，這不就符合了。」奧利薇夫人滿意地說。

「那倒未必。」白羅說，「昨天晚上，卡彭特先生及夫人都在基爾切斯特，他們又是各自分頭回家的。倫德爾太太整個晚上也許獨自一人在家聽收音機，也許不是，誰也不能證明；另外韓德瑟小姐經常到基爾切斯特看電影。」

「她昨天晚上沒去，她在家裡，是她親口告訴我的。」

「你不能完全相信別人告訴你的話，」白羅微微責備道，「同一家人總是向著自家人。而且，那個外國女僕弗莉達昨天晚上去看電影了，因此，她無法告訴我們亨特莊裡到底誰在家，誰又不在家！你看，要縮小範圍並不是那麼容易。」

「我可以擔保我借住的那一家子。」奧利薇夫人問，「你說的那件事是發生在什麼時候？」

「準確的時間是九點三十五分。」

「那麼，住在拉布拿居的這家人可以被完全排除在外。從八點到十點半這段時間，羅賓，他媽媽，還有我一直在玩撲克牌。」

「我還認為你和他很可能是另外闢室討論合作事宜呢！」

「把那位老媽媽丟在一旁，讓她往藏在灌木叢裡的摩托車上跳嗎？」奧利薇夫人大笑起來。「不，老媽媽一直在我們跟前。」當那些沮喪的念頭向她襲來時，她長嘆一聲。「合作事宜，」她痛苦地說道，「整件事情完全是一場噩夢！你受得了人家在巴門主任的臉上貼上一副大大的黑鬍子，然後告訴你說，那人就是你嗎？」

白羅眨著眼睛想了一會兒。

「這倒真是個噩夢，這是什麼建議啊！」

「現在你明白我所受的罪了吧。」

「我也在受罪，」白羅說，「薩默海太太的烹調技術簡直難以形容，那根本就不是在做菜。還有那淒厲的寒風、餓著肚子發出哀叫的貓、長著長毛的狗、斷腿的椅子，以及我每天得躺在上面就寢的恐怖床鋪。」他緊閉雙眼，又想起了諸多痛苦。「浴室裡的水老是不熱，樓梯地板上到處有破洞，還有咖啡——他們稱之為咖啡的那種液體，實在難以用言語來形容，那簡直是對腸胃的侮辱。」

「天哪，」奧利薇夫人說，「不過，你知道，她人非常好。」

「薩默海太太嗎？她很迷人，相當迷人，這才糟糕。」

「她現在過來了。」奧利薇夫人說。

莫琳．薩默海正朝他們走過來。

她長滿雀斑的臉流露著狂喜，手裡端著一只酒杯，熱情洋溢地朝兩個人微笑著。

「我覺得我有些醉了，」她說道，「有這麼多美妙的杜松子酒，我真是喜歡參加宴會！在布羅欣尼，我們並不經常舉辦宴會。這次也是因為有你們二位這麼聲名顯赫的人物。我希望我也能寫書就好了。我的問題是，我什麼事都做不好。」

「你是個好妻子、好母親，夫人。」白羅醉意朦朧地說。

莫琳的眼睛瞪大了。雀斑臉上的那雙眼睛顯得非常迷人。奧利薇夫人弄不清楚她有多大年紀。不會超過三十吧，她想。

「是嗎？」莫琳說，「我不知道，我是全心全意愛他們每一個人，但這就夠了嗎？」

白羅清了清嗓子。

「請你不要認為我冒犯，夫人。一個真正愛丈夫的妻子，應該悉心照料他的胃，這是非常重要的，他的胃。」

莫琳好像受到了冒犯。

「約翰的肚子很好，」她憤憤地說，「十分平坦，幾乎沒有圓肚皮。」

「我指的是胃裡面的東西。」

「你是說我做的飯菜，」莫琳說，「我從來不認為吃有多重要。」

白羅發出一聲呻吟。

「我也從來不認為一個人穿什麼或者做什麼有多重要，」莫琳作夢似的說著，「我從來不在乎身外之物。」

她閉口不語，停了一會兒，眼睛裡透出了朦朧的醉意，好像正望著很遠的地方。

「有一天，有個女人寫了一封信給報紙專欄，」她突然開口說道，「是一封非常愚蠢的信，問該怎麼辦才好。是把你的孩子讓別人撫養——那人能給孩子提供一切好處，一切的好處，她就是這麼說的。她的意思是指良好的教育、漂亮的衣服還有舒適的環境；或者是，雖然不能給孩子提供任何好處，還是把孩子留在自己身邊。我認為這種想法非常愚蠢，愚蠢透頂。只要能給孩子吃飽，這就夠了。」

她眼睛朝下，盯著她手中的空杯子，彷彿那是一只水晶杯。

「我有很深的體會，」她說，「我就是一個被人收養的孩子。我母親離開了我，而我得到了一切好處，這就像他們說的那樣。可是一想到人家不要你，一想到你的媽媽居然忍心讓你離開她，就非常令人傷心。」

「也許那是為了你好。」白羅說。

她清明的目光與他對視。

「我不認為如此，這是他們自己欺騙自己。事實就是他們狠得下心離開你……這叫人心痛。我絕對不會放棄我的孩子，哪怕是給我全世界所有的好處，也絕對不放棄！」

「我認為你完全正確。」奧利薇夫人說。

「我也深表贊同。」白羅道。

「那麼，這就好了，」莫琳高興地說，「我們還在這兒爭論什麼呢？」

羅賓從落地窗走了過來，和他們站在一起，問道：「啊，你們在爭論什麼呀？」

「收養問題，」莫琳說，「我不喜歡被人收養，你呢？」

「噢，那比成為孤兒要好得多，你不認為嗎，親愛的？我覺得我們現在該走了，對不對，阿蕊登？」

客人們一起告辭，倫德爾醫生已經提前匆匆離去。他們一起漫步走下山丘，由於雞尾酒的作用，大家興致仍很高昂。

當他們走到拉布拿居的時候，羅賓執意要大家都進去。

「進去告訴媽媽今天晚宴的情況。親愛的老媽媽真可憐，因為雙腿不能行走，關在家裡快悶壞了，她又很痛恨對周圍的事情一無所知。」

他們興高采烈地一擁而入。厄普沃太太見到他們很高興。

「還有誰參加了？」她問，「韋瑟比夫婦去了嗎？」

「沒有。韋瑟比太太身體不大舒服，那位悶悶不樂的韓德瑟小姐不願意自己參加。」

「她那個樣子真可憐，對不對？」倫德爾太太說道。

「我認為那簡直是病態。」羅賓應道。

「這都是她那位母親一手造成的，」莫琳說，「有些母親真的把孩子們拖累死了，是不是？」

當她遇上厄普沃太太詢問的眼神時，莫琳突然臉色脹紅了。

「我拖累你了嗎，羅賓？」厄普沃太太問。

「媽媽！當然沒有！」

為了掩飾她的慌亂，莫琳急忙扯上她餵養愛爾蘭獵犬的一些事情，談話內容轉為技術問題。

厄普沃太太下結論似的說：「你不能忽略遺傳關係。在這一點上，人和狗都一樣。」

倫德爾太太低聲說：「你不認為環境因素才是至關重要的嗎？」

厄普沃太太打斷了她。

「不，親愛的，我不那麼認為。環境只是表面的因素，血統才是最要緊的。」

赫丘勒・白羅的目光好奇地停在倫德爾太太脹紅的面龐上，她用著沒有必要的強烈語氣說道：「可是那太殘酷了，也不公平。」

厄普沃太太說道：「人生本來就不公平。」

約翰・薩默海慢吞吞懶洋洋的聲音插了進來。

「我贊同厄普沃太太的看法，血統解釋一切，我的信念一向如此。」

奧利薇夫人疑惑地說：「你的意思是，有些東西是世代相傳，會一直遺傳到第三代或第四代的身上——」

莫琳・薩默海突然用她甜美的高音說道：「但是有句話叫作『要對眾生慈悲』。」

在場的每個人又再次感到尷尬，也許這句嚴肅的引用語在此時切入稍嫌不適。

他們把矛頭轉向白羅，使談話有了轉機。

「為我們講講麥金堤太太的案子吧，白羅先生，為什麼你認為不是那個憂鬱的房客殺了她呢？」

「他常常邊走邊沉思默想，」羅賓說，「我經常遇見他，而且，真的，他看起來非常古怪。」

「你認為他沒殺人一定有你的理由，白羅先生。說給我們聽聽吧。」

白羅對他們笑笑，摸了摸鬍子。
「如果他沒殺她，那又是誰殺的？」
「是啊，誰殺的？」
奧利薇夫人冷冷地說道：「別難為他了，他也許正懷疑我們當中的某個人呢。」
「我們當中的人？噢！」
一陣喧鬧聲中，白羅的目光和厄普沃太太相遇了。厄普沃太太目光中有洋洋自得的神情，也還有其他的暗示……挑釁嗎？
「他懷疑我們之中的某個人，」羅賓愉快地說，「那麼，莫琳，」他裝出威脅的口吻提問道，「事發當天晚上，你在哪裡——那天是什麼日子？」
「十一月二十二日。」白羅回答。
「好，十一月二十二日那天晚上，你在哪裡？」
「天哪，我不知道。」莫琳說。
「過了這麼久，誰還記得清楚？」倫德爾太太說。
「啊，我記得，」羅賓說，「因為我那天晚上在電台播音，我開車到科爾波特去做戲劇講評。我之所以到現在還記憶猶新，是因為我當時花了相當長的時間，在節目裡討論高爾斯華迪筆下的清潔婦形象。第二天，麥金堤太太就遇害了，我懷疑高爾斯華迪那齣《銀盒子》裡的清潔婦，是否就像麥金堤太太一樣的命運。」

「對啦，」倫德爾太太突然說道，「現在我想起來了，因為你說你媽要獨自待在家裡，我吃過晚飯就來這裡陪她。只是很不巧地，我當時沒讓她聽收音機。」

「讓我想想，」厄普沃太太說，「噢！是的，沒錯。我當時因為頭痛，已經上床休息了，我的床正對著後花園。」

「第二天，」希拉．倫德爾說，「當我聽說麥金堤太太被殺害了，我就想：『噢！我也許在黑暗中和殺人犯擦肩而過呢。』因為一開始，我們都認為這一定是破門而入的流浪漢犯的案。」

「啊，我還是記不得我當時在幹什麼，」莫琳說，「不過第二天早上的事情我卻記得清清楚楚，是麵包師傅告訴我們這個消息。『麥金堤太太被殺了。』他說。我當時就覺得奇怪，她怎麼還沒出現。」她身上一陣顫抖。「那真是可怕，是不是？」她說。

厄普沃太太仍然眼睛盯著白羅。

白羅心想：「她是個非常聰明的女人，也是個無情的人，還十分自私。她不管做了什麼都會無聲無息的，絕不會緊張……」

一個細細的聲音在說話——既是慫恿敦促，又包含牢騷抱怨。

「你找到什麼線索了嗎，白羅先生？」

說話的人是希拉．倫德爾。

約翰．薩默海長長的黑臉興奮了起來。

「對呀，線索，」他說道，「我閱讀偵探小說時最喜歡找尋其中的線索。線索對偵探來說意味著一切；但對讀者來說毫無價值，一直要到你讀完全書才會幡然領悟。你能不能告訴我們一絲小小的線索呢，白羅先生？」

眾人哈哈大笑著，懇切的目光都轉到他身上。這對他們來說是一場有趣的遊戲（或許對其中一個不是？），但是，謀殺可不是遊戲，謀殺是危險的，你想像不到它有多危險。

白羅出其不意地從他口袋裡掏出四張照片。

「你們想要線索嗎？」他說，「瞧，這就是！」

他用一個非常誇張的動作，把照片全都甩在桌子上。

他們都擁過來，彎下腰去爭著看，七嘴八舌議論紛紛。

「看哪！」

「這樣的衣著穿戴真是太古板了！」

「看看那玫瑰花。」

「天哪，看那帽子！」

「這小孩多可怕呀！」

「這些人都是誰呀？」

「這種時髦流行不是挺可笑嗎？」

「那個女人一定曾經是個美人。」

「可是為什麼這些人就是線索呢？」
「她們是誰？」
白羅逐一打量著每個人的臉。
一切如他所料。
「你們不認識這其中的人嗎？」
「認識？」
「這樣說吧，你們是否看過這其中的某張照片嗎？不過，啊——厄普沃太太，你呢？你能認出來什麼嗎？」
厄普沃太太猶豫片刻。
「是的，我認為——」
「哪一張？」
她伸出食指，停在莉莉．甘博爾那個戴著眼鏡的娃娃臉上。
「你見過這張照片？是什麼時候？」
「就在最近，在什麼地方呢……不，我記不起來了。不過我確信見過一張和這非常相似的照片。」
她坐在那裡，雙眉緊緊皺在一起。
當倫德爾太太朝她說話時，她才回過神來。

「再見，厄普沃太太。如果哪一天你心情好，我希望你能和我共進茶點。」

「謝謝你，親愛的。如果羅賓願意推我上山我就去。」

「當然樂意，媽媽。推你的輪椅使我肌肉鍛鍊得非常發達，你還記得我們到韋瑟比家去的那天嗎？路上泥濘滿地——」

「啊！」厄普沃太太突然叫道。

「怎麼啦，媽媽？」

「沒什麼，接著說下去。」

「那天我推你上山，先是輪椅打滑，接著我腳下也打滑。我那天還以為我們一定到不了家了。」

一陣哄笑過後，大家起身告辭，紛紛離開。

白羅想，酒喝多了必定會使人鬆口。

展示這些照片是聰明的做法呢，還是愚蠢之舉？那個手勢也是酒精的作用嗎？

他不敢肯定。

不過，小聲向眾人道歉後，他又轉身返回。

他推開大門，朝正房走去，從左邊打開著的窗戶，他聽到了兩個人的低語聲。那是羅賓和奧利薇夫人的聲音。奧利薇夫人話很少，羅賓則滔滔不絕。

白羅推開門，穿過右邊的房門，走進了他不久前剛剛離開的房間。厄普沃太太正坐在壁爐前，臉色陰沉可怕。她正陷入深思，他進來時害她嚇了一跳。

聽到他表示道歉的咳嗽聲，她突然抬起頭。

「啊，」她說道，「原來是你，你嚇著我了。」

「很抱歉，夫人。你認為那是什麼人嗎？你認為是誰呢？」

她沒有對此做出回答，只是說：「你忘了什麼東西嗎？」

「恐怕我留下了危險。」

「危險？」

「也許對你而言是個危險，因為你剛才認出了其中一張照片。」

「我並沒說我認出來，所有舊照片的模樣都極為相似。」

「聽著，夫人。麥金堤太太也認出了其中一張照片——或者說我相信是這樣——而麥金堤太太死了。」

厄普沃太太眼裡掠過一絲難解的幽默神情，她開口說道：「麥金堤太太死了，她怎麼死的？自尋死路，就像我一樣，你是這個意思嗎？」

「是的。如果你知道什麼，無論是什麼，現在請立即告訴我，這樣比較安全。」

「親愛的先生，事情並不是如此簡單。我根本不敢肯定我是否真知道什麼——當然不是像事實那樣確定無疑。模糊的記憶是很微妙的，我得先確定怎麼回事、什麼時候和什麼地方，你明白我的意思吧。」

「但是，在我看來，你好像已經想起來了。」

「不僅僅如此，總有各式各樣的因素要加以考慮，現在你這樣急切地催促我是毫無用處的，白羅先生。我不是那種匆促就會做出決定的人，我有我自己的頭腦，我要花些時間慢慢把事情想清楚。一旦做出決定，我就著手行動。但不做好準備，我是不會輕舉妄動。」

「你是個神祕的女人，夫人。」

「也許吧，就某種意義而言。知識就是力量，力量必須用於正確的目的。你要原諒我這麼說，你也許對我們英國的鄉村生活並不欣賞。」

「換句話說，你的意思是，『你只是個可惡的外國佬？』」

厄普沃太太輕輕微笑道：「我不會那麼無禮。」

「如果你不願意跟我談，你可以找史彭斯主任。」

「親愛的白羅先生，我不跟警察談，現在還不是時候。」

他聳了聳肩。

「我已經警告過你了。」他說。

他現在非常肯定，厄普沃太太一定十分清楚她是在何時何地見到莉莉．甘博爾的照片。

14

「毫無疑問，」第二天早上，白羅自言自語道，「春天已經來了。」

他前一天晚上的掛慮似乎是杞人憂天。

厄普沃太太是個精明的女人，她會照顧好自己。

然而，從某種特別的角度來說，她引起了他的興趣。他根本弄不清楚她的反應。很明顯，她也不想讓他弄清楚。她認出了莉莉·甘博爾那張照片，而且決定要單槍匹馬地行動。

白羅一邊回想這些情況，一邊踱步走上一條花園小徑，身後傳來的聲音把他嚇了一跳。

「白羅先生。」

倫德爾太太悄悄跟在他身後，白羅沒有聽到她的腳步聲。自從昨天到現在，他的神經一直很緊張。

「請原諒，夫人，你嚇了我一跳。」

倫德爾太太呆板地微微一笑。如果說他緊張的話，他認為倫德爾太太比他更緊張。她眼睛的睫毛一直眨個不停，兩隻手也不安地搓來差去。

「我……我希望我沒有打擾你，也許你正忙著。」

「不，我不忙。天氣很好，我喜歡春天的感覺，到戶外走走很舒服。待在薩默海太太的屋子裡總是有氣流。」

「氣流——」

「在英國你們稱作罅縫風。」

「是，是，我想是這麼說。」

「那些窗戶老是關不上，房門總是突然就打開了。」

「那的確是一棟搖搖欲墜的房子。不過，當然啦，薩默海夫婦日子過得這麼苦，他們也負擔不起維修房屋的費用。如果是我的話，我就不管它了。我知道那房子在他們家手上已經有好幾百年了，可是現在這種年頭，你不能只為感情的緣故死守著舊東西不放。」

「是啊，如今我們都不再講究感情了。」

一陣沉默後，白羅眼角瞄著那雙白皙緊張的手。他在等待著她先開口。當她開口時，話語非常唐突。

「我猜，」她說，「當你，嗯，要著手調查一件事的時候，你總是得有個藉口吧？」

白羅對這個問題想了想，儘管他沒有看她，也能清楚地察覺到她急切地盯著他。

「正如你所說，夫人，」他不置可否地答道，「為了方便行事。」

「可以解釋你為什麼在那裡，而且……而且必須問那些問題嗎？」

「只是臨時起意罷了。」

「那為什麼……究竟為什麼你要來布羅欣尼，白羅先生？」

他有些驚訝地凝視著她。

「親愛的女士，我告訴過你，我是來調查麥金堤太太的死因。」

倫德爾太太厲聲說道：「我知道你會這麼說，可是這不可能。」

白羅眉毛一揚。

「是嗎？」

「當然啦，沒有人會相信這種說法。」

「可是我向你保證，事實就是如此。」

她黯淡的藍眼睛眨了眨，朝一旁看去。

「你不會告訴我的。」

「告訴你……什麼，夫人？」

她又突然地轉換了話題。

「我想問你……匿名信的事。」

「哦？」當她停下來的時候，白羅鼓勵地說道。

「匿名信常常是一派胡言，對不對？」
「有時候是。」白羅謹慎地說。
「通常是。」她堅持道。
「這我就不敢說了。」
希拉・倫德爾語氣強烈地說：「寫匿名信是膽小、居心不良、不入流的事！」
「噢，是的，這話我可以同意。」
「你不會相信匿名信裡說的話，對吧？」
「這個問題很難回答。」白羅嚴肅地說。
「我就不相信，我不相信這種東西。」她又語氣強烈地加了一句：「我知道你為什麼要來這裡。那不是真的，我告訴你，那不是真的。」
她猛然轉身走開了。
赫丘勒・白羅頗感興趣地揚了揚眉頭。
「怎麼回事？」他問自己，「這是要混淆我的調查方向嗎？或只是單純的插曲一樁？」
他覺得困惑不已。
倫德爾太太堅持他來這裡的原因，不僅僅是要調查麥金堤太太的謀殺案，她認為那只是一個藉口。
她真的這麼相信嗎？或者，她想把他引向不同的方向？

匿名信和這個案子有什麼關聯呢？

難道倫德爾太太就是厄普沃太太所說，她「最近」見到的照片人物？

換句話說，倫德爾太太就是莉莉．甘博爾嗎？甘博爾重新恢復正常社會生活後，據說最後是住在愛爾蘭。難道倫德爾醫生就是在那裡認識她並和她結婚，但對她過去的歷史卻一無所知？莉莉．甘博爾受過訓練做過速記員，她的工作很容易和醫生的職業有所牽涉。

白羅搖搖頭，嘆了口氣。

十分可能，但是他需要證據。

一陣寒風驟起，太陽隱去了。

白羅打了個寒顫，邁步向屋子走去。

是的，他需要證據，如果他能找到殺人的凶器……

就在這一剎那，他奇怪地覺得自己突然有了把握——他看見了那件凶器。

§

他想，他是否很早以前就下意識地看見它並注意到它了呢。是不是，自從他住進長牧野以來，它一直就放在那裡……

就放在靠近窗戶的書架頂層。

他想：「以前我為什麼從沒注意到呢？」

他拿了下來，把它放在手裡掂量，檢查，左搖右晃，舉起來，揮下去——

此時莫琳像往常那樣匆匆闖進來，還帶著兩隻狗，她聲音既輕快又友善。

「你好，你在玩這剁糖刀嗎？」

「這是一把剁糖刀嗎？它就叫這個名字嗎？」

「是啊，剁糖刀，或者叫敲糖榔頭。我弄不清楚它應該叫什麼才對。樣子很怪，對不對？上面還有一隻小鳥，太孩子氣了。」

白羅仔細地拿在手裡，並轉動著。上面有許多銅雕，樣子像一把扁斧，很重，刀刃鋒利，還四處飾有紅藍彩石；頂端鑲著一隻愚蠢的綠眼睛小鳥。

「很可愛的殺人武器，對不對？」莫琳語調輕鬆地說。

她從他手裡把東西拿過來，瞄準空中的一個目標揮了下去。

「太容易啦，」她說，「《國王牧歌》[2]是怎麼說的：『對準，他說，把他的腦袋劈開了。』我認為，用這玩意兒，你想劈開誰的腦袋都很容易，你說是不是？」

白羅打量了她一眼，她那滿是雀斑的臉平靜又快活。

她說：「我和約翰說過，要是我受夠他了，他就有得瞧了，我說這東西是妻子們的最佳良伴！」

她哈哈大笑起來，把剁糖刀放下來，轉身朝門口走去。

「我來這裡本來是要做什麼呢？」她使勁地想著，「我記不得了……真糟糕！我最好先去看看鍋裡的布丁是不是需要再加點水。」

在她快走到門口時，白羅叫住了她。

「你是從印度帶回來這個東西的，是不是？」

「噢，不，」莫琳說，「我是聖誕節期間在舊物交易會上買到的。」

「舊物交易會？」白羅迷惑不解地問道。

「舊物交易會，」莫琳解釋道，「是在教區牧師家舉辦的。每個人把自己用不著的舊東西帶去，買些需要的東西。還找得到一些可以用的玩意兒。當然，通常找不到真正需要的東西。那次我買回來這個東西和那只咖啡壺。我喜歡那只咖啡壺的壺嘴，也喜歡刀頂上這隻小鳥。」

那把咖啡壺很小，是銅製的。它的壺嘴很大，彎彎曲曲的，讓白羅想起了一件很相似的東西。

「我認為這些是巴格達產的，」莫琳說，「至少我記得韋瑟比夫婦是這麼告訴我的，也可能是波斯出產的。」

2 《國王牧歌》（Idylls of the King）是英國詩人丁尼生（Alfred Tennyson）根據亞瑟王故事所撰寫的敘事詩。

「這麼說，東西原來是韋瑟比家的了？」

「是的，他們家有很多拉里拉雜的東西。我該走了，去看看布丁。」

她走了出去，門砰地一聲被帶上了。白羅重新撿起那把剁糖刀，把它拿到窗戶底下。刀鋒邊上隱隱約約有些褪色。

白羅點點頭。

他猶豫片刻，然後把東西帶回了臥室，小心翼翼地把剁糖刀用紙和繩子包好，放在一個箱子裡，然後再度下樓，離開了這所房子。

他認為，應該不會有人注意到丟失了一把剁糖刀，這可不是個整潔的屋子。

§

在拉布拿居，劇本合作依然困難重重。

「可是，把他塑造成一個素食主義者，我確實認為不合適，」羅賓正在表示反對意見。「這太與眾不同了，一定不會吸引人。」

「我別無選擇，」奧利薇夫人毫不讓步。「他一向吃素，隨身會帶著一個榨胡蘿蔔汁的小器具。」

「可是，親愛的阿蕊登，那又是為了什麼？」

「我怎麼知道？」奧利薇夫人生氣地說，「我怎麼知道我為什麼要創造一個使用左輪手槍的人？我當初八成是瘋了！我為什麼要把他說成是一個芬蘭人？我對芬蘭根本一無所知！為什麼他是個素食主義者？為什麼他有這麼些稀奇古怪的行為舉止和習慣？這些事都是自然產生的。你做了一些嘗試，而讀者好像都喜歡，然後你就接著寫下去，在還沒搞清楚到底該寫什麼的時候，你塑造出了像史文．赫森那樣令人發狂的角色，卻也束縛了自己的生活。甚至還有人寫信說我一定很喜歡他。喜歡他？如果我在現實生活中真的遇見這位瘦骨嶙峋、走路搖搖晃晃、只吃素食的芬蘭人，我寧願來一次真正的謀殺，它比我所虛構過的任何一次都要精采。」

羅賓．厄普沃充滿敬意地瞪大眼睛看著她。

「你知道，阿蕊登，這也許是個精采至極的主意。找一個真正的史文．赫森，而你把他謀殺了。也許你可以把它寫成一本天鵝之歌，在你死後出版。」

「絕不！」奧利薇夫人說，「出書後賺的錢怎麼辦？犯下謀殺案得到的每一分錢我得先拿到手。」

「對，對，在這一點上，我十分贊同你的做法。」

這位煩惱不堪的劇作家在屋裡來回踱著大步。

「英格麗這個人物變得愈來愈令人厭煩，」他說，「地窖裡那場戲的確十分精采，但在那之後，我不知道該如何不讓下一場戲出現反高潮。」

奧利薇夫人沉默不語，她覺得場面是讓羅賓·厄普沃最頭痛的事。

羅賓不滿地瞪了她一眼。

那天上午，像往常一樣變化莫測，她突然討厭起自己風飄式的髮型。於是一手拿著一把梳子，另一手沾上水，把自己灰白的頭髮牢牢固定在頭皮上。她那高聳的前額，寬大厚重的眼鏡，還有嚴厲的神態，在在提醒羅賓，她愈來愈像一位老師，一位他小時候十分害怕的老師。他覺得自己愈來愈難以用「親愛的」來稱呼她，即使「阿蕊登」也不容易叫出口了。

他煩躁地說：「你知道，我今天一點情緒也沒有，或許是因為昨天杜松子酒喝太多了。我們先不要改編劇本，談一談演員的問題吧。如果我們能請到丹尼·卡勒里就太棒了。不過，目前他正忙著拍電影。由瓊·貝柳扮演英格麗應該非常合適，她很想扮演這個角色，這是好事。埃利克——我一直在考慮埃利克，我們今晚到小劇院去如何？到時候你再告訴我，你對塞西爾扮演埃利克那個角色的想法。」

奧利薇夫人欣然同意了。羅賓走開去打電話。

「好啦，」他回來時說道，「一切都安排好了。」

§

早上看似晴朗的天氣，結果並未持久。一下子濃雲密布，天色陰沉，好像快下場大雨。

當白羅漫步穿過密密的灌木叢林，來到亨特莊前門的時候，他決定，日後絕不住到這處位於坡底的淺淺山谷裡。這房子的四周被樹木環抱，牆上爬滿了常春藤。他想，這確實會用得著伐木工人的斧頭。

（伐木斧頭？還是剁糖刀？）

他按了按門鈴，沒人回應，他又按了一遍。

趕來開門的是迪德麗·韓德瑟，她似乎有些驚訝。

「噢，」她說，「是你。」

「我能進來和你說說話嗎？」

「我……噢，好的，我想可以。」

她把他領到他之前來過的那個又暗又窄的客廳。在壁爐架上，他認出莫琳家書架上那把小咖啡壺的大尺寸兄長。它那巨大的鷹鉤狀壺嘴，似乎暗示著東方的凶猛殘暴，正主宰著這間西方的小屋。

「恐怕我們這裡今天有些凌亂，」迪德麗抱歉地說，「我們家的幫傭——那個德國女孩——要走了，她在這裡只待了一個月。事實上，她來幫傭只是為了來這個國家，因為她的結婚對象住在這裡。現在，他們都安排妥當了，今天晚上她就要離開了。」

白羅吐了吐舌頭。

「很不體諒人。」

「就是這樣。我繼父說她這樣做不合法。但是，即使不合法，如果她就這麼離開去結婚，我們也莫可奈何。如果不是我發現她在打包整理衣服，我們甚至都不知道她要走，她相當可能一聲不吭就溜掉了。」

「啊，這種年紀的確不會為人著想。」

「是啊，」迪德麗沮喪地說，「我想也是。」

她用手背揉了揉額頭。

「我累了，」她說，「我很累。」

「是啊，」白羅輕聲道，「我想你可能很累。」

「你有何貴幹，白羅先生？」

「我想問一下剁糖刀的事。」

「剁糖刀？」

她的臉露出了茫然不解的神情。

「一把銅製的工具，上面有一隻小鳥，鑲有藍紅綠的彩石。」白羅非常仔細地描述。

「噢，是的，我知道。」

她聲音裡沒有一絲熱情或半點興趣。

「我想它是你們家的東西吧？」

「是的。我媽從巴格達的市集上買到的，是我們拿到教區牧師住所出售的東西。」

「是舊物交易會，對吧？」

「是的，我們這裡有很多這種活動。這年頭很難找到有人肯捐錢，但是通常能找到一些東西拿出去交換。」

「這麼說，那個東西在聖誕節前一直放在這個屋子裡，聖誕節的時候你才拿到舊物交易會上去，對吧？」

迪德麗皺眉想了想。

「不是聖誕節那次，是在那之前的某一次——收穫節那次。」

「收穫節？那應該是……什麼時候？十月？還是九月？」

「九月底。」

小房間一片寂靜。白羅看了看那位女孩，她也抬眼望著他。她的面容溫和，臉上毫無表情。白羅竭力猜測她漠然表情背後的內心活動。也許是平靜如水，也許正像她說的那樣，只是累了……

他輕聲、急切地問：「你確定是收穫節的那次舊物交易會嗎？不是聖誕節那一次？」

「非常確定。」

她目光堅定，眼睛連眨都不眨一下。

赫丘勒・白羅等待著，他耐心地繼續等待著……然而，他所期待的場面並未出現。

他鄭重地說道：「我不能再打攪你了，小姐。」

她陪他朝大門走去。

他又再一次沿著車道步行下去。

截至目前為止，出現了兩種不同的說法——兩種不可能符合的說法。

誰說的話對呢？莫琳．薩默海，還是迪德麗．韓德瑟？

如果那把剁糖刀真如他所想的那樣，曾被當作殺人凶器，那麼這一點將是至關重要。收穫節是九月底，從那時到聖誕節期間的十一月二十二日，麥金堤太太遭人殺害。當她遇害時，這把刀子的所有人是誰呢？

他朝郵局走去。斯威蒂曼太太仍是態度殷勤且盡力幫忙。她說兩次交易會她都去了，她從未放過任何一次。在那裡你能找到很多好東西，會前她還在那裡幫忙把東西準備好，雖然多數人是隨手將東西帶去，並未事先送到。

一把銅製的剁糖刀嗎？樣子像斧頭，又鑲有彩石和一隻小鳥？不，她記不太清楚了。交易會上有那麼多東西，那麼凌亂，有些東西馬上就被挑走了。啊，也許她可以想起來類似的東西——好像價格是五先令，還外帶一把咖啡壺，但是，那咖啡壺的壺底有個洞根本不能用，只能當成裝飾品。她記不清是什麼時候，總之是過去的一段時間吧。也許是在聖誕節，也可能是更早的什麼時候，她沒注意……

她接過白羅手裡的包裹。要寄掛號嗎？是的。

她把地址抄下來，在遞收據給他時，他注意到她敏銳的黑眼閃過一絲頗感興趣的神情。

赫丘勒・白羅漫步走上山坡，獨自沉思。

在那兩個女人中，莫琳・薩默海滿腦子的瑣事，活力充沛，粗心大意，比較有可能搞錯，收穫節或聖誕節對她來說都一樣。

而迪德麗・韓德瑟遲緩拘謹，她對時間和日期的記憶很可能要精確得多。

然而，那個惱人的問題依然存在。

在他提出那問題後，為什麼她不問他「為什麼想知道」？這是個自然而必然的問題啊！

但是，迪德麗・韓德瑟並沒問他。

15

「有人打電話給你。」

當白羅走進屋子時，莫琳從廚房裡喊道。

「打電話給我？誰？」

他稍微有些驚訝。

「不知道，不過我把電話號碼記下來了。」

「謝謝，夫人。」

他走進餐廳，繞過桌子，在靠近電話的一堆紙張之中，找到了記有電話號碼的本子，上面寫的號碼和地名是「基爾切斯特三五〇」。

他拿起電話話筒，撥通了那個號碼。

他立刻聽到了一個女人的聲音。

「布雷瑟斯卡特公司。」

白羅迅速做出了猜測。

「我能和瑪蒂．威廉斯小姐通話嗎？」

稍微停頓了一會兒，然後傳來了一個女低音。

「我是威廉斯小姐。」

「我是赫丘勒．白羅，我想是你打電話給我的吧。」

「是的……是的，我打過電話，是要告訴你那天你要求了解的財產情況。」

「財產？」

一時之間白羅摸不著頭緒。然後他就想到，瑪蒂的電話旁有人，會聽到他們的談話。她上次打電話給他時，必定是她獨自一人在辦公室的時候。

「我明白了，我想是有關詹姆斯．本特利和麥金堤太太的謀殺案吧。」

「沒錯，此事我們能為你做些什麼嗎？」

「你想幫忙，現在你不是獨自一人吧？」

「對。」

「我明白了。仔細聽著，你當真想幫助詹姆斯．本特利嗎？」

「是的。」

「你願意辭掉你目前的工作嗎？」

對方沒有猶豫。

「是的。」

「你願意幫人做家務嗎？很可能要與不太合得來的人相處，如何？」

「沒問題。」

「你能立刻來這裡嗎？比如說，明天怎麼樣？」

「噢，好的，白羅先生，我想沒問題。」

「你要明白我希望你做什麼，你要住進一戶人家，幫忙他們做家務，你會做菜嗎？」

一種略顯得意的語調使她的聲音更加動聽。

「我的手藝好極了。」

「真是難得！現在請聽好，我立即動身來基爾切斯特，中午在我以前跟你見面的同一家餐館會面。」

「好，不見不散。」

白羅放下了電話。

「真是個令人佩服的年輕女孩，」他心想，「腦子聰敏反應快，知道自己要做什麼；更好的是，她還會烹飪做菜……」

他費了一番工夫才在一本養豬手冊下找出當地的電話簿，在上面查到了韋瑟比家的電話號碼。

接電話的是韋瑟比太太。

「喂？喂？我是白羅……你記得我嗎，夫人？」

「我記不清楚——」

「赫丘勒・白羅。」

「噢，是的，當然記得。請原諒，今天家裡真是亂糟糟的。」

「正是因為這個原因我才打電話給你，我聽說了你目前的麻煩。」

「這麼忘恩負義——這些外國女孩，旅費和所有開銷都幫她付過了，我實在痛恨這種忘恩負義的人。」

「是的，是的。我很同情你目前的處境，這太可惡了。也正因為如此，我這才急急忙忙地要告訴你，我有一個解決方法。很湊巧地，我知道有一位年輕女人想找份幫傭的工作，但恐怕她沒受過完整的訓練。」

「噢，現在已經沒有什麼訓練不訓練的了。她願意做飯嗎？現在有好多傭人都不願意做飯。」

「可以，可以，她願意做飯。那麼，我把她送到你家裡去試用一段時間，好嗎？她名字叫瑪蒂・威廉斯。」

「啊，那請她來吧，白羅先生。你真是太好了，有人幫忙總比沒人好。我丈夫這麼愛挑剔，每次家務沒有弄妥，他就動不動對我的迪德麗發脾氣。真的很難指望男人能理解，要料理家務是有多麼的難。我——」

談話中斷了，韋瑟比太太對剛進屋的什麼人說著話。雖然她的手捂著電話筒，白羅還是能聽見她壓低聲音說的話。

「是那位小個子偵探，他介紹一個人來代替弗莉達。不，不是外國人，是英國人。天哪，他實在是很好的人，這麼關心我們。噢，親愛的，別反對，這有什麼關係呢？好啦，我認為這件事很好，我想她不至於太糟。」

和身邊的人說完話後，韋瑟比太太向白羅表示最深的感激之情。

「非常感謝你，白羅先生，我們真的十分感激。」

白羅放下電話，看了一下他的錶。

他朝廚房走去。

「夫人，我不在這裡吃午飯了，我要到基爾切斯特去。」

「感謝老天，」莫琳說，「我沒有看好布丁，它都煮乾了，但我認為還能吃，也許有點兒糊。萬一吃起來味道難以忍受，我想我還可以開一瓶去年夏天做的草莓醬。雖然上面一層好像發霉了，不過他們說這沒關係，而且吃下去有好處……就當作是在吃阿斯匹靈吧。」

白羅趕緊離開這棟屋子，很高興那塊燒焦的布丁和類阿斯匹靈的草莓醬不是他今天的午餐。在「藍貓」享用通心粉、牛奶蛋糊還有梅子，總比吃莫琳．薩默海隨性所做出的布丁要好得多。

§

在拉布拿居出現了一場小小的衝突。

「當然啦，羅賓，你一寫起劇本來，就會忘了所有的事。」

羅賓悔恨不已。

「媽媽，我非常非常抱歉。我把今天晚上該帶珍妮特出去的事全都忘了。」

「沒關係。」厄普沃太太冷冷地說。

「當然有關係，我這就打電話給劇院，說我們改在明天晚上去看演出。」

「不必如此，你安排好今天晚上去，你就一定要去。」

「可是這實在是——」

「就這麼決定了。」

「我改天再請珍妮特出去好嗎？」

「當然不行，她痛恨改變計畫。」

「我相信她不會介意的，如果我對她解釋清楚，她一定不會——」

「不用了，羅賓，不要讓珍妮特難過了。別再提這件事，我不在意自己惹人嫌，掃別人的興。」

「媽媽，最可愛的——」

「夠啦！你出去好好玩吧，我會找人來作伴。」

「找誰？」

「這是我的祕密，」厄普沃太太說著，心情又好轉過來了。「別大驚小怪，羅賓。」

「我這就給希拉．倫德爾打電話──」

「我會自己打電話，謝謝你。就這麼辦吧。在你走之前請把咖啡泡好，把它放在咖啡壺裡，拿到我身邊來，我自己來操縱開關。噢，你最好是再多拿出一只杯子，以備我有別的客人要來。」

16

坐在「藍貓」共進午餐的時候，白羅向瑪蒂．威廉斯大致講述他要她做的事情。

「這樣，你明白我要你尋找的東西了嗎？」

瑪蒂．威廉斯點點頭。

「你辦公室裡的事情都安排好了？」

她大笑起來。

「我姨媽病危！我給自己發了一封電報。」

「好的，我還有一件事要說。在那個村子裡的某個地方，有個殺人凶手正逍遙法外。」

「你是在警告我？」

「是。」

「我會保護自己。」瑪蒂．威廉斯說道。

「這句話，」赫丘勒．白羅說，「可以收進『著名遺言錄』裡去。」

她又大笑起來，笑聲爽朗。鄰桌有一兩個人轉過頭來朝她這邊看。

白羅心中暗自稱讚她。真是一個堅強自信的年輕女人，充滿活力，自動而且渴切地擔負起這項危險的任務。這究竟是為什麼呢？他又想起了詹姆斯．本特利，還有他那飽受挫折而虛弱無力的聲音，以及他毫無生命氣息的漠然表情。老天的安排的確令人好奇，而且感到有趣。

瑪蒂說：「是你請求我這麼做的，對不對？為什麼突然又要我打消念頭？」

「因為如果一個人提交一項任務，就必須把它可能引發的後果做出明確的交代。」

「我不認為我會有危險。」瑪蒂充滿信心地說。

「我不這麼有把握。在布羅欣尼，沒人認識你吧？」

瑪蒂點點頭。

「對，是的，應該可以這樣說。」

「你以前去過那裡？」

「去過一兩次，當然都是替公司辦事。近期只去過一次，大約是在五個月前。」

「你都見過誰？你去過哪裡？」

「我去看一位老太太，卡斯特太太……還是卡里斯太太？她的名字我記不得了。她要在那裡買一小塊地，我帶了一些文件資料，還有一份土地測量圖和房屋鑑定報告去看她，她當時住在你現在住的那個旅館裡。」

「『長牧野』旅舍？」

「正是這個名字。房子樣式很不好看，還養了一大堆狗。」

白羅點點頭。

「你當時見到了薩默海太太，還是薩默海少校？」

「我見了薩默海太太，我猜是她吧。她帶我到臥室去，一隻老貓咪就躺在床上。」

「薩默海太太會記得你嗎？」

「我想不會。即使她還記得，那也沒關係，是不是？不管怎麼說，現在的人換工作是很平常的事。但是我想她連看都沒看我一眼，她那種人不會這樣。」

瑪蒂．威廉斯的聲音裡隱約有一絲怨憤。

「在布羅欣尼你還見過其他人嗎？」

瑪蒂頗尷尬地說：「噢，我見過本特利先生。」

「啊，你見過本特利先生。偶然遇見的嗎？」

瑪蒂在椅子裡扭動了一下。

「不，事實上，我事先寄給他一張明信片，告訴他我那天要去，問他是否願意和我見面。那裡沒什麼地方可去，就只是塊小小的彈丸之地，既沒有餐館又沒有電影院可以坐坐。我們就趁我在等公共汽車的時候，在車站談了一會兒話。」

「這是在麥金堤太太死亡以前吧？」

「是的。不過，離那之前也沒有很久。因為幾天之後，報紙上就登出麥金堤太太遇害的消息。」

「他對你提過他的女房東嗎？」

「我想沒有。」

「你有跟布羅欣尼的其他人說過話嗎？」

「呃……只和羅賓．厄普沃先生說過話。我聽過他在收音機裡的談話。我看見他從他家院子裡走出來，我根據看過的照片認出了他，然後我向他要了簽名。」

「他簽了嗎？」

「簽了，他態度好極了。我當時沒帶本子，但是我有一張記事便箋，他就掏出他的筆，在上面寫了字。」

「你還看見過別的人嗎？」

「噢，我知道卡彭特夫婦。他們經常來基爾切斯特，他們的車很漂亮，她的服裝很時髦。大家說他會成為我們下一任的議員。」

白羅點點頭。然後，他從口袋裡掏出那個總是隨身帶著的信封，在桌上把那四張照片攤開。

「你認識這些照片上的……嗯，怎麼回事？」

「我看見了斯卡特先生。他剛剛走出去，我希望他沒看見我和你在一起，不然他也許會感到有些奇怪。你知道，人們都在議論你，說你是巴黎方面派來的，是索瑞泰或什麼組織派來的。」

「我是個比利時人，不是法國人，不過沒關係。」

「這些照片怎麼了？」她彎下頭仔細打量著。「這些照片都很久了，是不是？」

「最舊的一張是三十年前的。」

「衣服樣式又老又呆板，讓她們看起來真是愚蠢透頂。」

「你以前見過她們嗎？」

「你是問我認識這些女人，還是說我見過這些照片呢？」

「都可以。」

「我記得我見過這一張，」她的手指停在賈妮斯·考特蘭的帽子上。「在報紙上或者是其他什麼地方見過，但是我記不得什麼時候見過。那個小孩看起來也有點熟悉，可是我記不得哪時見過，有一段時間了吧。」

「所有這些照片，都刊登在麥金堤太太死前那個星期日的《星期日彗星報》上。」

瑪蒂目光敏銳地看了看他。

「這些照片與案子有關？這就是你想讓我——」

她的話沒有說完。

「對，」白羅說，「正是。」

他又從口袋裡拿出一份東西給她看，那是從《星期日彗星報》上剪下來的文章。

「你最好讀一讀。」他說。

她仔細讀著，明亮的金髮披散在那張剪下來的報紙上。

過了一會兒，她抬起頭。

「這麼說，她們就是上面說的這些人了？這篇文章使你有了新的發現？」

「你的解釋非常恰當。」

「但是，我還是不明白──」

她沉默了一會兒，靜靜地思考著。白羅沒有說話，無論對自己的想法多有自信，他總是樂於傾聽別人的想法。

「你認為這些人之中有一兩位在布羅欣尼？」

「可能吧，不可能嗎？」

「當然了，任何人都可能在任何地方……」她說著，手指停在伊娃．凱恩傻笑的漂亮臉蛋上，「她現在應該相當老了，大概和厄普沃太太不相上下吧。」

「大概是那樣。」

「我剛才正在想的問題是……她這種女人，必定有些人會對她心懷報復之意。」

「那是一種看法，」白羅語調緩慢地說，「是的，是種看法。」他又加了一句，問道：

「你記得克雷格的案子嗎？」

「誰不記得呢？」瑪蒂．威廉斯說，「杜莎德蠟像館還有他的蠟像呢！我當時只是個孩子，但是，報紙總是拿他的案情和其他案例做比較，我想它永遠也不會被忘掉，是不是？」

白羅猛然抬起頭。

他在想，她聲音裡突然發出的痛苦聲調，到底源於何處？

／17

奧利薇夫人疲憊至極，她竭力蜷縮在劇院化妝室的一個角落裡。其實她的身材並不適於躲藏，愈躲反倒使自己更形顯眼。一些神采飛揚的年輕演員正用毛巾抹去臉上的油彩，而且紛紛圍住她，有的還給她端來大杯溫熱的啤酒。

厄普沃太太後來的情緒完全好轉了起來，也祝他們玩得愉快。在離家之前，羅賓匆匆忙忙為她做好了所有準備，使她盡量舒服，甚至上車之後又跑回家好幾次，以確保安排得盡善盡美。

終於，他咧嘴笑著回到了車上。

「媽媽剛剛打完電話，老人家還是不肯告訴我她打電話找了誰，不過，我想我能猜出來。」

「我也知道。」奧利薇夫人說。

「噢，你說是誰？」

「赫丘勒・白羅。」

「對，我猜也是他，她打算套套他的想法。媽媽確實喜歡藏點小祕密，是不是？好啦，親愛的，現在談談今天晚上的戲吧。你要開誠布公地告訴我你對塞西爾的看法，還有他是否符合扮演埃利克的條件……」

無庸置疑地，奧利薇覺得塞西爾根本不符合她心目中的埃利克形象。真的，沒人比他更不合適了。那齣戲本身她還算喜歡，只是散場後的社交時間，仍一如既往被她視為畏途。

羅賓自是相當滿意，他和塞西爾談得正熱烈（至少奧利薇夫人猜想那人是塞西爾）。奧利薇夫人已經被塞西爾嚇壞了，她對正在與她談話的一個叫麥克爾的演員還比較有好感咧。麥克爾至少並不期望她說好話，事實上，麥克爾好像更喜歡一個人沒完沒了的說話。另外一個叫彼得的人不時在他們的談話中插上幾句，但是整體說來，還是無法打斷麥克爾滔滔不絕的調侃。

「羅賓太可愛了，」他說，「我們一直催促他來看表演。不過，當然啦，他對那個可怕的老女人完全唯命是從，不是嗎？任其擺布。羅賓確實很出色，你們不這麼認為嗎？他相當出色，他不該被犧牲在母權至上的祭壇上。女人有時候非常可怕，不是嗎？你們知道她當初是如何對待可憐的阿里克・羅斯考的嗎？幾乎有將近一年的時間，對他百般體貼，後來才發現他根本不是俄國移民。當然啦，他過去對她講過一些大話，但是內容很有意思，我們也都知道那不是真的。那有什麼好在乎的呢？後來，當她發現他只不過是個小小理髮匠的兒子時，她就遺棄了他。我的天哪，我真痛恨那種勢利小人，你們難道不恨這種人嗎？阿里克能擺脫她，倒也確實是謝天謝地。他說她有時候非常可怕，他認為她的腦子有點古怪，性情暴躁，動不動就怒髮沖天！噢，羅賓親愛的，我們正在談論你那位可愛的媽媽。她今天晚上不能來看演出真是遺憾。不過，有奧利薇夫人光臨，我們榮幸之至，那些謀殺案真是膾炙人口。」

一位年長男子抓住了奧利薇夫人，他緊緊地握住她的手，聲音極低。

「我應該怎樣感謝你才好呢？」他低沉的聲調裡充滿了憂鬱。「你救過我的命……不只一次地挽救了我。」

然後，他們全都走出化妝室，來到深夜的大街上，呼吸著清新的空氣。他們穿過馬路，找到一家酒館，在那裡又喝了一陣子，談論了更多舞台演出的話題。

等到奧利薇夫人和羅賓可以驅車回家時，奧利薇夫人已經精疲力竭了。她身體後仰，緊閉雙目。而羅賓依然滔滔不絕地說個不停。

「那個想法真的不錯，是不是？」他問道，他的話終於結束了。

「什麼？」

奧利薇夫人猛地睜開了眼睛。

她剛才沉浸在想家的美夢之中，那裡有著珍稀鳥類和奇花異草圖案裝飾的牆壁；一張松木板桌子，還有她的打字機、濃咖啡，到處都擺放著蘋果……多麼幸福啊，多麼美好又多麼幽靜的極樂之所！一位作家，從她深居簡出的祕密領地走出來拋頭露面，是多大的錯誤。大部分的作家本是害羞拘束、不善交往的人，他們往往是透過虛構，杜撰自己和朋友們的談話，以彌補他們社交能力的缺乏與不足。

「恐怕你累了吧。」羅賓說。

「不算是真累，事實上我不善於與人相處。」

「我喜歡熱鬧，難道你不喜歡嗎？」羅賓快活地說。

「不喜歡。」奧利薇夫人斬釘截鐵地說。

「但是你一定喜歡，看一看你書裡的人物。」

「那是不同的，我認為樹木比人好多了，更能帶給我安寧。」

「我需要人群，」羅賓說，原因很簡單。「他們激勵我。」

他把車開到了拉布拿居門前。

「你先進去，」他說道，「我把車停好。」

奧利薇夫人像平時一樣費勁地從車裡抽出身來，走上了門前的小徑。

「大門沒鎖。」羅賓喊道。

門是沒有上鎖，奧利薇夫人推開門走進院子裡。沒有燈光，她認為女主人八成是生氣了。或者，她這樣做是為了節儉？富人總是很精打細算。大廳裡有一股香水味，是一種既少見又非常昂貴的香水。一時間，奧利薇夫人懷疑自己是否走錯了房子，後來，她摸黑找著開關，扭亮了電燈。

燈光一下子照亮了低矮的方形客廳。通往客廳的門微微開著，她看見了一隻腳。厄普沃太太還沒上床就寢，她必定是坐在她的輪椅裡睡著了，加上沒有燈光亮著，她應該已經睡著了好長一段時間。

奧利薇夫人走到門口，打開客廳的燈。

「我們回來了——」她剛開口便停住了。

她的手猛然抓住了自己的喉嚨，覺得喉嚨被緊緊地勒住了，想要叫卻怎麼也叫不出來。她的聲音變成了喃喃低語。

「羅賓……羅賓……」

過了一會兒，她才聽見他走上小徑，邊走邊吹著口哨。然後，她迅速轉過身，跑上前去，在大廳裡迎上他。

「別進去……別進去。你媽……她，她死了……我想，她被人殺死了……」

18

「手腳很俐落。」史彭斯主任說。

他那張通紅的鄉下人面孔很憤怒，生氣地看著端坐一旁且臉色沉重的赫丘勒．白羅。

「俐落而醜陋。」他說，「她是被勒死的，」他接著說下去。「用的是絲巾——她自己的，圍在脖子上，就這樣往脖子上一繞，把兩頭繫成結，然後用力拉緊。乾淨，俐落，有效，那些印度殺手都是這麼做的。死者遇害時，既沒有掙扎也沒有叫喊——絲巾勒在她的頸動脈上。」

「這需要受過專門訓練嗎？」

「或許吧，不過也未必。如果你想那麼做，可以從書上讀到操作方法。沒有什麼特別困難，尤其是在遇害人毫無警戒的情況下——她的確毫無警戒。」

白羅點點頭。

「是她認識的人。」

「對，她們在一起喝咖啡。她面前放著一只杯子，還有一只杯子放在……客人面前。客人杯子上的指紋被仔細地擦掉了，但口紅不是那麼容易完全抹去，隱隱約約還可以看出口紅的痕跡。」

「那麼說，是一個女人幹的？」

「你不是一直認為是女人嗎？」

「噢，是的，這很明顯。」

史彭斯接著講：「厄普沃太太認出了其中一張照片，就是莉莉·甘博爾那張。可見，它和麥金堤太太的凶殺案有密切關係。」

「對，」白羅說，「它和麥金堤太太的凶殺案有密切關係。」

他想起了厄普沃太太當時揶揄的語調：「麥金堤太太死了。她怎麼死的？自尋死路，就像我一樣……」

史彭斯接著說：「她刻意找個方便的時機，就在她兒子和奧利薇夫人一同出去看戲時，打電話給那個人，請那人過來看她。你是這麼推測的嗎？她自己扮起偵探來了。」

「大概是如此吧，好奇心作祟。她把祕密藏在心裡，想要挖掘更多消息。她根本沒有意識到這麼做十分危險。」白羅嘆息道，「很多人把謀殺想成是遊戲，但這不是遊戲。我提醒過她，可是她沒聽進去。」

「是啊，我們已經知道了。事情夠巧的了。當羅賓和奧利薇夫人要出發時，他曾跑回屋裡去，當時他媽媽剛給什麼人打過電話。她不願意告訴他打電話給誰，故意弄得很神祕，羅賓和奧利薇夫人本來認為那人是你。」

「如果是我就好了。」赫丘勒・白羅說，「你想不出她會打電話給誰嗎？」

「完全想不出來，電話是直接撥號的，你知道。」

「那個女傭也不能提供什麼幫助嗎？」

「不能，她大概十點半回來──她有一把後門鑰匙，直接走進自己的臥室，那裡和廚房相連，然後就上床睡覺了。整個房子都是暗的，她以為厄普沃太太早已入睡，其他人則還沒回到家。」史彭斯又說：「她耳朵重聽，而且怪裡怪氣的，對周圍發生的事很少注意──我還想，她八成也很偷懶，很愛發牢騷。」

「不是個忠心耿耿的老僕人嗎？」

「才怪！她來厄普沃家只有幾年時間。」

一位警官探頭進門口說：「有一位年輕女士要見你，先生。她說有件事你也許應該知道，是有關昨天晚上的事。」

「關於昨天晚上的事？讓她進來。」

迪德麗・韓德瑟進來了。她臉色蒼白，神情緊張，像往常一樣拘謹。

「我想我最好來一趟，」她說，「希望我沒有打擾你們。」她表示歉意地又加了一句。

「不用客氣，韓德瑟小姐。」

史彭斯站起身，拉出一把椅子。她坐了下來，規規矩矩，不甚優美，像個小學生。

「是關於昨天晚上的事？」史彭斯鼓勵似的說，「你的意思是，和厄普沃太太有關？」

「是的，正是這樣。她被人謀殺了，對吧？郵局和麵包店的人都這麼說。媽媽說這不可能是真的——」她停了下來。

「恐怕這件事你媽媽說的不對，這事是千真萬確。好了，你想……告訴我們什麼事？」

迪德麗點點頭。

「是的，」她說，「是這樣的……我去過那裡。」

史彭斯的態度有了變化。也許更溫和了，但是隱含著警方的威勢。

「你去過那裡，」他說，「去過拉布拿居，什麼時間？」

「我記不清楚了，」迪德麗說，「在八點半和九點之間吧，我想很可能是將近九點的時候。是晚飯之後，她打電話叫我去的。」

「厄普沃太太打電話給你？」

「是的。她說羅賓和奧利薇夫人要去看戲，她獨自一人在家，問我是否願意過去陪她，和她一起喝咖啡。」

「你就去了？」

「是的。」

「你……和她喝了咖啡？」

迪德麗搖了搖頭。

「沒有。我到了之後敲了敲門，可是沒人應聲。於是我就開門進了大廳，裡面很黑，我從外面看見客廳裡沒有燈光，感到很奇怪，就叫了兩聲『厄普沃太太』，但是沒人答應，於是我想我可能弄錯了。」

「你認為哪裡弄錯了？」

「我想也許她和他們一塊去看戲了。」

「卻沒有告訴你？」

「這確實奇怪。」

「你想不出其他理由嗎？」

「噢，我還想到也許弗莉達把話傳錯了，有時候她確實會把事情記錯，她是個外國人。昨天晚上她很興奮，因為她馬上要離開了。」

「接下來你怎麼做，韓德瑟小姐？」

「我離開了。」

「回家去了？」

「是的……我是說，我先散了一會兒步，昨天天氣很好。」

史彭斯沉默了一會兒，眼睛打量著她。白羅注意到，他正打量著她的嘴唇。

此時，他站起身說道：「好了，謝謝你，韓德瑟小姐。你來找我們說出這件事，做得非常對，我們非常感謝。」

他過去跟她握握手。

「我想我應該來一趟，」迪德麗說，「媽媽不希望我來。」

「她不希望你來？」

「不過我想我最好來說明一下。」

「非常正確。」

他送她到門口後，又轉身回來。

他坐了下來，手敲著桌子，看看白羅。

「沒有口紅，」他說，「或者只是今天上午才這樣？」

「不，不僅是今天上午，她從來不搽口紅。」

「這很古怪，這種年代，對不對？」

「她是那種很古怪的女孩，沒有完全發育成熟。」

「也沒有聞到香水味。奧利薇夫人說昨天房間裡有濃重的香水味，非常名貴的香水。羅賓・厄普沃也證實，那不是他媽媽用的香水。」

「我認為這個女孩不會用香水。」白羅說。

「我也這麼認為，」史彭斯說，「看起來像一個傳統女校的曲棍球隊隊長，不過她應該有三十歲了吧？」

「應該有了。」

「發育受到了壓抑，你是這意思嗎？」

白羅想了想，他說並不是這麼簡單。

「這不符合，」史彭斯皺眉道，「沒有口紅，沒有香水。而且她還有一位健在的母親。莉莉．甘博爾的母親在卡迪夫的一次酗酒爭吵中喪生，當時莉莉．甘博爾才九歲。我不覺得她是莉莉．甘博爾。不過，昨天晚上厄普沃太太打電話叫她過來……你不能忽略這一點。」

他擦了擦鼻子。「這怎麼也解釋不通。」

「屍體檢驗得怎麼樣？」

「沒有多大幫助，所有的法醫都肯定地說，她很可能是九點半前死的。」

「這麼說，當迪德麗．韓德瑟到達拉布拿居的時候，她可能已經死了？」

「如果這女孩講的是實話，也許是這樣。若她講的不是實話，那她心機也太重了。她說她媽媽不讓她來告訴我們，這裡面有什麼可疑的情況嗎？」

白羅想了想。

「沒有什麼吧，做母親的總是如此。你知道，她是那種不想惹麻煩的人。」

史彭斯嘆息道：「所以，我們現在知道迪德麗．韓德瑟曾在現場。或許有人在迪德麗．韓德瑟之前去過那裡。一個女人，一個抹口紅、灑名貴香水的女人。」

白羅低聲說：「你要調查——」

史彭斯打斷了他。

「我正在調查！只是不著痕跡罷了。我不想驚動任何人。昨天晚上伊芙．卡彭特在幹什麼？希拉．倫德爾又在做什麼？九點五十分的時候，她們都在家裡坐著。據我所知，卡彭特昨晚出席了一個政治集會。」

「伊芙，」白羅沉思道，「現代人取名字的喜好又變了，對不對？如今你幾乎聽不到有人叫伊娃這個名字了。這名字已經過時了，但是伊芙這名字倒相當普遍。」

「她用得起名貴香水。」

史彭斯說著，繼續按自己的思路往下想。他又嘆口氣。

「我們必須找到更多有關她的背景資料。要充當一名戰爭寡婦太容易了，何時何地都可以表現出悲痛的樣子，哀悼著某個年輕勇敢的殉難士兵，不會有人多問你什麼。」

他又轉向了另一個話題。

「你送來的那把……剁糖刀或者不管什麼吧，我認為是抓住了問題的關鍵，那正是謀殺麥金堤太太的凶器。法醫們一致認為它的形狀和屍體的傷痕十分吻合，而且上面還沾有血跡，當然血跡曾被清洗過。可是凶手沒想到，哪怕是最小的一點血跡也會對最新的試劑做出反應。是的，上面沾的是人的血。這和韋瑟比夫婦及這位韓德瑟小姐就又脫不了關係了，是不是？」

「迪德麗．韓德瑟非常確定，剁糖刀在收穫節的舊物交易會上早被賣掉了。」

「而薩默海太太同樣確定，它是在聖誕節舊物交易會上買回來的？」

「從薩默海太太身上不能確定任何事，」白羅沮喪地說，「她是個很可愛的人，可是她做事毫無章法、不管順序。不過，我要說的是——我就住在長牧野——那裡的門和窗戶總是長年開著。任何人，任何一個人都有可能進來把東西拿走，之後再拿來放回原處，不論是薩默海少校或薩默海太太誰也不會注意到。如果有一天她發現這件東西不見了，她會認為是她丈夫拿去切兔子或砍樹用了；反之，他則會認為是她拿去剁豬肉了。這家子沒人肯用正確的工具做事，隨手拿到什麼就用什麼，用完了就隨便亂放，也沒人記得任何事。如果我像那樣生活，一定會終日惶惶不安……可是他們，他們好像並不在乎。」

史彭斯嘆了口氣。

「好了，關於此案總算有件好消息——這事不查個水落石出，他們就不會處死詹姆斯．本特利。我們向內政大臣辦公室遞交了一份報告，他們給了我們所需要的東西——時間。」

「我想，」白羅說，「既然我們已有所進展，我想再去看看詹姆斯．本特利。」

§

詹姆斯．本特利的變化不多。只是稍微瘦了一點，兩隻手更加侷促不安……除此之外，他仍和從前一樣安靜、絕望。

赫丘勒．白羅說話很謹慎：又有了一些新證據，警察正重新調查此案。因此，還有希望……

但是，詹姆斯．本特利對此無動於衷。他說：「沒有用的，他們還能找到什麼呢？」

「你的朋友們，」赫丘勒．白羅說，「都在努力幫你。」

「我的朋友們？」他聳了聳肩膀，「我沒有朋友。」

「你不應該這麼說，你至少有兩個朋友。」

「兩個朋友？我倒想知道他們是誰。」

但他的語調裡聽不出這種意圖，有的只是不相信。

「首先，是史彭斯主任——」

「史彭斯？史彭斯？就是那位負責調查此案而把我抓起來的刑事主任嗎？這簡直可笑透了。」

「不好笑，是幸運，史彭斯是一個非常精明又有良心的人。他想確定他沒抓錯人。」

「他應該很確定。」

「他並不確定。因此我說，他是你的朋友。」

「這樣也算是朋友？」

赫丘勒．白羅耐心等待。他想，即使像詹姆斯．本特利這樣的人，一定也有常人的情感，即便是詹姆斯·本特利，也不可能完全沒有普通人的好奇心。

過了一會兒，詹姆斯·本特利果然問道：「那麼，另一位呢？」

「另一位是瑪蒂·威廉斯。」

本特利似乎沒有反應過來。

「瑪蒂·威廉斯？她是誰？」

「她在布雷瑟斯卡特公司任職。」

「噢……是那位威廉斯小姐。」

「正是那位威廉斯小姐。」

「可是這與她有什麼關係？」

詹姆斯·本特利的個性實在令人很不欣賞，以至於白羅有那麼一下子希望自己能相信詹姆斯·本特利就是麥金堤謀殺案的凶手。不幸的是，本特利愈是惹人討厭，他就愈來愈認同史彭斯的看法，愈來愈難以相信本特利會謀殺任何人。白羅確信，詹姆斯·本特利看待謀殺的態度是：「不能解決問題」。如果真像史彭斯所認為的那樣，過分自信是殺人犯的一個性格特徵，那麼，本特利絕對不具備殺人犯的特質。

白羅控制著自己的脾氣，說道：「威廉斯小姐對這件案子很感興趣，她相信你是無辜的。」

「我不明白她怎麼會知道？」

「她了解你。」

詹姆斯．本特利眨了眨眼睛，不太高興地說道：「我想她在某個程度上了解我，但是並非全面。」

「你們在一起工作，不是嗎？你們有時候還一起吃飯？」

「呃，是的，有過一兩次。在藍貓，那裡很方便，就在公司對面。」

「你和她一起散過步嗎？」

「事實上，我們散過步。有一次，我們一起在草地上走。」

赫丘勒．白羅忍無可忍地發了火。

「哎呀，天哪！難道我是在命令你坦承一樁罪行嗎？和一位漂亮女孩走在一起，不是極其自然的事嗎？它讓你感到痛苦嗎？你不懂得高興嗎？」

「有什麼好高興的？」詹姆斯．本特利說。

「在你這個年齡，跟女孩子交朋友是很自然、很正常的。」

「我沒認識幾個女孩。」

「你應該為此感到羞愧，而不是自鳴得意！你認識威廉斯小姐，你和她一起工作，和她一起聊天，有時候還和她一起吃飯，並且在草地上散過步。而當我提到她，你竟然連她的名字都記不起來！」

詹姆斯．本特利臉紅了。

「呃，你知道，我一向和女孩子交往不多。她又不是那種所謂的淑女，是不是？啊，她對人很好，都很好，可是，我覺得我媽會認為她太俗氣了。」

「你自己怎麼想才重要。」

詹姆斯．本特利又臉紅了。

「她的頭髮，」他說，「還有她穿的那種衣服……我媽，呃，是舊式的——」

他停住不說。

「你覺得威廉斯小姐……我應該怎麼說呢，有同情心嗎？」

「她人很好，」詹姆斯．本特利慢吞吞地說，「可是她並不真正……了解。她媽媽死的時候她還很小，你知道。」

「後來，你丟掉了工作，」白羅說，「而且找不到新工作。威廉斯小姐跟你在布羅欣尼見過一次面，是這樣嗎？」

詹姆斯．本特利很沮喪。

「是……是的。她當時出差到那裡，還寄給我一張明信片，請我和她見見面。我不了解她為什麼要這麼做，我跟她又不是很熟。」

「可是你還是去和她見面了？」

「是的，我不想失禮。」

「你帶她去看電影還是吃飯了？」

詹姆斯．本特利好像極為不悅。

「噢，沒有，絕對沒有。我們……呃，只是在她等公共汽車的時候談點話。」

「啊，那位可憐的女孩一定玩得很愉快！」

詹姆斯．本特利尖聲地說：「我沒什麼錢，你必須記住這一點，我根本沒什麼錢。」

「我知道。那是在麥金堤太太遇害前幾天吧，是不是？」

詹姆斯．本特利點點頭。他順口地說：「是的，那天是星期一，她是星期三被害的。」

「我現在要問一些別的事，本特利先生。麥金堤太太平時會買《星期日彗星報》嗎？」

「是的。」

「你讀過她的這些報紙嗎？」

「有時候，她總是主動拿給我看，但是我不常看，媽媽不欣賞那種報紙。」

「這麼說你沒有讀那一週的《星期日彗星報》？」

「沒有。」

「麥金堤太太也沒有提起那份報紙，或者談論報上的文章嗎？」

「啊，她有，」詹姆斯．本特利出人意料地答道，「她整天說個不停！」

「哎呀呀，她整天說個不停。她都說了些什麼？仔細想想，這很重要。」

「我現在記不大清楚了，說的都是過去發生的某些謀殺案。我想她提到克雷格……不，好像不是克雷格。總之，她說與那個案子有關的一個人現在就住在布羅欣尼。她一直提那件事，我搞不懂這和她有什麼關係。」

「她說過誰在布羅欣尼？」

詹姆斯．本特利含糊不清地說：「我想是那位兒子在寫劇本的女人吧。」

「她提到過她的名字嗎？」

「沒有。我……那件事已過去那麼久了。」

「我懇求你，努力想想，你想重新獲得自由，對不對？」

「自由？」本特利好像很吃驚。

「是的，自由。」

「我……是的，我很想——」

「那麼就請你認真想一想！麥金堤太太到底說了什麼？」

「呃，好像是說：『她倒是滿自在滿驕傲的嘛，要是以前的事情被大家知道了，她可就驕傲不起來了。』後來又說：『你怎麼也不會想到她和照片上是同一個人。』不過，當然了，照片是多年以前拍的。」

「可是，你怎麼能確定她說的是厄普沃太太呢？」

「我實際上並不知道……我只是有了這種印象。她一直在提厄普沃太太的事。後來我感覺很無趣，也沒注意聽她說了，之後……咦，現在想起來，我確實不知道她當時說的是誰。你知道，她說了一大堆。」

白羅嘆息。他說道：「我不認為她說的是厄普沃太太，我認為應該是別人。一想到你是因為沒有留意別人的談話內容而被處死，這簡直太荒謬了……麥金堤太太跟你聊過她幫傭的人家嗎？或者提起那些人家的女主人？」

「是的，有說過，不過，你問我沒什麼用。你不了解，白羅先生，我當時有自己的生計問題要操心，處境十分危急。」

「再怎麼樣也不會比現在危急！麥金堤太太提過卡彭特夫人嗎——她那時候還是塞爾克太太，或者是倫德爾太太嗎？」

「卡彭特在山頂上有一棟新房子還有一部大轎車，是不是？他那時已經和瑟爾克太太訂婚。麥金堤太太一向看不起瑟爾克太太，我不知道為什麼。『飛上枝頭了。』她總是這麼說她，我不知道她這話是什麼意思。」

「倫德爾夫婦呢？」

「他是個醫生，對吧？我不記得她曾特別說過他們什麼話。」

「韋瑟比夫婦呢？」

「我記得她怎麼說他們：『總是大驚小怪，胡思亂想，真令人難以忍受』，她就是這麼說的。至於卡彭特先生，她說他『不管好話壞話，從來不吭一聲』。」他停頓了一下。「她說……那是一個不幸福的家庭。」

赫丘勒·白羅抬頭看他。詹姆斯·本特利的聲音裡有一種他以前沒聽過的東西。他並非只是簡單地重複他所想起來的話，他的心思，有一段很短暫的時間是投入感情的。詹姆斯．本特利想到了亨特莊，揣測在那裡面的生活，思忖那兒是否真的是一個不幸的家庭？換句話說，詹姆斯．本特利正在用心思考。

白羅輕聲問他：「你和他們熟悉嗎？母親？父親？還是女兒？」

「都不太熟悉，我在想那隻狗，一隻小㹴犬。有一次牠被陷阱夾住了，她解不開，我幫了她。」

本特利的聲調裡再次出現了新的聲音。「我幫了她。」他說，這句話有一種隱約的自豪和驕傲。

白羅想起奧利薇夫人對他提過她與迪德麗．韓德瑟的談話。

他輕聲問道：「你們曾一起談過話？」

「是的。她……她母親吃過很多苦，她告訴我，她深愛她母親。」

「而你也對她講起自己的母親？」

「是的。」詹姆斯．本特利簡單地答了一句。

白羅一語不發，等待著。

「生活是很殘酷的，」詹姆斯．本特利說，「很不公平。有些人從來不曾得到幸福。」

「有可能。」赫丘勒．白羅說。

「我不認為她得到過多少幸福，我是說韋瑟比小姐。」

「她叫韓德瑟。」

「噢，是的，她告訴我她有一個繼父。」

「迪德麗．韓德瑟，」白羅說，「憂傷的迪德麗。一個很美的名字。不過，不是一位漂亮的女孩，對吧？」

詹姆斯．本特利臉紅了。

「但我認為，」他說，「她長得很好看……」

19

「你好好聽我說。」斯威蒂曼太太說。

埃德娜鼻子哼哼抽著，她其實一直有認真在聽斯威蒂曼太太說話。這場談話毫無效用，只是不斷地兜圈子。斯威蒂曼太太把同樣的話重複了好幾遍，只有在用詞方面稍微做變動，即便如此，變化也不大。埃德娜擤著鼻子，不時地哭訴兩聲，整個談話中她只反覆說明了兩點：第一，她不要！第二，爸爸會活剝了她的皮，一定會的。

「有那種可能，」斯威蒂曼太太說，「但是，殺人就是殺人，看見了就是看見了，你怎麼也逃不掉。」

埃德娜只是哼哼唧唧。

「你現在應該——」

斯威蒂曼太太的話還沒說完，就過去招呼韋瑟比太太，她進來買織針和一盎司羊毛。

「有段時間沒見到你了，夫人。」斯威蒂曼太太熱情地說。
「是啊，我近來身體相當不好，」韋瑟比太太說，「我的心臟不好，你知道，」她深深嘆了口氣，「我不得不好好躺著。」
「我聽說你終於找到了幫手，」斯威蒂曼太太說，「你應該用顏色較暗的針配這種淺顏色的羊毛。」
「對，新來的幫手很能幹，飯做得也不錯。可是她的行為舉止、外表打扮……染色的頭髮，還穿那種不倫不類的緊身裙。」
「唉，」斯威蒂曼太太說，「現在的女傭都沒有好好受過訓練。我的母親，她十三歲開始為人幫傭，每天早上四點四十五分起床，到最後，她升到女僕長，在她手下還有三個女僕，她把她們訓練得非常好。可是，如今這樣的人一個也找不到了，這些女孩子如今都不受訓練了，她們只是受教育，就像埃德娜一樣。」
兩個女人都看了看埃德娜，她此時正斜倚著郵局櫃檯，用力地吸著一塊薄荷，神情茫然呆滯。作為受過教育的範例，她完全無法表彰教育制度的勝人之處。
「厄普沃太太的事太可怕了，是不是？」
斯威蒂曼太太漫不經心地接著說道，韋瑟比太太正在挑選各式各樣顏色的針。
「可怕極了，」韋瑟比太太說，「他們本來都不敢告訴我，最後告訴我的時候，我嚇得渾身發抖，實在太脆弱了。」

「大家都很震驚，」斯威蒂曼太太說，「她兒子厄普沃先生悲痛逾恆。那個女作家為了照顧他忙得團團轉，一直等到醫生趕來給他服下鎮定劑，他才回過神。現在他搬到長牧野去住了，因為他覺得自己無法再在那棟房子住下去。這些情況我後來才知道。珍妮特．格魯姆回老家去找她侄子，現在由警察掌管那房子的鑰匙。寫推理小說的那位女士回倫敦去了，不過她還會回來應訊。」

斯威蒂曼太太興致高昂地播送各種消息，她很得意自己的消息靈通。急於獲知後續發展，韋瑟比太太選定了織針，很快付了錢。

「太可怕了，」她說，「這件事使整個村莊都陷入危險之中，這一帶肯定躲著一個瘋子。我一想到自己的女兒當天晚上出門不在家，她也許會遭遇不幸，可能被人殺掉……」

韋瑟比太太閉上了雙眼，雙腳晃了一下。斯威蒂曼太太頗感興趣地注視著她，但是並不緊張。

韋瑟比太太重新睜開眼睛，嚴厲地說：「這個地方應該要有人巡邏，年輕人在天黑之後一個也不許外出。所有的門窗都必須鎖好。你知道在長牧野，薩默海太太從來不鎖門，任何門都不鎖，即使到晚上也是如此。她敞開著後門和客廳的窗戶，方便她養的那些貓狗進出。我認為那根本是瘋了，但是她說他們一向都是這麼做的，還說如果竊賊真想破門而入，你關再緊，他們也進得來。」

「反正長牧野也沒有多少東西可偷。」斯威蒂曼太太說。

韋瑟比太太悲哀地搖搖頭，拿著她買的東西離開了。

斯威蒂曼太太和埃德娜繼續她們的爭執。

「發生事情閉口不說，可是一點好處都沒有，」斯威蒂曼太太說，「正義就是正義，謀殺就是謀殺。我說你該說出事實，懲罰惡魔。」

「爸爸會活剝了我的皮，他會的，一定。」埃德娜說。

「我會跟你爸爸談。」斯威蒂曼太太說。

「不要。」埃德娜說。

「厄普沃太太死了，」斯威蒂曼太太說，「而你看到了警察不知道的情況。你受雇於郵局，對不對？你是一名政府雇員，必須善盡職守，你必須馬上就去找艾伯特·海靈——」

埃德娜的啜泣聲突然大聲了起來。

「不找艾伯特，我不去。我怎麼能去找艾伯特呢？一去這裡的人就全知道了。」

斯威蒂曼太太猶豫地說：「不然找那個外國人——」

「不找外國人，不行，我不找外國人。」

「好吧，這一點也許你是對的。」

郵局外面傳來一道刺耳的煞車聲，一輛汽車停了下來。

斯威蒂曼太太的臉放出了光芒。

「是薩默海少校，正是他。你把事情全講給他聽，他會告訴你怎麼辦。」

「我不能。」埃德娜說道，但是語氣不那麼堅定。

約翰．薩默海走進郵局，背上扛著三個硬紙箱，腳步蹣跚。

「你好，斯威蒂曼太太，」他愉快地打著招呼。「希望這些箱子沒有超重。」

斯威蒂曼太太以公務員的身分處理那些郵寄物，當薩默海黏貼郵票時，她開口說道：

「對不起，先生，有件事我很想聽聽你的意見。」

「噢，斯威蒂曼太太？」

「因為你好幾代都是這裡的人，先生，你應該知道怎麼做最好。」

薩默海點頭稱是，英國鄉村殘存的封建思想總是使他著迷。村子裡的人對他本人所知甚少，但是，由於他父親、他祖父以及他祖父的祖父，世世代代都曾經在長牧野居住，村民們就自然而然認為當他們有事求教於他時，他應該為他們指明方向，該為他們出主意。

「是關於埃德娜的事。」斯威蒂曼太太說道。

埃德娜大力吸著鼻子。

約翰．薩默海疑惑地打量了一眼埃德娜。他暗想，從來沒見過比她更不討人喜歡的女孩了。瘦得就像隻被剝了皮的兔子，好像智能不足。她不太可能遇上所謂的「麻煩事」吧。不會的，要是那樣，斯威蒂曼太太也不會向他尋求指引。

「好吧，」他和善地說，「有什麼困難？」

「是關於那件謀殺案，先生。謀殺案發生的那天晚上，埃德娜看見了一些事。」

約翰．薩默海的黑眼球從埃德娜身上移到斯威蒂曼太太身上，又回過頭來重新打量著埃德娜。

「你看見了什麼，埃德娜？」他問。

埃德娜開始啜泣，斯威蒂曼太太替她說道：「當然了，我們不斷聽到人們說這說那的，有的是謠傳有的是實話。但是說那天晚上有位女士和厄普沃太太一起喝咖啡，這總是確定的吧，是不是，先生？」

「是的，我相信是如此。」

「我知道這是真的，因為我們是從艾伯特．海靈那兒聽說的。」

艾伯特．海靈是當地警官，薩默海很熟悉他。他說話慢慢的，自視甚高。

「我明白。」薩默海說。

「但是他們不知道那位女士是誰，對不對？嗯，埃德娜看見她了。」

約翰．薩默海看著埃德娜。他噘著嘴唇，好像要吹口哨似的問道：「你看見她了，是嗎，埃德娜？是在她走進去的時候，還是她離開的時候？」

「進去的時候。」埃德娜說。隱約感到自己很重要的感覺，使她的話多了起來。「我當時站在馬路對面的樹底下，就在小巷子的拐角處，那裡很黑。我看見了她。她走進院子大門，往上走到屋子門口站了一會兒，然後……然後她進去了。」

約翰．薩默海的眉頭鬆開了。

「對，」他說，「那是迪德麗．韓德瑟小姐。警察知道這件事，她已經告訴他們了。」
埃德娜搖搖頭。
「那人不是韓德瑟小姐。」她說。
「不是？那她是誰？」
「我不知道，我沒看見她的臉。她背對著我走上門前的小路，還站在那裡，但那個人不是韓德瑟小姐。」
「可是如果你沒看見她的臉，怎麼知道不是韓德瑟小姐呢？」
「因為她是金頭髮，韓德瑟小姐是黑頭髮。」
約翰．薩默海看來不相信她的話。
「那是一個很黑的夜晚，你不太可能看清楚頭髮的顏色。」
「儘管如此，我還是看清楚了。門廊上面的那盞燈亮著，它是開著的，因為羅賓先生和寫偵探小說的那位女士一起出去看戲了。那人當時正好站在燈下，她穿的是一件黑大衣，沒戴帽子，她的頭髮金黃，閃閃發亮，我看見了。」
約翰慢慢吹了一聲口哨，他的眼神現在非常嚴肅。
「那是什麼時間？」他問。
埃德娜喘著氣。
「我不知道確切的時間。」

「你知道的啊。」斯威蒂曼太太說。

「不到九點，不然我應該聽過教堂的鐘聲，是八點半以後。」

「那是在八點半到九點之間。她在那裡停了多久？」

「我不知道，先生，因為我沒再等下去。我什麼也沒聽見，既沒有呻吟聲也沒有喊叫聲，什麼聲音也沒有。」

埃德娜好像覺得有些可惜。

本來就不會有呻吟或喊叫聲。約翰．薩默海知道這一點。他嚴肅地說：「唔，現在只能這麼辦，主任必須知道這一情況。」

埃德娜突然啜泣嗚咽了起來。

「爸爸會活剝了我的皮，」她哭著說，「他一定會的。」

她乞求的目光投向了斯威蒂曼太太，急匆匆逃進屋子後面去躲了起來。

斯威蒂曼太太接過話說：「是這樣的，先生，」她看著薩默海詢問般的眼神說道，「埃德娜一直都不夠聰明。她爸爸對她很嚴厲，也許有點過了頭，可是現在這種年代很難界定怎麼做才是最好。在卡萊文有個很好的年輕人，他和埃德娜相處得很不錯，關係很穩定，她父親對這事也很高興。但是瑞基這年輕人太不主動了，你也知道現在的女孩。埃德娜最近又認識了查利．馬斯特。」

「馬斯特？農夫科爾家的人？」

「對了，先生，是個農夫，結了婚，有兩個孩子。他老是到處追求女孩子，是個壞透了的傢伙。但埃德娜一點都不會判斷，她父親阻止了這事，這樣做很對。如此你明白了嗎？那天晚上，埃德娜要到卡萊文找瑞基一起去看電影……至少她是這麼對她父親說的，可是她實際上是去見那位馬斯特。她在巷子拐角處等他，那裡好像是他們經常約會的地方。結果，他沒來。可能是他妻子不讓他外出，也可能是他又追求另一位女孩了。總之，埃德娜在那裡苦等，最後她終於放棄了。但是，你知道，她本來應該坐公共汽車去卡萊文的，卻站在那裡等人，這該怎麼解釋確實令人尷尬。」

約翰．薩默海點點頭，搞不懂這位毫不討人喜歡的埃德娜，竟然能迷上兩個男人，不過他暫時放下這問題，繼續處理眼前的事。

「因此她不願意去找艾伯特．海靈提這件事。」他相當能體會地說道。

「正是這樣，先生。」

薩默海很快地想了想。

「恐怕警察必須要知道這個情況。」他輕聲說道。

「我也是這麼對她說。」斯威蒂曼太太說。

「他們可以技巧一點處理，或許她沒必要出面作證；她所告訴他們的情況，也可以要求他們保守祕密。我最好給史彭斯打電話叫他到這裡來……不，最好還是開車帶埃德娜到基爾切斯特去。如果她報告給那裡的警察局知道，這裡就沒人會曉得了。我先打電話給他們通知一聲，說我們馬上趕到。」

就這樣，在簡短的電話聯繫之後，仍在不停啜泣的埃德娜將大衣鈕釦牢牢扣緊，斯威蒂曼太太則在她背上拍了一下以示鼓勵，她遂踏步上了薩默海的汽車，朝基爾切斯特方向急駛而去。

20

赫丘勒·白羅正在基爾切斯特史彭斯主任的辦公室，他身體後仰地坐在椅子裡，眼睛緊閉著，兩手的指尖相互敲擊。

史彭斯主任收到幾份報告，對一名屬下做了指示，最後回過頭來看著他對面的白羅。

「想到什麼了嗎，白羅？」他問。

「我在回想，」白羅說，「我在回顧。」

「我剛才忘了問你，你上次去見詹姆斯·本特利的時候，有沒有什麼收穫？」

白羅搖搖頭，雙眉又皺了起來。他剛才正是在想詹姆斯·本特利。

白羅有些氣惱地想到，這件事真令人不悅。這樁案子，他完全是出於友誼和對一名正直警察的尊敬，所以不要報酬地貢獻力量，但沒想到，本案的這位受害者卻這麼缺乏性格魅力。如果是一位純真茫然的可愛年輕女孩，或是位正直、不知所措但「寧死不屈」——白羅最近從一本詩集中讀了大量的英語詩歌——的年輕人也好。然而，他的對象卻是詹姆斯·本特利，一個絕無僅有的病態青年，一個自我中心的人，除了自己以外，從不在乎別人。別人正在努力營救他，他卻毫不感激，甚至可以說，幾乎不感興趣。

白羅想，既然他毫不在乎，乾脆讓他被處死好了……

不行，他不能這麼想。

史彭斯主任的聲音打斷了這些胡思亂想。

「我們的會面，」白羅說，「可以說是毫無進展。任何他應該記得的事情他都不記得，任何他所記得的事都模糊不清也不確定，因此很難由此推斷出任何結論。但是，不管怎麼樣，可以肯定的是，麥金堤太太看了《星期日彗星報》上那篇文章後相當興奮，並且告訴了本特利，而且特別提到『與那件案子有關的某個人』就住在布羅欣尼。」

「和哪樁案子有關？」史彭斯主任迅速地問道。

「我們這位朋友又不能確定了，」白羅說，「他覺得好像是克雷格一案，可是克雷格案是他唯一聽說過的案子，所以很可能是他唯一記得的案子。但所謂『某個人』是指女人，他甚至引用麥金堤太太的用詞，說她『要是以前的事情被大家知道了，她可就驕傲不起來了』。」

「驕傲？」

「是啊，」白羅若有所指地點點頭。「挺有暗示性的字眼，對吧？」

「想不出這位驕傲的女士是哪一位嗎？」

「本特利覺得是厄普沃太太，可是，就我而言，我難以相信！」

史彭斯搖搖頭。

「很可能因為她是個慣於頤指氣使的女人，可以說，是十分專橫。但我認為不可能是厄普沃太太，因為她死了，死因和麥金堤太太完全相同，因為她認出了一張照片。」

白羅難過地說：「我警告過她。」

史彭斯氣憤地喃喃道：「莉莉・甘博爾！就年齡而言，只有兩個人有此可能性，倫德爾太太和卡彭特夫人。我排除那位韓德瑟小姐，她的來歷很清楚。」

「其他兩位就不清楚嗎？」

史彭斯嘆了口氣。

「你應該知道現在的情況。戰爭攪亂了一切。莉莉・甘博爾待過的那所觀護所，以及它的所有文件都被一場空襲全炸毀了。再說到人吧，世界上最難辨的事就是驗明人的真實身分。就拿布羅欣尼來說，布羅欣尼的居民中，我們唯一有所了解的是薩默海一家。他們家在那裡已住了有三百年之久。還有蓋伊・卡彭特，他是工程師世家卡彭特家族的一員。其餘的人都是——我該怎麼形容——流動人口？倫德爾醫生是註冊開業的醫生，我們知道他受過訓練以及他執業的地方。但是我們並不知道他的家庭背景，他的妻子是都柏林附近的人。伊芙・卡彭特，在她嫁給蓋伊・卡彭特之前，是個年輕漂亮的戰爭寡婦，但任何人都可以是年輕漂亮的戰爭寡婦。再看看韋瑟比夫婦，他們好像繞著世界跑來跑去，周遊各地。為什麼？其中有原因嗎？他盜用過銀行鉅款嗎？或者他們發生過什麼醜聞嗎？我不是說我們調查不了這些人的背景，我們可以，可是這需要時間，而且這些人是不會幫助你的。」

「因為他們也有些事情要隱瞞，只是未必是謀殺案。」白羅說。

「沒錯。也許是一場官司，也可能是由於出身低微，或許是誹謗醜聞或桃色糾紛。但不管是什麼，他們都費心企圖遮掩真相，這就為揭開真相帶來了某種困難。」

「但是，並非完全不可能。」

「啊，不，不是不可能，只是要費些時間。如我所說，如果莉莉．甘博爾住在布羅欣尼村，她若不是伊芙．卡彭特，就是希拉．倫德爾。我查問過她們——只是例行公事，我是這麼說的。她們說當時自己都在家，都是單獨在家。卡彭特夫人瞪大眼睛，一副無辜的模樣；倫德爾太太神經緊張，但她就是那種容易緊張的人，你不能拿它做判斷。」

「是的，」白羅沉思著說道，「她是那種神經緊張的人。」

他想到倫德爾太太在長牧野花園裡的情景。倫德爾太太收到過一封匿名信——至少她是這麼說的，他現在仍像當時一樣對這句話感到懷疑。

史彭斯繼續說道：「我們必須加倍小心，因為就算其中一個確實有罪，但另一人是無辜的。」

「尤其蓋伊．卡彭特是一位前途看好的議會議員，是本地的重要人物。」

「但如果他真犯下謀殺罪或者是一位幫凶，那誰也救不了他。」史彭斯語氣嚴厲地說。
「我知道，但是你必須要查清楚，對不對？」
「這是當然的。不管怎麼說，你同意凶手就是她們其中一個，對不對？」
白羅嘆了口氣。
「不，不，我不能這麼說，還存在其他可能性。」
「舉個例子好嗎？」
白羅沉默了片刻，然後換了一種語調，像是隨口問道：「人為什麼要保存照片啊？」
「為什麼？天曉得！人為什麼要保存各式各樣的東西：廢物、破舊不堪的東西、大大小小的雜物。他們就愛留東西，就這麼回事。」
「在某種意義上我同意你的看法。有些人喜歡保存東西，有些人則是一用完馬上就一股腦扔掉。是的，這是由於各自天性不同。但是，現在我特別指的是照片，人為什麼要特別保存照片呢？」
「如我所說，因為他們不愛扔東西，或者是因為照片讓他們想起——」
白羅猛然截住了這句話。
「千真萬確，照片能重拾回憶。現在，我們重新提出這個問題：為什麼？為什麼一個女人保存她自己年輕時候的照片呢？依我看，第一個原因在於——虛榮心。她曾經是個漂亮女孩，她保留一張自己的照片以便記住自己原來是多麼漂亮。當她照鏡子發現自己容顏已老時，這張照片會給她帶來鼓舞和勇氣。也許她可以對一個朋友說：『我十八歲時就是這副模樣……』然後，她嘆息歲月的流逝……你同意嗎？」

「是，是的，有這種情況。」

「那麼說，這就是第一個原因，虛榮心。現在我們來談談第二個原因——懷舊。」

「這是同一件事嘛！」

「不，不，不完全是。因為懷舊的話，你不僅會保存自己的照片，而且還會保留別人的照片……一張已婚女兒小時候的照片，那種坐在壁爐前的地毯上，身上圍條紗巾什麼的照片。」

「我見過一些這種照片。」史彭斯咧嘴笑了。

「是的，那有時候會讓照片上的人覺得很尷尬，但母親們喜歡得很。兒女們則是經常保存他們母親的照片，尤其母親若是年輕早逝的話：『這是我母親少女時的模樣。』」

「我開始明白你的想法了，白羅。」

「可能還有第三個原因，既非虛榮心，也非懷舊，亦非愛情——也許是仇恨。你覺得呢？」

「仇恨？」

「是的，為了不忘卻復仇的欲望。有人傷害過你，你或許會保留一張照片提醒自己，你不會嗎？」

「但是這並不適用於這個案子。」

「是嗎？」

「你到底在想什麼？」

白羅低語道：「報紙提供的內容經常不正確。《星期日彗星報》上說，伊娃．凱恩是克雷格家的保母，但事實是如此嗎？」

「是的，是這樣。但是，我們目前鎖定的對象是莉莉．甘博爾啊。」

白羅突然從坐著的椅子上站直了身體，他專橫地揮動食指。

「看，看看莉莉．甘博爾那張照片。她不漂亮……不！坦白說，長那副牙齒又戴厚厚的大眼鏡，看來實在是其醜無比。沒有人會因為剛才提到的第一個原因保存這張照片，沒有一個女人會出於虛榮心保存這張照片。伊芙．卡彭特或希拉．倫德爾都是長相好看的女人，尤其是伊芙．卡彭特，如果她們有這麼一張照片，她們一定早將它撕成碎片，免得人看見！」

「好吧，這種解釋有點道理。」

「因此，第一個原因不予考慮。現在，再來考慮懷舊。莉莉．甘博爾在那個年紀有人愛她嗎？莉莉．甘博爾的問題就出於沒有人愛她。她是個沒人要沒人愛的孩子。最喜歡她的人是她姨媽，而她姨媽死在她的揮刀之下。因此，她不會為了懷舊而保存這張照片。那麼，仇恨呢？沒有人恨她。她慘遭殺害的姨媽是個孤獨的女人，既沒有丈夫也沒有親近的朋友，沒有人會對這個貧民窟的小孩心懷仇恨，只有可憐她罷了。」

「聽著，白羅，你這些話的意思是，沒有人會保存那張照片。」
「的確如此。這就是我思考的結果。」
「可是確實有人保存，因為厄普沃太太看見過。」
「她真見過嗎？」
「見鬼，這是你告訴我的，說是她自己這麼說的。」
「是的，她這麼說過，」白羅道，「但是，這位厄普沃太太在某方面是個神祕的女人。她喜歡按自己的方式處理事情。我拿出那些照片，她認出了其中一張。可是由於某種原因，她不想說出是哪一張。我們就這麼說吧，她想要按照自己喜歡的方式去處理這件事。她的頭腦敏捷，非常機智，因此，她故意指向另一張照片，這樣便能把祕密藏在自己心裡，只有她知道。」
「可是為什麼呢？」
「依我看，她是想單獨一個人來處理這件事。」
「那不成了勒索嗎？她是個非常富有的女人，你知道，她是北國一位製造商的遺孀。」
「噢，不，不是想勒索。很可能是出於仁慈。我們應該說，她對那個當事人相當有好感，她不想把她們的祕密洩漏出去。然而她又覺得十分好奇，於是想與那個人私下談談，想趁談話時，弄清楚那個人是否與麥金堤太太的死有關，可能是如此。」
「那麼，我們應該把注意力放在其他三張照片上了？」

「是的，厄普沃太太想搶先和那個人接觸，而她兒子和奧利薇夫人到卡倫奎去看戲恰巧是個良機。」

「而她打了電話給迪德麗．韓德瑟！這表示迪德麗．韓德瑟正是那位照片中人，還有她媽媽！」史彭斯主任看著白羅，悲哀地搖搖頭。「你的確喜歡把事情搞得複雜難辨，對不對，白羅？」他說道。

21

韋瑟比太太從郵局朝家裡走去，對於一個大家公認行動不便的病人而言，她步履輕快得出人意料。

然而當她走進自家大門之後，她又虛弱地拖著兩條腿進入客廳，癱倒在沙發上。

鈴就在她手邊，她按響了它。

因為沒人應聲，她又按了一遍，這次她的手在鈴上停了好一會兒。

不久，瑪蒂．威廉斯出現了，她身上穿著花色工作服，手裡拿了一支雞毛撢子。

「是你按鈴嗎，夫人？」

「我按了兩遍，我按鈴的時候，希望有人立刻過來，因為也許我病倒了。」

「對不起，夫人，我剛才在樓上。」

「我知道你在哪裡，你在我的房間裡。我聽見你在上面，把我的抽屜拉開又闔上。我不知道你為什麼要這麼做，偷看我的東西並不是你的工作。」
「我沒有偷看，我是把你隨手亂放的東西整理好。」
「胡說八道，你們這種人都愛探人隱私。我不准你們這麼做。我現在感到很虛弱，迪德麗小姐在家嗎？」
「她帶狗出去散步了。」
「蠢透了，明知道我可能需要她。給我一份蛋奶，加點白蘭地，白蘭地放在餐廳的餐櫃裡。」
「這樣明天早餐就只剩下三個雞蛋了。」
「那麼，就得有人不吃雞蛋。快去做，可以嗎？別站在那裡看我，你妝化得太濃了，很不得體。」
大廳裡傳來了狗吠聲，在瑪蒂出去的時候，迪德麗和她的小㹴犬進來了。
「我聽見你的聲音了。」迪德麗氣喘吁吁地說，「你跟她說了什麼？」
「沒什麼。」
「她看起來很生氣。」
「我讓她知道分寸，真是個傲慢無禮的女孩。」
「噢，親愛的媽咪，你非這麼做不可嗎？現在找人有多麼難呀，她飯做得那麼好。」
「所以她對我傲慢無禮也無所謂囉！啊，好哇，反正我不會和你再住在一起多久。」

韋瑟比太太翻了翻眼皮，喘起氣來。「我走太多路了。」她說。

「你本來就不該出去，親愛的，你出去為什麼不告訴我一聲呢？」

「我想呼吸些新鮮空氣對我會有好處，在家真悶得慌。沒關係，一個人如果變成了別人的累贅，也不值得再活下去。」

「你不是個累贅，親愛的，沒有你我會死的。」

「你是個好女孩，我明白我多惹你討厭、緊張。」

「你沒有，你沒有！」迪德麗激動地說。

韋瑟比太太嘆口氣，眼瞼閉上了。

「我……不能多說話，」她喃喃道，「我必須靜靜躺一會兒。」

「我去催瑪蒂快點把蛋奶做好。」

迪德麗衝出房間，匆忙之中她的手肘碰到桌子，將一尊青銅雕像碰倒在地上。

「真是笨手笨腳。」韋瑟比太太顫了一下，喃喃自語道。

門開了，韋瑟比先生走了進來。他在門口站了一會兒，韋瑟比太太睜開眼睛。

「啊，是你嗎，羅傑？」

「我來看看這裡到底在吵什麼，在這棟房子裡想要安安靜靜地讀點書簡直是不可能。」

「是迪德麗，親愛的，她讓那隻小狗進來了。」

韋瑟比先生彎下腰，從地板上把那尊奇怪的雕像撿了起來。

「迪德麗年齡不小了，不該總是撞掉東西。」

「她只是動作比較笨拙。」

「嗯，在這個年紀還笨手笨腳的，簡直是荒謬至極，她就不能讓那隻狗不要亂叫嗎？」

「我會跟她說的，羅傑。」

「如果她把這裡當成她的家，就得考慮我們的感受，別弄得好像這個家是自己的。」

「也許你很想讓她離開吧。」韋瑟比太太喃喃地說。透過半閉著的雙眼，韋瑟比太太注視著她的丈夫。

「不，當然不，當然不是。她的家就是我們的家。我只是請她多用點心，做事穩重些。」他又問道：「你剛才出去了，伊迪絲？」

「對。只是到郵局去了一趟。」

「厄普沃太太的事，有沒有什麼新的消息？」

「警察仍然不知道是誰做的。」

「看來毫無希望破案了。找到任何動機了嗎？誰繼承她的錢？」

「我想是她兒子吧。」

「是的……是的，那麼，看起來是那些無業遊民幹的囉。你應該告訴這個新女傭多加小心，把前門鎖好，接近傍晚之後，開門只能隔著鐵鏈開門縫。這個年頭壞人全都心狠手辣、膽大妄為。」

「厄普沃太太家什麼東西也沒被拿走。」

「奇怪。」

「這和麥金堤太太的情形不同。」韋瑟比太太說。

「麥金堤太太？噢！那個清潔婦。她和厄普沃太太有什麼關係？」

「她替她工作，羅傑。」

「別傻了，伊迪絲。」

韋瑟比太太又閉上了眼睛。當韋瑟比先生步出房間時，她暗自微笑了。

她睜開眼的時候，嚇了一跳，看見瑪蒂正站在她面前，手裡端著一個杯子。

「你的蛋奶做好了，夫人。」瑪蒂說。

她的聲音又大又清脆，在這如死一般沉寂的房子裡顯得格外洪亮。

韋瑟比太太抬起頭，心裡隱約起了一種警覺。

這個女孩多麼高大啊，身材硬挺挺的，站在韋瑟比太太面前就像是……像個「厄運之神」，韋瑟比太太想。她很納悶自己怎會聯想到如此怪異的字眼。

她抬起手接過杯子。

「謝謝你，瑪蒂。」她說。

瑪蒂轉身走出了房間。

韋瑟比太太仍然隱約覺得不安。

22

赫丘勒．白羅租了一輛車回到布羅欣尼。

他很累，因為他一直在思考，而思考總是令人精疲力竭。然而他對自己的思考並不完全滿意。它就好像是匹個編織有明顯圖案的布料，儘管他手裡正握著這塊布料，但就是看不出那個圖案究竟是什麼。

全部的解答都在裡面，這正是關鍵所在，全部的解答都在這裡。只是這種圖案本身帶有自己的色澤，精細微妙，不易察覺。

在離基爾切斯特不遠的地方，他的車遇上了薩默海的汽車，正從對面駛過來。約翰開著車，車上還坐著一個人。但白羅沒注意到，便與他們擦肩而過，他仍然沉浸在深思之中。

回到長牧野以後，他直接走進了會客室。他從那把最舒服的椅子上，拿掉一個盛滿菠菜的籃子，坐了下來。從頭頂處隱約傳來打字機敲擊的聲音，那是羅賓．厄普沃正在煞費苦心地修訂劇本。他已經三易其稿，都撕毀重來了，他是這麼對白羅說的。可是不知怎麼地，他仍然難以集中精神。

羅賓也許為母親的死亡深感悲慟，但他依然是羅賓．厄普沃，他最關心的還是自己。

「媽媽，」他莊嚴地說，「一定會希望我繼續工作。」

赫丘勒．白羅聽很多人說過類似的話，這種死者的願望云云，是最方便的一種藉口。遺族對已故者的想望總是十分篤定，而那些想望通常是符合他們自己的意向愛好。

不過以這個例子而言，這很可能是真的。厄普沃太太對羅賓的才華抱有很高的期望，並且為他感到莫大的驕傲。

白羅向後一仰，閉上了眼睛。

他想到了厄普沃太太，他在思考厄普沃太太到底是個什麼樣的人。他想起一名警察說過的一句話：「我們要把他拆開，看看他是由什麼做成的。」

厄普沃太太是由什麼做成的呢？

門「砰」的一聲響，莫琳．薩默海闖了進來。她頭髮蓬亂，焦慮不安。

「約翰不知道出了什麼事，」她說，「他帶著包裹到郵局去寄，早就該回來了，我還指望他把雞窩的門修好呢。」

作為一名真正的紳士，白羅竊想，他應該自告奮勇，主動去修理雞窩的門。可是，白羅沒這麼做。他想繼續思考這兩件謀殺案，思考厄普沃太太的性格為人。

「而且我也找不到農業部寄來的表格，」莫琳繼續說，「我到處都找遍了。」
「菠菜在沙發上。」白羅幫了個忙。
莫琳對菠菜並不掛念。
「那份表格是上週寄來的，」她努力想著，「我一定是隨手把它放哪兒了……也許是我給約翰縫補外套的時候。」
她迅速翻了一遍櫥櫃，開始把抽屜全都拉開，大部分東西都被她粗暴無情地橫掃在地板上。赫丘勒．白羅看著她的動作，簡直不能忍受。
突然，她發出了勝利的歡呼。
「找到了！」
她興高采烈地衝出了房間。
赫丘勒．白羅長嘆一聲，繼續沉思。
逐一編整，講究條理和精確——
他眉頭緊鎖，櫥櫃旁邊那一堆雜亂無章的東西分散了他的注意力——找東西怎麼能這樣啊！
條理和方法，做事情就該如此。條理和方法。
雖然他把頭扭到了一邊，他還是能看見地板上那堆亂七八糟的東西。針線鈕釦、一堆襪子、信件、編織的毛線、雜誌、封蠟、相片、一件套衫——

真是不敢恭維！

白羅起身，走到櫥櫃旁邊，迅速而敏捷地把這些東西重新放回開著的抽屜裡。套衫、襪子、毛線；然後，在第二個抽屜裡放進封蠟、照片和信件。

電話鈴響了。

刺耳的鈴聲嚇得他跳了起來。

他急忙走到電話旁，拿起了話筒。

「喂，喂，喂。」他說。

電話裡跟他說話的是史彭斯主任的聲音。

「啊！是你呀，白羅。我正想找你。」

史彭斯的聲音幾乎讓人聽不出來，原本極度憂慮的他，這一次卻變得充滿信心。

「一上午我滿腦子都是你那什麼弄錯照片的蠢話，」他既帶有責備又寬容地說，「我們有了新的證據，布羅欣尼郵局裡的一位女孩提供的，薩默海少校剛把她帶來。她那天晚上正好站在那房子對面，看見一個女人走進去，時間大約是八點三十分到九點之間。那人不是迪德麗·韓德瑟，是一位金髮的女人，這使我們回到原來的想法了——必定是她們兩個人中的一位，伊芙·卡彭特和希拉·倫德爾。唯一的問題就是，到底是哪一個？」

白羅張著嘴，但是沒說話，他小心地將話筒又放了下來。

他站在原地一動不動，凝視著前方。

電話又響了。

「喂！喂！喂！」

「請找一下白羅先生好嗎？」

「我就是赫丘勒．白羅。」

「我聽出來了。我是瑪蒂．威廉斯，你十五分鐘內可以趕到郵局吧？」

「我馬上就去。」

他放回話筒。

他低頭看看雙腳。他應該換一雙鞋嗎？他的雙腳有點痛。唉，算了，沒關係。

白羅毅然戴上帽子，離開了。

在他走下山坡的路上，碰到史彭斯主任的一位屬下和他打招呼，他正好從拉布拿居那裡出來。

「你好，白羅先生。」

白羅禮貌地答了一句，他注意到那位弗萊徹先生神情激動。

「主任派我來做徹底搜查，」他解釋道，「你知道，任何細小的東西我們都有可能錯過。誰曉得，是不是？我們當然搜查過書桌，可是，主任想，也許會有一個祕密抽屜，裡面藏有剪報之類的東西。不過，我沒有找到祕密抽屜。但是，搜完抽屜之後，我開始檢查那些書本。有時候人們會把信夾在他們正在讀的書裡，你了解嗎？」

白羅回答說他知道。

「那你發現了什麼東西？」他有禮地問。

「不是一封信或者諸如此類的東西，不過我發現了一個有趣的東西，至少我認為很有趣，請看。」

他打開一張包在外面的報紙，露出一本相當破舊的書。

「它放在書架上。一本舊書，多年前印刷的。但是，請看這裡。」他打開書，翻開扉頁。上面有鉛筆簽名：伊芙林．霍普。

「有趣吧，你覺得呢？如果你想不起來的話，這個名字是——」

「這是伊娃．凱恩離開英國時用的名字，我當然記得。」白羅說。

「也許麥金堤太太從照片中認出那個人就是厄普沃太太。情況有些複雜了，不是嗎？」

「的確。」白羅有所觸動地說：「我敢向你保證，當你拿著這個回去告訴史彭斯主任時，他會驚訝得把頭髮連根拔掉……是的，連根拔掉。」

「希望不要如此悲慘。」弗萊徹警官說。

白羅沒有回答，他繼續朝山下走去。他不想思考了。沒有一件事對勁。

他走進郵局。瑪蒂．威廉斯正在那裡看編織的花樣圖案。白羅沒有和她說話。他逕自走到賣郵票的櫃檯。當瑪蒂買完東西，斯威蒂曼太太便朝他迎了過來。他買了幾張郵票，瑪蒂這時出了商店。

斯威蒂曼太太好像全神貫注在想心事，沒有談興。於是白羅得以迅速地跟在瑪蒂後面走出去。他在路上很快趕上她，和她並肩走著。

斯威蒂曼太太從郵局窗戶看見了，她極不欣賞地獨自咕噥道：「這些外國人！都是那種德性。他老得都能做她爺爺了，真是的！」

§

白羅說：「你有話要告訴我？」

「我不知道是否重要，有人試圖從窗戶潛入韋瑟比太太的房間。」

「什麼時候？」

「今天早上，她出門去了，那女孩帶著狗在外面散步。那個冷冰冰的老先生獨自關在書房看書。照理說，我應該在廚房做事——它和書房一樣朝著另一個方向，但是，它實在是個極有利的——你了解嗎？」

白羅點點頭。

「於是，我躡手躡腳上樓，進了那個刻薄女人的臥室，發現有個梯子正靠著窗戶，有個男人正摸索著窗戶把手。自從謀殺案發生後，她把所有東西都加了鎖，封得密不透風，連一絲新鮮空氣都進不來。那個人看見我後，就倉皇地爬下梯子逃走了。那梯子是園丁的，平常用它爬上高處砍常春藤。當時他去吃茶點了。」
「那人是誰？你能仔細描述他的樣子嗎？」
「我只是瞥了他一眼。等我走到窗前，他已經爬下梯子逃走了。我看見他的時候，他背對著太陽，所以我看不清他的臉。」
「你確定那是一個男人？」
瑪蒂想了想。
「外表像個男人，戴著一頂舊氈帽。當然，也可能是個女人……」
「很有意思，」白羅說，「很有意思……再沒別的事了？」
「暫時沒有，那個老女人保存了好多垃圾！一定是腦子有毛病！今天上午她回家時我沒聽見，她就大罵我偷窺。下次換我殺了她。如果有人自尋死路，那女人就是。真是個令人討厭的老太婆。」
白羅輕輕地咕噥著。
「伊芙林．霍普……」
「你說什麼？」她追著他問。
「你知道這個名字？」
「噢……是的，那是伊娃什麼的在她去澳大利亞之前用的名字。它……它在報紙上出現過，在那份《星期日彗星報》。」

「那份《星期日彗星報》寫了很多事情，但並沒有提過這件事。警察在厄普沃太太的家裡找到一本書，書上寫著這個名字。」

瑪蒂驚叫道：「那麼說就是她了——所以她並沒有死在那裡呀……麥克爾是對的。」

「麥克爾？」

瑪蒂倉卒地說：「我不能久留，會來不及做午飯。我把東西都放在烤箱裡，怕要烤乾了。」

她說著跑開了。白羅站在原地，看著她的背影。

在郵局的窗戶後面，斯威蒂曼太太的鼻子緊貼著玻璃窗，她納悶著那個老外國人是不是挑逗成癖……

§

回到長牧野旅舍，白羅脫掉鞋子，換上一雙軟拖鞋。它們稱不上精美，未達到他對美感的要求，但兩隻腳終於可以放輕鬆了。

他重新在那把輕便的搖椅上坐下來，又開始思考。如今，他要思考的問題可多了。

有些問題他過去遺漏了，都是很小的問題。

圖案全都在那裡擺著，需要的只是組合。

莫琳手裡拿著酒杯，用作夢一般的聲音提了一個問題……奧利薇夫人描述過那天晚上在劇院的經過。塞西爾？麥克爾？他確定她提到了一個叫麥克爾的人……伊娃．凱恩，克雷格家的保母——

伊芙林．霍普……

沒錯！伊芙林．霍普！

／23

伊芙．卡彭特非常隨意地走進了薩默海家的房子，像大多數人那樣，哪個門和窗戶方便，就從哪裡進去。

她是來找赫丘勒．白羅的。

一找到他，她便開門見山地說：「聽著，」她開口道，「你是偵探，而且是大家公認的好偵探。所以，我要雇用你。」

「假如我不接受你的聘雇呢，親愛的女士，我可不是計程車！」

「你是一位私家偵探，而私家偵探收取佣金對不對？」

「這是慣例。」

「好，我就是這個意思。我付錢給你，而且我會付很高的價錢。」

「為了什麼目的？你想要我查什麼？」

伊芙・卡彭特尖聲說：「以免我受到警察的干擾。他們瘋了，以為是我殺了厄普沃那個女人。他們到處探詢，問我各式各樣的問題，東翻西找，我不喜歡這樣，這樣下去我會發瘋的。」

白羅打量一下她，她說的話有些確是事實。她看起來比他幾星期前第一次見到她時老了許多。她的黑眼圈說明她熬了無數不眠之夜。從嘴唇到下巴，還有手上，都出現了皺紋，點上香菸時，手也抖得厲害。

「你必須制止這一切，」她說，「你必須這麼做。」

「夫人，我能做什麼呢？」

「不管用什麼辦法，幫我把他們趕走。真可惡！如果蓋伊是個男子漢，他就會制止這一切，他不會允許他們迫害我。」

「噢，他什麼也沒做？」

她悶悶不樂地說：「我還沒告訴他，他只是一個勁要我為警察提供盡可能的幫助。他倒好，那天晚上他參加了一個可惡的政治集會。」

「你呢？」

「我就坐在家裡，事實上我在聽收音機。」

「可是，如果你能證明——」

「我怎麼證明？我主動提出要付給克羅夫夫婦一筆錢，要他們說他們到過我家，看見我待在那裡——但那隻死豬拒絕了。」

「那可是不智之舉。」

「怎麼說？那不就可以把這件事了結了。」

「你這樣做，等於告訴你的僕人，你犯下了那樁謀殺罪。」

「呃，我給過克羅夫錢，要他——」

「要他如何？」

「沒有。」

「別忘了，你需要我的幫助。」

「噢！確實沒什麼。是克羅夫傳了她的口信。」

「厄普沃太太的？」

「對，請我那天晚上過去看她。」

「你說你不去？」

「我為什麼要去？無聊的死老太婆。為什麼我要配合她？我可沒想過要去那裡。」

「口信是幾點捎給你的？」

「是我不在家的時候，我不知道具體的時間，我想大概是五、六點之間吧，是克羅夫帶的口信。」

「你給他錢，要他別說他帶過口信。為什麼？」

「別傻了，我不想跟那事有任何牽連呀。」

「所以你付錢讓他證明你不在案發現場？你認為他和妻子會怎麼想？」

「誰管他們怎麼想！」

「陪審團會管。」白羅嚴肅地說。

她瞪著他。

「你不是說真的吧？」

「我極其認真。」

「他們會聽那些僕人的話，而不聽我的？」

白羅看著她。

竟然如此狂妄、愚蠢！竟然與可能對她有幫助的人為敵。真是個目光短淺、愚蠢透頂的想法。目光短淺——

如此湛藍美麗的大眼睛。

他平靜地說：「你為什麼不戴眼鏡呢，夫人？你需要戴眼鏡。」

「什麼？噢，我有時候會戴，小時候我有戴。」

「你那時候還戴牙套。」

她瞪大眼睛。

「沒錯。問這些幹嘛？」

「醜小鴨變成了天鵝？」

「我過去當然很醜。」

「你母親也這麼認為嗎？」

她生氣地說：「我不記得我母親了。我們這是在扯什麼啊！你願意接受這份差事嗎？」

「很遺憾我不能。」

「為什麼？」

「因為在這件事上，我為詹姆斯．本特利工作。」

「詹姆斯．本特利？噢，你是說殺了那個清潔婦的歹徒嗎？他和厄普沃家有什麼關係呢？」

「也許……什麼也沒有。」

「那麼，好啦！是不是錢的問題？你要多少？」

「這是你一個極大的錯誤，夫人。你總是以金錢來考慮問題。你有錢，所以你認為金錢萬能。」

「我不是向來就很有錢的。」伊芙．卡彭特說。

「是啊，」白羅說，「我想也不是，」他輕輕地點著頭，「這就說明了很多問題，而且也成了一種託辭……」

§

伊芙．卡彭特從來時路返回，在陽光下走得跌跌撞撞，正如白羅記憶中的一般。

白羅輕聲自言自語。

「伊芙林．霍普……」

這麼說，厄普沃太太給迪德麗．韓德瑟和伊芙．卡彭特兩個人都打了電話，也許她還打電話叫過其他人，也許——

砰的一聲門開了，莫琳進來了。

「這回是找我的剪刀。很抱歉，午飯可能會晚點上。我有三把剪刀，可是現在連一把也找不到。」

她朝櫥櫃衝了過去，她那套白羅很熟悉的過程又重複了一遍。這一次，東西很快就被翻了出來。帶著一聲喜悅的歡呼，莫琳離開了。

幾乎是不由自主地，白羅邁步上前，開始往抽屜裡重新把東西放進去。封蠟、記事簿、照片……

照片……

他站在那裡，瞪著手裡拿著的那張照片。

走廊上傳來了疾步奔走的腳步聲。

儘管上了年紀，白羅還是動作很快。他把那張照片扔在沙發上，在上面放了一個座墊，然後自己坐在上面；剛坐好，莫琳就又進來了。

「見鬼了，我那滿滿一勺的菠菜又放哪兒去了？」

「在那邊，夫人。」

他手指著那個勺子，因為它就放在他身邊的沙發上。

「原來我把它放在這兒了，」她一把抓了起來。「今天什麼事都耽誤了……」

她的目光停在赫丘勒·白羅身上，他正直挺著腰坐在沙發上一動也不動。

「你坐在那裡幹什麼？就算加了座墊，那還是這個房間裡最不舒服的椅子，彈簧全不行了。」

「我知道，夫人，可是我……我在欣賞牆上那幅畫。」

莫琳抬頭瞥了一眼那幅油畫，畫面上是一個海軍軍官手裡拿著望遠鏡。

「是，是好看，這大概是這房子裡唯一的一個好東西。我們不清楚這是不是著名肖像畫家庚斯博的作品，」她嘆息一聲，「反正約翰不願意賣掉它，畫上的人是他祖父的祖父，或可能還要再往上的祖先，他和他的船一塊沉入了海底，或者是做過什麼特別英勇的壯舉，約翰對他感到無上驕傲。」

「是的，」白羅輕聲說，「是的，他有值得驕傲的地方，你的丈夫！」

§

三點的時候，白羅來到了倫德爾醫生家。

他中午吃的是燉兔肉、菠菜和很硬的馬鈴薯，還有一種很特別的布丁，這次倒是沒烤糊，相反地，「水用得太多了。」莫琳這樣解釋著。他還喝了半杯太稠的咖啡，感覺相當不舒服。

是那位上了年紀的女管家斯科特太太來開的門，他請她引見倫德爾太太。

她正在客廳聽收音機，聽說他來訪時，吃了一驚。

他對她的印象則和第一次見面時相同。她小心謹慎，警覺心很高。她怕他，或者害怕他所代表的某種東西。

她好像比原先更蒼白憂鬱了，他很確定，她比以前更加瘦削。

「我想問你一個問題，夫人。」

「一個問題？噢，說吧。」

「厄普沃太太在她死亡的那天給你打過電話嗎？」

她盯著他，她點點頭。

「什麼時間？」

「斯科特太太傳的口信，我想大概是六點鐘左右吧。」

「內容是什麼？是請你那天晚上過去嗎？」

「是的，她說奧利薇夫人和羅賓要去基爾切斯特，她自己一個人在家——那天晚上，珍妮特照例放假外出。她問我能不能過去和她作伴。」

「約了什麼時間？」

「九點鐘或者稍晚一些。」

「你去了？」

「我本來要去的，我真的打算去。可是不知道怎麼搞的，那天晚上吃過晚飯我就睡著了，等我醒來，已經十點多了，當時我想那時再過去已經太晚了。」

「你沒有告訴警察，厄普沃太太曾打過電話給你？」

她的眼睛瞪大了，流露出孩子般天真無邪的神情，凝望著白羅。

「我應該那麼做嗎？既然我沒去，我認為就沒關係。即便如此，我仍然覺得相當內疚，因為如果我真的去了，她可能現在還活著。」她說著，突然屏住了呼吸。「噢，我希望事情不是那樣。」

「不完全是那樣。」白羅說。

他停了一會兒，然後又說：「你在害怕什麼，夫人？」

她猛地吸了口氣。

「害怕？我不害怕呀。」

「你是害怕。」

「胡說，我有……我有什麼應該害怕的嗎？」

白羅停了一會兒才開口說道：「我想也許你是害怕我……」

她沒有回答，但是她的眼睛睜得很大，然後她不同意地緩緩搖了搖頭。

／24

「再這樣下去我們都得進瘋人院了。」史彭斯說。

「不至於這麼淒慘吧。」白羅語氣很鎮靜。

「你還說呢。每一次有新的線索都會把事情搞得愈來愈複雜。你說厄普沃太太給三個女人打過電話，請她們那天晚上過去。為什麼叫三個人？她難道不知道哪一個是莉莉．甘博爾嗎？或者說根本與莉莉．甘博爾無關？就拿那本寫著伊芙林．霍普名字的書來說吧，它不正說明了厄普沃太太和伊娃．凱恩是同一個人？」

「這恰巧和麥金堤太太對詹姆斯．本特利說過的話完全一致。」

「我認為他不確定。」

「他是不確定，詹姆斯．本特利對什麼事都不可能確定。他當時沒有好好聽麥金堤太太說話。然而，如果詹姆斯．本特利直覺麥金堤太太說的就是厄普沃太太，那就很可能是真實的，直覺通常是這樣。」

「我們從澳大利亞——順便提一下，她去的是澳大利亞，不是美國——收到的最新消息顯示，那位有嫌疑的『霍普太太』，二十年前就死在那裡了。」

「我已經知道了。」白羅說。

「你什麼事都知道，對不對，白羅？」

白羅對這句嘲諷沒有在意。他說：「我們知道『霍普太太』死在澳大利亞，還有呢？」

「我們還知道厄普沃太太是北國一位富有製造商的遺孀。她和他住在利茲附近，還生有一子。兒子出生後不久，她丈夫就去世了。這個小男孩患有肺結核，自從她丈夫死後，她大部分時間都住在國外。」

「那她的故事是什麼時候開始的？」

「開始於伊娃・凱恩離開英國四年之後。厄普沃在國外某地遇見他的妻子，結婚之後將她帶了回來。」

「因此，厄普沃太太有可能是伊娃・凱恩。她沒結婚前叫什麼名字？」

「哈格莉，我想是這個名字。但名字能搞出什麼名堂？」

「大有可為呢。伊娃・凱恩或者是伊芙林・霍普，也許是死在澳大利亞，但是她也許是安排了一次很容易解釋的死亡，而自己重新以哈格莉的名字復活，嫁了一位有錢的丈夫。」

「這都是很久以前的事了，」史彭斯說，「假設這是真的吧，假設她保存了一張自己的照片，再假設麥金堤太太看見了照片……那麼，推測到最後，就是她殺了麥金堤太太。」

「有那種可能，不是嗎？羅賓．厄普沃那天晚上去廣播電台。倫德爾太太提到那天晚上曾去她家，可是沒人來開門。據斯威蒂曼太太講，珍妮特告訴她，厄普沃太太其實並不像外表顯現的完全不良於行。」

「這些解釋都合乎情理，白羅。但後來她自己遇害了，而且是在認出了一張照片之後。這下可好了，你又要說這兩起死亡並無關聯。」

「不，不，我不是這個意思，它們關係密切。」

「我投降了。」

「伊芙林．霍普，這是整個問題的關鍵。」

「伊芙林．卡彭特？你是這樣想的嗎？不是莉莉．甘博爾，而是伊娃．凱恩的女兒！但是，她一定不會殺她的親生母親。」

「不，不，這不是弒母案。」

「你真是個叫人氣惱的傢伙，白羅。接下去你大概要說伊娃．凱恩和莉莉．甘博爾，還有賈妮斯．考特蘭以及維拉．布雷克，現在全都住在布羅欣尼，四個人都是嫌疑犯。」

「不只四個，伊娃．凱恩是克雷格家的保母，請記住。」

「那與這案子有何關聯？」

「哪家有保母，哪家就一定有孩子……或者至少會有一個孩子。克雷格家的孩子後來如何了？」

「他有一兒一女，親戚把他們領走了。」

「因此，又有兩個人應該納入考慮的範圍。有兩個可能保留照片的人，其目的是我所提到的第三種原因——復仇。」

「我不相信。」史彭斯說。

白羅嘆息道：「不管怎麼樣，這一情況必須予以考慮。我想我知道事實真相，雖然仍有一件事我想不通。」

「真高興你也有事讓你想不通。」史彭斯說。

「幫我確定一件事，親愛的史彭斯。伊娃・凱恩是在克雷格被處死前離開這個國家的，是吧？」

「沒錯。」

「而當時，她快要生孩子了？」

「沒錯。」

「天哪，我多傻呀，」赫丘勒・白羅說，「事情原本很簡單，不是嗎？」

就在這句話說完之後，差一點又發生第三起謀殺——刑事主任史彭斯在基爾切斯特警察局差點動手要了赫丘勒・白羅的命。

§

「我想打一通私人電話，」赫丘勒．白羅說，「請接通阿蕊登．奧利薇。」

若不費一番工夫就難以接通奧利薇夫人的電話。奧利薇夫人正在工作，不讓人打擾。然而，白羅不理會各種藉口和阻攔。終於，他聽到了女作家的聲音。

女作家有些生氣，氣喘吁吁。

「好吧，什麼事？」奧利薇夫人說，「你非得在這個時候打電話給我不可嗎？我剛構思了一個在布莊裡發生的精采命案。你知道，就是賣那種可笑背心和連衫褲的老式布莊。」

「我不知道。」白羅說，「無論如何，我要對你說的事情比這更重要。」

「不可能，」奧利薇夫人說，「我的意思是，對我而言。我如果不把自己的構想馬上寫下來，靈感一下子就會跑掉了。」

赫丘勒．白羅對這種創作的艱辛毫不在乎。他提了一些非常有必要回答的尖銳問題，奧利薇夫人答得有些模稜兩可。

「是的，是的，是一家很小的循環演出劇院。我不知道劇院的名字……噢，有一個人名叫塞西爾什麼的，和我說話的那個人名叫麥克爾。」

「好極了，這就是我所要了解的。」

「可是為什麼要問塞西爾和麥克爾呢？」

「繼續構思那些連衫褲和背心吧，夫人。」

「我想不通你們為什麼不逮捕倫德爾醫生，」奧利薇夫人說，「如果我是蘇格蘭警場的頭頭，我就那麼辦。」

「非常有可能。祝你好運，完成那個發生在布莊的謀殺案。」

「靈感已經沒了，」奧利薇夫人說，「被你趕跑了。」

白羅連連道歉。

他放下電話，面帶微笑看著史彭斯。

「我們現在動身吧——或者，至少我要動身——去見一位教名是麥克爾的年輕演員，他在卡倫奎的劇院擔任小角色。但願他就是那位我們要找的麥克爾。」

「究竟為什麼——」

白羅機敏地避開了史彭斯主任愈來愈強烈的憤怒。

「你知道嗎，我親愛的朋友，什麼叫 Secret de Polichinelle（眾所周知的祕密）？」白羅說。

「你這是在上法語課嗎？」史彭斯主任怒不可遏的問。

「『眾所周知的祕密』，即每個人都可能知道的祕密。因此，不知道這個祕密的人永遠不可能知道這個祕密，因為如果每個人都以為你知道某件事，就不會有人再告訴你了。」

「我不知道如何才能讓自己不對你動手。」史彭斯主任說。

25

偵訊結束了。判決是：該命案由未知的一人或數人所為。

之後，應赫丘勒．白羅的邀請，參與偵訊的人都來到了長牧野旅舍。

經白羅忙碌一番後，那間長長的會客室終於整理得有些秩序了：椅子被擺放成整齊的半圓形，莫琳的幾條狗費了很大的勁才被趕出去，白羅這位自封的主講人，坐在客廳的一端，輕輕清了清喉嚨，開始了長篇大論的演講。

「女士們，先生們——」

他停了一下，下面的話完全出乎大家的意料，幾乎像是鬧劇。

麥金堤太太死了。她怎麼死的？

雙膝跪地，就像我這樣。

麥金堤太太死了。她怎麼死的？
兩手伸出，就像我這樣。
麥金堤太太死了。她怎麼死的？
就像我這樣！

看到大家的表情，他接著說：「不，我不是瘋了。我之所以向你們重複這個兒童遊戲中的歌謠，並不是說我重返孩提時光。厄普沃太太做了這個遊戲，她說：『麥金堤太太死了。她怎麼死的？伸出脖子，就像我這樣。』這是她說過的話，這也是她所做的事，她伸出她的脖子……因此，她也像麥金堤太太一樣，死了。

「為了闡明我們的意圖，我們必須從開頭說起，從麥金堤太太說起，從她雙腿跪著，擦洗別人家的地板說起。麥金堤太太遇害後，一個叫詹姆斯．本特利的人被捕，受到審訊，被判處死刑。由於某種原因，負責此案的史彭斯主任不相信詹姆斯．本特利犯罪殺人，儘管一切證據齊全。而我也同意他的見解。於是我來到此地，就是為了回答一個問題：麥金堤太太是怎麼死的？她為什麼會死？

「我不給你們講述那冗長而複雜的過程，我只告訴你們，是墨水瓶這樣一個簡單的東西使我發現了線索。在麥金堤太太死前的那個星期日，她讀的那份《星期日彗星報》上，刊登有四張照片。你們都已知道了那四張照片的事，因此，我只需告訴你們，麥金堤認出了其中一張照片，她在她幫傭的某一戶人家中見到這張照片。

「她把這件事告訴了詹姆斯·本特利，而他當時對此事並未留意。事實上，之後他也沒有多加聯想，只是聽聽而已。但是，他卻得到了一個印象，就是麥金堤太太在厄普沃太太家見過這張照片。而且記得麥金堤太太說，『要是以前的事情被大家知道了，她可就驕傲不起來了』，指的就是厄普沃太太。我們不能完全相信他那種說法，但是，她的確使用過『驕傲』這個字眼。而毫無疑問地，厄普沃太太確實是一位驕傲專橫的女人。

「你們都知道——你們之中有些人當時在場，有些人後來也聽說過——我在厄普沃太太家裡拿出那四張照片。從厄普沃太太的反應中，我捕捉到她瞬間掠過的訝異，表示她認出了照片，我追問她，她不得不承認。她說她『見過其中一張照片，但是記不起來是在什麼地方見過』。當問起她見過哪一張時，她指著莉莉·甘博爾那個小孩的照片。但是，讓我來告訴你們，那不是事實。由於種種原因，厄普沃太太試圖保守祕密，不讓人知道她認出的是哪張照片。她指著那張並不是她認出的照片，想把我打發掉，隨便應付了事。

「但是，有個人沒有上當受騙，就是那位兇手。那人知道厄普沃太太認出了哪一張照片。說到這裡，我就不再拐彎抹角，那張照片上的人是伊娃·凱恩，一個在著名的克雷格謀殺案中，扮演同謀、受害者或者可能是主謀的女人。

「第二天晚上，厄普沃太太被人殺害。她遇害的原因和麥金堤太太遇害的原因完全相同。麥金堤太太伸出手，厄普沃太太伸出脖子，結果下場相同。

「在厄普沃太太遇害之前，有三個女人接到過電話。卡彭特夫人，倫德爾太太，韓德瑟小姐。三通電話的內容都是說，厄普沃太太在那天晚上請對方過去看她。那天晚上，僕人放假外出，她兒子和奧利薇夫人到卡倫奎看戲。因此，看起來好像是她想和這三個女人各自單獨談話。

「為什麼是這三個女人？厄普沃太太知道她在什麼地方見過伊娃．凱恩的照片嗎？或者說，她知道在什麼地方見過這張照片，可是她想不起來了嗎？這三個女人有什麼相同之處嗎？除了她們的年齡，好像沒有任何關聯之處，她們的年齡基本上都在三十歲左右。

「你們也許看過《星期日彗星報》上的那篇文章。上面確實對伊娃．凱恩後來那位女兒有些濫情的描寫，厄普沃太太邀請來看她的三個女人都和伊娃．凱恩的女兒年齡相符。

「因此，事情看起來似乎是這樣：一個著名殺人犯克雷格及其情婦伊娃．凱恩的女兒，目前正住在布羅欣尼。而且，這個年輕女人會不惜一切代價阻止真相被揭發出來，甚至不惜進行兩次的謀殺。因為，厄普沃太太死亡的時候，桌子上有兩杯咖啡，都已喝了一些，在客人用的杯子上，還隱約留下口紅的痕跡。

「現在，我們再回過頭來看三位原本接到電話留言的女人。卡彭特夫人承認接過電話，但是她說她那天晚上沒有去拉布拿居。倫德爾夫人本來打算去，可是她躺在椅子上睡著了。韓德瑟小姐確實是去了拉布拿居，但是房子漆黑一片，沒有人應聲，所以她又離開了。

「這就是三個女人說明的情況。但是有個難以解釋的情形：在第二個咖啡杯上有口紅，而且還有一位目擊者埃德娜，她確定她看見一位金髮女人走進了那個院子。還有現場的證據，一種名貴的外國香水。在那幾位涉嫌的女人中，只有卡彭特夫人才用香水。」

話說到此暫告一段落，伊芙・卡彭特大聲叫了起來：「這是謊言，惡毒殘酷的謊言。不是我！我根本沒有去過那裡！我根本沒有走近過那個地方。蓋伊，你難道對這些謊言無能為力嗎？」

蓋伊・卡彭特憤怒得臉色慘白。

「讓我提醒你，白羅先生。法律上有誹謗罪，在座的所有人都是證人。」

「說你妻子使用某種香水，或者說她使用某種口紅，就算是誹謗嗎？」

「荒唐，」伊芙叫道，「荒唐至極！任何人都有可能拿我的香水到處亂噴。」

出乎意料的，白羅面帶微笑地對她說：「千真萬確！任何人都可能這樣做。這是一個簡單又粗糙的做法，拙劣而愚蠢。就我所見，它反而欲蓋彌彰，結果適得其反。它使我由此得到了……怎麼說呢？靈感，是的，靈感。

「香水，還有杯子上的口紅印。從杯子上抹去口紅是非常容易的，我向你們保證，任何一點痕跡都可以抹去。或者說，杯子本身也可以拿去洗乾淨。為什麼不這麼做呢？屋子裡又沒有別的人。但是凶手並沒有這麼做。我問自己這是為什麼？問題的答案是，它故意強調女性的特色，暗示這是一個女人製造的謀殺案。我想到給那三個女人打的電話，她們全都是收到留言，沒有一個人親自和厄普沃太太講過話。因此，也許那不是厄普沃太太打的電話。那是某個急於要把一個女人捲入命案的人所打的電話，而且任何一個女人都行。我又自問，為什麼要這麼做？答案只有一個。那就是殺害厄普沃太太的不是一個女人，而是一個男人。」

他環視他的聽眾。他們全都非常安靜，只有兩個人做出了反應。

伊芙・卡彭特長嘆一聲道：「現在你說話還算是有理智！」

奧利薇夫人使勁點頭，說：「沒錯。」

「因此，我做出了如下結論：一個男人殺死了厄普沃太太，一個男人殺死了麥金堤太太！什麼樣的男人呢？謀殺的原因一定是相同的，都與一張照片密切相關。誰保存了那張照片呢？這是第一個問題。為什麼要保存它呢？

「好了，這也許就不太難了。假如說保存它的原因是感情因素，那麼一旦麥金堤太太被……除掉，那張照片就無需銷毀了。但是，在第二次謀殺案發之後，事情便有所不同。這時，那張照片確定已經與那樁謀殺案有密切關聯了，若仍保存那張照片反而是一種危險的事。所以，你們應該都會同意，它必定要被銷毀。」

他環視眾人，人人都點頭表示同意。

「但是，儘管如此，那張照片依然沒被毀掉！不，它沒被毀掉！我之所以知道這一情況，是因為我找到它了！我在幾天以前找到它了，在這個屋子裡找到的。就在你們現在看到靠牆放著的那個櫥櫃抽屜裡，請看！」

他伸出手，舉著那張褪色的照片，照片上一個抱著玫瑰的女孩在癡癡發笑著。

「是的，」白羅說，「這是伊娃．凱恩。在背面用鉛筆寫著字，要我告訴你們這是什麼字嗎？『我的媽媽』……」

他目光嚴肅而帶有責備似的落在了莫琳．薩默海身上。她把垂到臉上的頭髮向後一撥，用迷惑不解的眼睛凝視著他。

「我不明白，我從來沒有——」

「不，薩默海太太，你是不明白。在第二次謀殺之後依然保留這張照片，只能有兩個原因。其一是單純無邪的懷舊感傷。你沒有犯罪感，因此你可能會保留這張照片。有天在卡彭特夫人家，你自己告訴我們說，你是個被人收養的孩子。我猜你可能不知道你親生母親的名字。可是別人知道。那個人對他的家族充滿了自豪，這種自豪使他戀守祖先留下的祖厝，對他的祖先和他的血緣滿懷敬意。那個人寧死也不願意讓世人，還有他的孩子們，知道莫琳．薩默海是殺人犯克雷格和伊娃．凱恩的女兒。那個人，我說過，他寧願死掉。可是，那沒有用的，對吧？因此，讓我們這麼說吧，我們這裡有個人準備行凶殺人。」

約翰．薩默海從座位上站了起來，當他開口說話時，他的聲音平靜安詳，幾近友善。

「你說的全是胡言亂語，是不是？自己洋洋得意，信口開河地說出一大堆漫無邊際的猜測臆想，對，全都是憑空臆想，說我妻子——」

他的憤怒突然爆發了，像洶湧的潮水一樣不可遏止。

「你這個骯髒該死的——」

他衝上前來，動作之迅速使全屋的人猝不及防。白羅敏捷地閃身後退，史彭斯主任突然擋在白羅和薩默海之間。

「好了，好了，薩默海少校，冷靜，冷靜——」

薩默海恢復了正常，聳聳肩膀說道：「抱歉，實在可笑！不管怎麼樣，任何人都可能往抽屜裡塞張照片。」

「你說得對，」白羅說，「這張照片，很有趣的是，它上面沒有指紋。」

他住口，然後輕輕點頭。

「可是本來應該有，」他說，「如果是薩默海太太保存的，她應該是在不知情的情況下保存它，因此她的指紋會留在上面。」

莫琳叫道：「我看你是瘋了，我這輩子從來沒有見過那張照片，除了那天在厄普沃太太的家。」

「你很幸運，」白羅說，「我知道你說的是實話，這張照片是在我發現它之前幾分鐘才被放進那個抽屜的。那天上午，那個抽屜裡的東西被薩默海太太亂翻一陣後，倒在地上兩次，兩次我都把東西重新裝好放回原位。第一次，這張照片不在抽屜裡，但第二次它卻出現在抽屜裡，所以這是在那兩次亂翻抽屜的空檔中被放進去的——而且我知道是誰放的。」

他的聲音裡出現了新的聲調。此時他不再只是一個留著怪鬍子、染了頭髮的滑稽小矮子了。他是一個獵人，離他的獵物已經非常近了。

「這兩件命案是一個男人犯下的，為的是犯罪動機當中最簡單的一個原因——錢。我們在厄普沃太太的屋子裡找到了一本書，書的扉頁上寫了伊芙林．霍普這個名字。霍普是伊娃．凱恩離開英國時用的名字。如果她的名字叫伊芙林，那麼，當她的孩子出生時，她很有可能也給孩子取這個名字。可是伊芙林既可以是個男人的名字，也可以是個女人的名字。我們為什麼總猜測伊娃．凱恩的孩子是個女孩呢？大概是因為《星期日彗星報》這麼說吧！而事實上，《星期日彗星報》並沒有詳細說明這件事。它只是根據和伊娃．凱恩的一次會面而這樣猜測的，但是，伊娃．凱恩離開英國是在這個孩子出生之前，因此，沒人知道這個孩子的性別。」

「而我就被那份煽情而馬虎的報導引入錯誤的方向。

「伊芙林．霍普，伊娃．凱恩的兒子，來到英國。他聰明過人，吸引了一位大富婆的關注，她對他的身世一無所知，只知道他刻意告訴她那種浪漫故事——一個動人的小故事，說的是一個不幸的女芭蕾舞者因肺病死於巴黎！

「她是一位孤獨的女人，才剛失去親生兒子，於是這位原本極端聰明的年輕劇作家根據約定就跟了她的姓。」

「但是你的真名叫伊芙林．霍普，是吧，厄普沃先生？」

羅賓．厄普沃厲聲地尖叫起來。

「當然不是！我不知道你在說些什麼。」

「你別否認了，有人知道你那個名字。寫在那本書上的『伊芙林．霍普』，是你的筆跡，和這張照片背面所寫『我的媽媽』幾個字是相同的。麥金堤太太在幫你整理東西時，看見了那張照片和寫在上面的字。而看過那份《星期日彗星報》之後，她跟你提了那件事。麥金堤太太猜想，那是厄普沃太太年輕時候的照片，因為她沒想到厄普沃太太不是你的親生母親。但是你知道，一旦那事傳到厄普沃太太耳中，那一切便完了。厄普沃太太對血統抱持著很極端的想法，她一刻也不會容忍自己的養子是個著名殺人犯的後代，她也不會饒恕你的撒謊行為。

「因此，你必須不惜一切代價讓麥金堤太太保持沉默。也許是出於謹慎起見，你答應給她一件小禮物。第二天晚上，在你去電台播音的途中，你上門找她，而且殺死了她！就像這樣……」

突然一個動作，白羅從架子上一把抓過那個剁糖刀，上下左右揮舞著，好像要朝羅賓的頭上砸下來似的。

這舉動如此嚇人，周圍的人不禁發出了幾聲驚叫。

羅賓．厄普沃尖叫起來，叫聲高亢、恐懼。

他叫道：「別……別……那是一場意外，我發誓那真是意外。我並不是存心要殺她的，我一時失去了理智，我發誓。」

「你洗掉了血跡，將凶器放回它原來的位置。但是，有新的科學方法可以確定血跡，還可以還原過去的指紋。」

「我告訴你，我從來沒有存心要殺死她……那完全是一場誤會……不管怎麼說，那不是我的過錯……我不必負責。那是我的血，我沒辦法，然而你不能因為不是我的過錯而處死我。」

史彭斯壓著聲音屏住氣息說：「不能嗎？你看看我們能不能！」他亮開嗓門，嚴肅地喝道：「我必須警告你，厄普沃先生，你所說的每句話……」

26

「我確實不明白，白羅先生，你怎麼會懷疑到羅賓・厄普沃身上。」

白羅洋洋自得地看了看每個轉向他的臉龐。

他總是樂於解惑。

「我早就應該懷疑到他，有個線索，一個如此簡單的線索，就是那天雞尾酒會上薩默海太太說的一句話。她對羅賓・厄普沃說：『我不喜歡被人收養，你呢？』這就是指出問題關鍵字：『你呢？』它的意思是，也只能是……厄普沃太太不是羅賓的親生母親。

「厄普沃太太本人近乎病態地防止任何人知道羅賓不是她的親生兒子。聰明年輕人靠著年老女人包養的下流傳聞，她可是聽說太多了。但確實知道詳情的人沒幾個，只有她最初遇到羅賓時，戲劇圈裡的少數人知道。在這個國家裡，她來往密切的朋友屈指可數，因為她在國外生活過很長的時間。於是，她選擇了離她家鄉約克郡十分遙遠的這個村莊定居。即使遇到她的舊時朋友，如果他們誤以為這個羅賓正是他們從小認識的那個兒子，她也不會向他們說明。

「但是，拉布拿居這家人的一些相處方式，使我感到很不自然。羅賓對厄普沃太太的態度既不像個被寵壞的孩子，也不像個孝順的兒子。那是一種被保護者對保護人的態度。他叫『媽媽』的那種口吻相當富有戲劇性。厄普沃太太呢，儘管她很喜歡羅賓，然而，無意識中，還是像對待自己花錢買來的財產那樣對待他。

「這就是羅賓．厄普沃，用『媽媽』的錢袋做他冒險投機的後盾，舒舒服服地生活著。後來，在他安穩的世界裡，麥金堤太太出現了，她認出了他保存在抽屜裡的那張照片，那張背面寫著『我的媽媽』的照片。他曾經告訴厄普沃太太說，他的母親是一位才華洋溢的年輕芭蕾舞演員，而且死於肺病！麥金堤太太當然認為那張照片是厄普沃太太年輕時留下的，因為她以為厄普沃太太就是羅賓的親生母親。我不認為麥金堤太太曾經產生過勒索的念頭。但是，她也許希望得到一份『昂貴的小禮物』，作為她保守祕密的獎賞。不然，這讓像厄普沃太太這樣『驕傲』的女人知道了，可是非同小可。

「但是羅賓不敢冒險，他暗自偷去了那把剁糖刀。薩默海太太曾經戲稱那是一件殺人用的絕佳凶器。第二天晚上，在他去電台播音的途中，停車來到麥金堤太太的屋子裡。她毫無戒心地將他領進客廳，他殺死了她。他知道她放錢的地方——布羅欣尼的每個人好像都知道。他為了偽造凶手闖入現場偷竊的樣子，將錢藏到了屋子外面。於是本特利受到懷疑，被捕入獄。到目前為止，對聰明的羅賓・厄普沃來說，萬無一失。

「可是後來，我突然亮出了四張照片，厄普沃太太認出了伊娃・凱恩的那一張，和羅賓的女芭蕾舞者母親一模一樣！她需要一點時間把事情想清楚。這件事攸關謀殺，羅賓難道……不，她拒絕相信。

「她最後會採取什麼行動，我們無從知道，但是羅賓才不願意冒險。他精心安排了一切細節。趁珍妮特放假外出和他與奧利薇夫人去看戲時，打電話約人。把從卡彭特夫人手提包裡偷來的口紅抹在咖啡杯上，他甚至還買了一瓶她用的那種名貴香水──整個布局都已架設好，整個過程都是精心策畫的，當奧利薇夫人在車裡等他的時候，他兩次返回屋裡──謀殺只是轉瞬間的事情。之後只需要換上道具，將現場迅速擺設成我們看到的樣子即可。厄普沃太太死亡後，根據她的遺囑，他可以繼承一大筆遺產。誰也不會懷疑到他，因為幾乎可以確定的是，那是一個女人犯下的謀殺案。既然有三個女人當晚去過那棟房子，其中一人必定會受到懷疑，事實也的確如此。

「但是，羅賓像所有罪犯一樣的粗心大意且過分自信。他不僅在房間裡保留一本簽有他原名的書，而且，為了自己的理由，他還保留了那張致命照片。如果他將照片銷毀，他會安全得多，可是他相信在適當的時候，他可以用照片嫁禍於人。

「當時他很可能想到了薩默海太太，那也許是他住進長牧野的原因。不管怎麼說，剁糖刀是她的，而且他知道薩默海太太是個被人收養的孩子，要證明她不是伊娃・凱恩的女兒可能會很難。

「然而，當迪德麗．韓德瑟承認到過案發現場時，他又想將照片放到她那裡。他爬上園丁留在她窗下的梯子試圖達到此目的。但是韋瑟比太太神經緊張，一直堅持將所有窗戶都封死。於是，羅賓沒有得逞。他直接回到這裡，將照片放進一個抽屜裡，非常不幸地，我沒多久就找到了它。

「因此，我知道那張照片是被故意放進去的，而且我知道是誰放的——是這房子裡唯一有可能這麼做的人，亦即正在我頭頂上忙著打字的那個人。

「由於從那房子裡搜出那本書的扉頁上寫著伊芙林．霍普的名字，那麼，伊芙林．霍普要不是厄普沃太太的話，就是羅賓．厄普沃……

「伊芙林這個名字曾誤導我。我曾經把它和卡彭特夫人聯想在一起，因為她的名字叫伊芙。但是，伊芙林可以作為女人的名字，也可以作為男人的名字。

「我想起了奧利薇夫人對我講過，她在卡倫奎那個小劇院裡的談話。我想找那個和她說話的年輕演員，證實我的推斷——我的推斷即是，羅賓不是厄普沃太太的親生兒子。根據他敘述那些事的口氣來看，他似乎知道事實真相。他談到厄普沃太太曾斷然甩掉假造身分欺騙她的年輕人，這件事對我很有啟發。

「事實上，我本來應該更早就察覺到這件事。我被一個嚴重的錯誤引入迷途。我相信有人故意用力推我，試圖將我推倒在鐵軌上，而且那個推我的人正是謀害麥金堤太太的凶手。

然而，經由證實，當時唯一不可能在基爾切斯特火車站的人就是羅賓‧厄普沃。」

約翰‧薩默海突然發出了咯咯的笑聲。

「他很可能扮成一個背籃子的老婦人吧，她們確實愛撞人。」

白羅說：「事實上，羅賓‧厄普沃太自負了，他根本不可能怕我，這是殺人凶手的一個特質。也許算是運氣好吧，因為這件案子的證據其實寥寥可數。」

奧利薇夫人坐不住了。

「你的意思是說，」她不相信地提出質疑，「在羅賓殺害他母親的時候，我正坐在外面的車子裡，而我竟然一點兒都不知道？根本沒有做案時間哪！」

「啊，有的，是有的。人們的時間意識通常錯誤得荒謬，想想一齣戲在換場景時的效率吧，這都是事先準備的結果。」

「真是一齣好戲。」奧利薇夫人低聲地喃喃道。

「是的，這是一齣精采至極且出類拔萃的謀殺，極富戲劇效果，從策畫到執行都天衣無縫。」

「而我當時就坐在那輛車裡……竟然一點感覺都沒有！」

「恐怕是，」白羅低語道，「你那女人的直覺那天放假了吧……」

27

「我不打算回去布雷瑟斯卡特公司了，」瑪蒂．威廉斯說，「反正是一家糟糕透頂的公司。」

「但是它為自己的宗旨服務。」

「你這話是什麼意思，白羅先生？」

「你為什麼來到這個地方？」

「我想把事情弄清楚，你認為你知道嗎？」

「我有個小小的想法。」

「這個了不起的想法是什麼？」

白羅沉思似的打量著瑪蒂的頭髮。

「我向來行事非常慎重，」他說，「大家都認為埃德娜看見那個去了厄普沃太太家的金髮女人是卡彭特夫人，而她出於害怕，斷然否認去過那裡。但既然是羅賓．厄普沃殺害了厄普沃太太，她是否到過那裡，就像迪德麗小姐也去過一樣，就沒有什麼特別的意義了。但是，我還是不認為她確實去過那裡。威廉斯小姐，我認為埃德娜看見的那個女人是你。」

「為什麼是我？」

她的聲音十分頑抗。

白羅又提出一個問題作為反駁。

「你為什麼對布羅欣尼那麼感興趣？為什麼呢？你以前來這裡的時候，曾經向羅賓．厄普沃要過親筆簽名──你不是向名人索取簽名的那種人。你對厄普沃一家有何了解？你來這地方的主要目的是什麼？你怎麼知道伊娃．凱恩死在澳大利亞，以及她離開英國時所使用的名字呢？」

「你真擅長猜測，不是嗎？好吧，我實在是沒什麼要隱瞞的。」

她打開手提包，從一個破舊的皮夾子裡，抽出一小張年代久遠的剪報。上面是白羅迄今已相當熟悉的那張臉龐：伊娃．凱恩傻笑的臉龐。

她臉上橫寫著一行字：她殺了我母親。

白羅把它遞還給她。

「是的，我認為是這樣，你的真名叫克雷格？」

瑪蒂點頭。

「我被幾個親戚撫養長大，他們都待我很好。但是，那些事發生的時候，我已經懂事了，所以印象深刻難以忘懷。我老想著這事，想著她的做法。她壞透了，孩子們都知道！我父親只是……軟弱，而且被她迷住了，但是他卻承擔了全部罪責。由於某些理由，我總認為是她做的。噢，對了，在事情過後，我知道他是一個共犯……但那畢竟是不同的，對吧？我一直想查清楚她後來怎麼了。我長大成人後，曾雇用偵探查過。他們追蹤她到澳大利亞，最後說她死了，留下一個兒子，他自稱為伊芙林・霍普。

「啊，這件事似乎就這麼過去了。可是後來，我交了個朋友，認識了一個年輕演員。他提到從澳大利亞來了一個叫伊芙林・霍普的人，但是現在他稱自己是羅賓・厄普沃，是個寫劇本的。我很感興趣，一天晚上，我朋友向我指出羅賓・厄普沃——他和他母親在一起。於是我想，伊娃・凱恩原來沒死，相反地，她很有錢，驕傲得如同一國之后。

「我於是在這裡找了份工作，我感到好奇——不僅僅是好奇。好吧，我承認，我原來想，我要以某種方式與她算帳，報復她。當你提起詹姆斯・本特利案的情況時，我立刻推論是厄普沃太太殺了麥金堤太太——伊娃・凱恩故技重施。我碰巧從麥克爾・維斯特那裡聽說，羅賓・厄普沃和奧利薇夫人要到卡倫奎去看戲。我決定到布羅欣尼，勇敢地與那女人當面對質。我本來想——我搞不清楚我到底想做什麼……我都告訴你吧，我隨身帶了一把手槍，那是我在戰爭中得到的。是想嚇唬她？還是想……說實話，我不知道……

「就這樣，我去到了那裡。屋裡沒有聲音，門也沒鎖。我進去，你知道我怎麼找到她的。她坐在那裡，死了。臉色發紫，面部腫脹。我原先的打算頓時顯得愚蠢又荒謬。我知道，事到臨頭，我絕對下不了手……但是，我深知，要解釋清楚我在那屋子裡做了些什麼，可能相當困難。那天晚上很冷，我戴著手套，所以我知道我沒有留下任何指紋，我也不認為會有人看見我，就這樣。」她停了一會兒，又匆忙加了一句：「對此，你打算怎麼辦？」

「不怎麼辦，」赫丘勒．白羅說，「我祝你一生幸福，僅此而已。」

28 尾聲

赫丘勒．白羅與史彭斯主任正坐在維拉小館慶祝勝利。

咖啡端上來了，史彭斯主任在椅子上向後一仰，長長地嘆了一口氣。

「這裡的飯菜還不錯，」他心滿意足地說，「也許有點法國風味，不過，如今你能在哪裡吃到美味的牛排和烤薯條呢？」

「你第一次來找我的那個晚上，我就是在這裡用的晚餐。」白羅想起了當時的情景。

「從那以後就開始忙了。我把案子轉到你手上，白羅，你做得很好。」他木訥臉上的一絲淡淡笑容也消失了，「很幸運的是，那個年輕人並不知道我們實際掌握的證據是那麼少。啊，如果碰上的是一個聰明的律師，一定能將證據徹底推翻！不過，他完全失去鎮定，放棄了反身一擊，坦白地承認罪行，自投羅網，我們真幸運哪！」

「並不完全是幸運，」白羅責備道，「我誘他中計，就像你釣魚上鉤一樣的道理！他認為我把對薩默海太太不利的證據看得很嚴重，因為我當時態度很嚴肅，當他發現不是這麼回事時，他得到的感覺反差太大，便從心理上被瓦解了。再者，他是個膽小鬼，當我揮舞著那把剁糖刀，他就認為我想砸他，在極端恐懼之下，他便吐露了真相。」

「你沒有被薩默海少校海扁也夠運氣了，」史彭斯齜著牙笑道，「他當時怒髮衝冠，而且出手迅猛，我擋在你們中間可以說是千鈞一髮，他原諒你了嗎？」

「啊，是的，我們現在是最堅定的朋友。我送給薩默海太太一本烹飪書，還親手教她如何做煎蛋捲。天哪，在那個地方我受了多少罪呀！」

他閉起了眼睛。

「整個案情真是複雜棘手啊，」史彭斯翻來覆去地思考著，對白羅痛苦的回憶毫無興趣。「這正說明了那句古老的諺語：人人都有自己的祕密。比方說吧，卡彭特夫人差點因涉嫌謀殺而被捕。如果說哪個女人行為可疑，那麼，她的嫌疑最大。她何必呢？」

「什麼？」白羅好奇地問。

「她只能說是過去的名聲不大好而已。她做過職業舞女，是個性格活潑、有很多男友的女孩！她到布羅欣尼來定居之前不是戰爭寡婦，只是現在人們所謂的『未婚妻子』。噢，這些對於像蓋伊．卡彭特這種道貌岸然、妄自尊大的人來說，是不會容忍的。因此，她就編造了一種很不一樣的故事。她嚇壞了，生深怕我們一旦著手追查個人的身世，這些情況會揭露出來。」

他啜了一口咖啡，然後，低聲咯咯笑了起來。

「再來看看韋瑟比家吧，一家人相互敵視和仇恨，充滿危險。那女孩手足無措、心灰意冷。這究竟是什麼造成的？沒有任何危險的事，只是為了錢，為了一筆財富。」

「原因竟如此簡單！」

「那個女孩擁有一筆錢，相當大的一筆錢，是她一位姑姑留給她的。所以，她母親緊緊地控制住她，生深怕她想結婚。而繼父憎惡她，也是因為她手裡有錢，支付著家庭一切的開銷，我想他本人是失敗的，什麼事也沒成功過，是個卑鄙可惡的傢伙。至於韋瑟比太太，她純粹只是放在糖裡的毒藥。」

「我同意你的看法，」白羅滿意地點了點頭，「很幸運地，那女孩手裡有錢，那她要嫁給詹姆斯．本特利的話，事情就好辦了。」

史彭斯主任露出了吃驚的表情。

「迪德麗．韓德瑟？準備要嫁給詹姆斯．本特利？誰說的？」

「我說的，」白羅說，「我正在忙這件事。現在，我們這個小案子已經結束，我手頭的時間太多了。我要自己來促成這樁婚姻。然而，這兩位當事人目前對此事都毫無動靜。但是他們相互愛慕，若任由事情順其自然發展，那什麼結果也不會有，他們必須指望赫丘勒．白羅，你等著看！這件事一定會進展順利！」

史彭斯咧嘴一笑。

「你不介意插手別人的私事，對吧？」

「那是因為你不擅長這種事才這麼說。」白羅責備道。

「啊，這倒被你說中了。詹姆斯・本特利可真是個不解風情的可憐蟲。」

「他正是一個不解風情的可憐蟲！也許他還覺得受了委屈，因為法庭已經不打算處死他了。」

「他應該雙膝跪倒在地，向你表示感激。」史彭斯說。

「其實他更應該向你表示感激。不過，很明顯地他不這麼想。」

「怪人一個。」

「雖然這麼說，至少還有兩個女人對他感興趣，造物主的安排是很出人意料的。」

「我原以為你打算讓瑪蒂・威廉斯跟他結婚呢。」

「他自己會做出選擇，」白羅說，「他會……用你的話是怎麼說的？挑選自己的意中人。不過，我認為他選擇的人會是迪德麗・韓德瑟。瑪蒂・威廉斯精力太旺盛，全身充滿朝氣，和她生活在一起他會更消極畏縮。」

「真難以想像這兩個人竟然會喜歡他！」

「上帝的安排的確令人難以理解。」

「不管怎麼說，你應該可以勝任愉快。首先，先助他起跑，然後把那女孩從她母親的毒爪下解救出來——那女人一定會使出全部力量和你決一死戰！」

「勝利屬於大多數。」

「屬於大鬍子吧，我猜你的意思是這樣。」

史彭斯哼了一聲，白羅洋洋自得地摸摸他的鬍子，建議再來一杯白蘭地。

「我再多喝一杯也沒問題，白羅先生。」

白羅又叫了兩杯。

「啊，」史彭斯說，「我知道還有件事必須對你說，你記得倫德爾夫婦嗎？」

「當然記得。」

「好，當我們調查他的時候，發現了一件奇怪的事。他的第一位妻子好像死在他當時開業的利茲。那裡的警察曾收到一些告發他的匿名信，說實際上是他毒死了她。當然，人們確實會說那種話。屍體接受過一位很具權威的醫生的驗屍檢查，他似乎認為她的死因非常清楚，無可爭議。唯一可疑的是，他們夫婦都投保了人身保險，並將對方設定為受益人，人們通常也確實是這麼做……我們實在沒有什麼可以調查，就像我說的那樣，然而……我不知道，你的看法如何？」

白羅想起了倫德爾太太擔驚受怕的神情，她提到匿名信，還有，她固執地表示不相信信上說的事。他還記得她肯定地認為，他調查麥金堤太太謀殺案只是一個藉口。

他說：「我可以想像，收到匿名信的不僅僅是警察。」

「她也收到匿名信嗎？」

「我認為如此。當我出現在布羅欣尼的時候，她認為我是在追蹤她的丈夫，對麥金堤太太一案的調查只是一個藉口。是的，他也是這樣想……這就對了！那天晚上，試圖把我推倒在列車輪下的是倫德爾醫生！」

「他還想把這個妻子殺掉再賭一次嗎？」

「我認為，她不會傻到指定他作為投保壽險的受益人。」白羅冷冷地說，「不過，如果他認為我們正對他密切監視的話，他很可能不敢造次。」

「我們會盡力。我們會密切監視我們這位和藹可親的醫生，並且讓他知道。」

白羅舉起了他的白蘭地酒杯。

「為奧利薇夫人乾杯。」他說。

「你為什麼突然想到她？」

「女人的直覺。」白羅說。

一陣沉默。然後，史彭斯慢慢開口道：「羅賓．厄普沃下週將出庭受審，你知道，白羅，我禁不住懷疑——」

「天哪！你不至於懷疑羅賓．厄普沃沒犯罪吧，不會吧？別說又想從頭再來一次！」

史彭斯主任放下心來，咧嘴笑道：「天哪，不，他百分之百是個殺人凶手！」他又加了一句：「因為他驕傲得可以！」

專文推薦

藏在日常細節中的冒險

楊照（作家）

一開始，就都在那裡了。

一九二〇年，阿嘉莎．克莉絲蒂出版了《史岱爾莊謀殺案》，神探白羅就已經退休了。而且在這個案子裡，藉由敘述者海斯汀的轉述，就鋪陳出克莉絲蒂小說最基本的偵探原則：

「那些看來或許無關緊要的小細節……它們才是重要的關鍵，它們才是偉大的線索！」

「豐富的想像力就像洪水一樣，既能載舟亦能覆舟，而且，最簡單直接的解釋，往往就是最可能的答案。」

「沒有任何謀殺行為是沒有動機的。」

還有，一個不討人喜歡的死者，一群各有理由不喜歡死者、因而也就都有殺人動機的人，這些人彼此之間構成複雜的關係，有的互相仇視，有的互相愛戀，麻煩的是，有些愛人其實貌合神離，有些仇人其實私下愛慕；更麻煩的是，不論是愛或是仇，都有可能是扮演出來的。

一個外來的偵探必須周旋在這些嫌疑者之間，從他們口中獲取對於案情的了解，換句話說，他必須在很短的時間內，搞清楚誰是誰、誰跟誰吵架、誰跟誰偷情，然後判斷誰說的哪一句是實話、哪一句是謊言。常常謊言比實話對於破案更有幫助。

再偷偷透露一下，如果要和小說裡的凶手及小說背後的作者鬥智，就像克莉絲蒂對英國社會的了解，祕訣就在於要去追究小說裡的人物背景，尤其是他們的階級地位。基本上，階級地位愈高、權力愈大、愈有錢者，說的話就愈不要相信。例如在《史岱爾莊謀殺案》中，僕人、園丁說的話遠比有頭有臉的人說的要可信多了。就算要說謊，他們的謊言也比較天真，而且往往出於善良動機。當你歸納線索時，就會知道他們並非故意說謊，那是因為他們的認知受到蒙蔽或誤導，而你慢慢就從這蒙蔽或誤導中被引導到真相。

《史岱爾莊謀殺案》出版那年，克莉絲蒂三十歲，但書稿其實早在五年前就寫好了，畢竟要找到有人願意出版一個看來再平凡不過的家庭主婦寫的小說，並不是那麼容易。

所有和克莉絲蒂接觸過的人，都對於她的「正常」留下深刻印象。她看起來就和她那個年紀的典型英國家庭主婦一樣，害羞、靦腆，只能在社交場合勉強跟人聊些瑣事話題，完全無法演講，甚至連只是站起來對眾賓客說幾句客套話，請大家一起舉杯，她都做不到。她不演講，也很少答應接受採訪，就算採訪到她也很難從她口中得到有趣的內容。她會講的，幾乎都是記者本來就知道、或者自己就可以想得出來的。

例如說白羅這個神探的來歷。克莉絲蒂回答：他應該是個外國人，這樣就能在英國日常生活中看出英國人自己看不出的線索。她自己碰過的外國人，只有第一次大戰剛爆發時到英國避難的比利時人。比利時警察怎麼能跑到英國來？那一定是因為他已經退休了。他有潔癖，所以對於現場會有特殊的直覺，馬上感受到不對勁的地方。一個有潔癖的人，好像應該長得矮小些才相稱，一個矮小有潔癖的人最適當的名字，就是希臘神話裡的大力士「赫丘勒斯（Hercules）」，製造出荒唐的對比趣味。那白羅這個姓是怎麼來的呢？克莉絲蒂很誠實地說：「我不記得了。」

一切都如此順理成章，一切都如此合邏輯，不是嗎？有記者問她怎麼看自己的舞台劇〈捕鼠器〉，創下了英國劇場、甚至全世界劇場連演最多場紀錄的名劇？克莉絲蒂的回答也還是中規中矩，合理合節：那是一齣小戲，在一個小劇院演出，成本很低，任何人想到了都可以帶家人或朋友去看，老少咸宜，並不恐怖，也不特別荒謬打鬧，可是又什麼都有一點，包括恐怖和荒謬打鬧的成分。

她的身上找不出一點傳奇、怪誕色彩，那她為什麼能在五十年間持續寫偵探小說，創造了那麼多謀殺，還創造了那麼多詭計？

首先因為她是女性，以及她的身世，包括她的階級身分，使得她在描寫故事場景時比一般男性作者來得敏感。因為在她之前的偵探推理小說男性作家的階級身分都是高高在上，基本上他們會從較高的角度看社會，比較看不到底層的感受。

而她的婚變以及婚變中遭逢的痛苦，都使她更能體會與觀察，將英國社會的複雜細節融入小說的核心情節，讓探案與線索分析結合在一起。

克莉絲蒂一生結過兩次婚，第一次在一九一四年，婚後不久，丈夫就參加了歐戰，是英國皇家空軍最早一批飛行員。一九二六年，這個丈夫有了外遇，直率地向克莉絲蒂要求離婚，在那之前，克莉絲蒂的媽媽才剛過世，雙重打擊之下，又遇到車子無法發動，克莉絲蒂崩潰了，她棄車而走，忘記了自己究竟是誰，躲進一家鄉間旅館，登記時寫了她心裡唯一有印象的名字——她丈夫情婦的名字。

離婚後，一次在晚宴中，有人提起近東烏爾考古的最新收穫，克莉絲蒂就取消了原定要去西印度群島的計畫，改訂了跨越歐洲到君士坦丁堡的「東方快車」，是的，就是這趟旅程給了她寫《東方快車謀殺案》的靈感。不過更重要的是，在烏爾，她認識了一位年輕的考古學家，比她小十四歲，這個人後來成了她的第二任丈夫。

這位考古學家陪她去參觀在沙漠中的烏克海迪爾城，卻在沙漠中迷路困陷了。幾小時中克莉絲蒂卻沒有一點驚慌不安，當下考古學家就決定要向她求婚。

原來，克莉絲蒂的內心是有這種冒險成分的。要不然她不會兩次選到的，都是喜愛冒險的丈夫，而她本身大概也不會吸引一個在各種危險情境下挖掘古代寶藏的人，讓他願意向一個大他十四歲的女人求婚。

這樣說吧，維多利亞時代後期的英國環境，壓抑限制了克莉絲蒂冒險、追求傳奇的內在衝動，她只好將這樣的衝動寄託在丈夫和寫作上。她一邊陪著第二任丈夫在近東漫走，一邊在小說中寫各式各樣的謀殺與探案。謀殺和探案都是冒險，還有，偵探偵查中做的事——蒐集線索，還原命案過程——其實和考古學家的考掘，如此相似！

克莉絲蒂寫得最好的，正是「藏在日常中的冒險」。她個性中的雙面成分，造就了特殊的偵探魅力。既嚮往非常傳奇，卻又有根深柢固的日常邏輯信念，兩者都在克莉絲蒂的小說中扮演了重要角色。她的謀殺案幾乎都和日常習慣緊密編織在一起，日常環境成了凶手最重要的掩護。有些日常規律明顯地被破壞了，讓我們很自然以為那會是謀殺的線索，沿著這些線索形成了閱讀中的推理猜測，然而白羅早就提醒了，真正重要的反而是那些「細節」，也就是看來像是依隨日常邏輯進行的事，或說藏在日常邏輯中因而不被看重的事，那裡要嘛藏著凶手的核心詭計、煙幕，要嘛藏著凶手致命的破綻。

凶案的構想，就是如何讓異常蓋上日常、正常的面貌，又如何故意將日常、正常予以扭曲，製造假象；那麼偵探要做的，就是如何準確地在日常中分辨出真正的異常，將假的、明顯的異常撥開來，找出細節堆疊起來的異常真相。

此外，克莉絲蒂的小說裡隱藏著極其曖昧的情感價值觀，最典型、最有名的就是《東方快車謀殺案》。透過追查過程，讓讀者知道為什麼凶手要訴諸於這種手段，其動機具有可同情之處，再加上克莉絲蒂對身分階級的觀察，她比較相信或讓讀者相信那些沒有權力、地位的人，隨著偵查節奏去認識可能或必須懷疑的人。克莉絲蒂最擅長營造「多重嫌疑犯」的小說特質，因為讀者在閱讀時必須被迫去認識很多不一樣的人。在她最受歡迎的作品，大概都具備這樣的特質。

當然，她的作品中還有兩個最突出的神探，即白羅和瑪波。白羅是比利時人，但為什麼必須是外國人？這是因為英國人具有高度階級意識，這種觀念一路滲透到所有互動細節，包括人與人之間如何說話。而白羅因為不是英國人，他會發現一般英國人不太看得出來的東西，以及兩個人互動的方法哪裡不正常。至於瑪波為什麼得是老太太？她一如那個年代的老人家，總是靜靜坐著打毛線，因為不起眼，自然讓人放鬆防備，所以瑪波探案的線索都是來自於這樣的互動模式。

然而，白羅有很明顯的優勢，瑪波的身分使她基本上只能進行「靜態」的辦案，案子的空間受到侷限，白羅卻可以跨越各種空間，恣意揮灑。而且白羅擁有警官身分，可以合理出現在各種犯罪現場，瑪波能出現的地方，相形之下就勉強、不自然多了。白羅是明白的outsider，在英國，只要他出現，就會覺得有外人在而感到緊張，於是很容易露出平常不會表現的行為；瑪波則看起來是insider，但實質上是outsider，因為總是沒人發現她、當她空氣人。這兩人的探案，是兩個極端。雖然讀者最愛白羅，但克莉絲蒂自己偏愛瑪波勝於白羅。

不管後來的偵探、推理小說發展了多少巧妙詭計，克莉絲蒂卻不會過時，因為她的推理如此密切地和日常纏繞在一起；活在日常中，我們就無可避免被克莉絲蒂的「日常細節推理」吸引，隨時讀來都充滿驚奇趣味。

名家盛讚克莉絲蒂（依推薦時間排序）

金庸（作家）

克莉絲蒂的寫作功力一流，內容寫實，邏輯性順暢，也很會運用語言的趣味。閱讀她的小說，在謎底沒有揭露之前，我會與作者鬥智，這種過程非常令人享受。其作品的高明之處在於：布局的巧妙完全意想不到，而謎底揭穿時又十分合理，讓人不得不信服。

詹宏志（作家、PChome網路家庭董事長）

推理小說在從先輩柯南．道爾等人的發明中出現力量時，誕生了一位《天方夜譚》故事中每天說故事說個不停的王妃薛斐拉．柴德，也就是「謀殺天后」克莉絲蒂，整個世界對聽這些故事才有如此的熱情。他們捨不得睡覺，每天問後來還有嗎、還有嗎，永遠不肯離去，這就是克莉絲蒂對推理小說的最大貢獻。

可樂王（藝術家）

所謂「克莉絲蒂式」的推理小說，就是一場和一個天才的寫作者或高明的恐怖份子在紙上捕掠捉殺的戰事。即便是一列火車、一處飯店或一間酒吧，在克莉絲蒂寫來皆充滿神祕和猜謎。在人生適合的下午裡，我總是一面嚼著口香糖，一面跟著矮子偵探白羅穿梭謀殺現場，克莉絲蒂的推理作品無疑是推理世界中最充滿「魔術性」的小說。

吳若權（作家、節目主持人）

我從小就對推理小說情有獨鍾，克莉絲蒂一系列的作品尤其令我愛不釋手。多年來，閱讀推理小說的經驗讓我覺悟：讀者在文字情節中推展開來的驚嘆，不只是因緣於故事的本身，而是自我性格的投射。從這個觀點來看克莉絲蒂一系列的作品，她簡直就是洞徹人性的算命師。而讀者，在她的文字中，發現了自己無可奉告的命運。

藍祖蔚（國家電影及視聽文化中心董事長）

做過藥劑師，難免懂得毒藥；嫁給考古學家，難免也就嫻熟文明的神祕；再加上曾經失蹤九天，一切不復記憶的離奇經驗，的確提供了寫作靈感，但若少了想像力，那些片羽靈光縱使辛辣如辣椒，卻不足以成菜。

推理小說重布局、重人物描寫，克莉絲蒂最厲害的卻是犀利的人性觀察，她一手創造的白羅探長，潔癖個性完全和她相反，更將她所憎厭的人格特質集於一身，殊不知，唯有不對著鏡子寫作，才能夠跳出框架與制式反應，開闢無限寬廣的新世界，建構多面向的詭異迷宮。

看完她的小說，你只會更加訝異，到底是什麼樣的心靈才能成就這般視野？

李家同（作家、前暨南大學校長）

克莉絲蒂的整體布局十分細膩，最後案情也都講解得非常詳細，回頭去看，在書中都找得到線索。故事的情節與內容也很好看，不是像一個流氓在街上被殺掉那麼單調。……看小說應該要花腦筋、要思考，從小就要養成思辨的能力，看她的小說，就是對邏輯思考能力極佳的訓練。

袁瓊瓊（作家）

雖然被公認是冷靜理性的謀殺天后，但是在理性之下，克莉絲蒂的底色依舊是感情。克莉絲蒂很明白，所有的慾望之後，都無非是某種愛情。在以性命相搏的犯罪世界裡，凶手以終結他人的性命來遂私欲，不過是為了成全自己的愛，或者是成全自己的恨。

鄧惠文（精神科醫師）

以推理小說作家而言，克莉絲蒂的風格相當獨樹一格。她的偵探在辦案時，靠的不光是科學證據的搜集，而是大量運用犯罪心理學，及對人性的深刻了解。例如在《五隻小豬之歌》中，白羅便是藉由聽取嫌疑犯訴說案情時所不自覺顯露的主觀意識及中心思想，而看出其中破綻，找出真凶。白羅是靠腦袋辦案，以心理層面去剖析案情，即使人們敘述的是同一件事，他可以聽出不同角色因出發點及看待角度不同所透露的情緒觀感，從而抽絲剝繭，還原事實真相。

克莉絲蒂所塑造的人物也生動且各具特色，不同個性所出現的情緒反應描寫，皆細膩而準確，讓讀者產生豐富的想像空間，一展卷便欲罷而不能。

吳曉樂（作家）

克莉絲蒂使用的語言平易近人，主要是以角色與情節的對應來斧鑿出故事的深度，堆疊出讓讀者回味的迂迴空間。而她筆下的角色往往性別、階級、性格、族群各異，塑造出多元又豐富的人物群像。

文學作品不問類型，若要流傳於世，最終仍得上溯至「人性」的理解與反思。而阿嘉莎・克莉絲蒂的作品中，我們可以看到人類屢屢得和自己的人生討價還價，或千方百計讓主觀意識與客觀條件達成某種程度的整合，讀者在重建人物的心理軌跡時，也見識到自身的是非成敗，我認為，這也是克莉絲蒂的作品能夠璀璨經年、暢銷不衰的主因。

許皓宜（心理學作家）

克莉絲蒂筆下的故事看似在談人性的醜惡，實則像一位披著小說家靈魂的心靈引導者，用她的文字訴說著人們得不到「愛」時的痛苦。於是在故事終了的剎那，你不得不對人生多了幾分「看透感」：原來，我們心裡的那些痛苦、報復與自我折磨的慾望，不是因為「憤恨」，而是起於對「愛的失落」。這或許是我們在情感世界中最珍貴且深刻的一種覺察了。

推理小說荒謬驚悚嗎？不，它其實很寫實。它幫我們說出心裡的苦、怨、醜陋的慾望，於是，我們可以重新學習愛了。

一頁華爾滋 Kristin（影評人）

從有記憶以來，閱讀克莉絲蒂最迷人之處往往不在真正的凶手是誰，而是在於「Why」（為什麼）與「How」（如何進行），在於人性與心理描摹的故事肌理。依循其書寫脈絡，會發覺不只是邏輯清晰、布局縝密、著重細節，她總能完美掌握敘事節奏，書中人物彷彿真實存在般鮮明躍然紙上，讀者情緒會隨精準文字保持流轉、跳動、收放，掩卷時並無太多真相水落石出的暢快，反倒淡淡的惆悵化為餘韻襲上心頭，原來還是種種意料之外，卻屬情理之中的人性盲目使然。私以為，那成就了克莉絲蒂的推理故事之所以無比迷人的主因之一。

冬陽（推理評論人）

雖然阿嘉莎．克莉絲蒂的作品並非我的推理閱讀啟蒙，卻是養成閱讀不輟的重要推手。首先，她無庸置疑是個說故事能手，打開我名為好奇的開關；其次是設計犯罪事件的巧妙多元，既日常又異常，凶手更是叫人意想不到。沒錯，我相信每個當讀者的都忍不住想破案，想早偵探一步識破詭計，或者像考試結束鈴響前一秒，瞎猜都要指著某個角色大喊「你就是犯人」！然後會忍不住作弊——不是翻到最後幾頁窺探真凶身分，而是往前翻查讓人起疑的段落、偵探顯然掌握重要線索的時刻，直到忍不住豎白旗投降，看神探（我知道啦，真正把我耍得團團轉的聰明人是作者）頭頭是道地分析我遺漏錯置的片片拼圖，終於看清真相全貌。這，就是偵探推理，我因此熟悉遊戲規則、沉醉在每一場迷人故事裡，成為這個類型書寫的俘虜，享受至今不疲的美好滋味。

石芳瑜（作家、永樂座書店店主）

布局細膩、處處留下線索，破案解說詳細，說明了這位安靜、害羞的推理小說女王心思縝密，且充滿想像力。密室殺人，完美犯罪，《東方快車謀殺案》不愧為古典推理小說的經典。再加上神祕的東方色彩，隨著火車抵達的迫切時間感，連非推理小說迷都會神經拉緊，讀完大呼過癮。

家庭主婦缺少人生經驗？處女座的阿嘉莎．克莉絲蒂充分展現她過人的寫作天分，靠得是從小開始的閱讀，以及對偵探小說的著迷。三十歲寫下第一本偵探小說《史岱爾莊謀殺案》的克莉絲蒂，在那個時代並不能說是「早慧」，但寫作生涯五十五年中，共創作了八十部偵探小說，卻令人難以企及。這位害羞靦腆的小說女神，大概是相信只要有足夠的理由，每個人都有殺人的可能！

余小芳（暨南大學推理研究社指導老師、台灣推理作家協會常務理事）

學生時代加入推理社團，社課指定讀物便是經典作品《一個都不留》，成為我對克莉絲蒂的初步印象，自此沉浸於推理小說的世界。隔年寒假陪同學參與轉學考，在斜風細雨的走廊中，滿足讀完《東方快車謀殺案》。隨著歲月遠走，已昇華成趣味回憶。

踏入推理文學領域需要認識的作家，阿嘉莎．克莉絲蒂絕對名列其中，她的作品常有英國小鎮風光、莊園式的謀殺、設備豪華的交通工具等，還有特色鮮明的偵探活躍其中。書中少有血腥、暴力的橋段，布局巧妙且結構嚴密，手法純粹、知性，故事內容與人物性格融為一體，以高超的想像力結合說好故事的能耐，為推理小說開創新局面。克莉絲蒂推理全集重編改版，值得新舊讀者一起探索。

林怡辰（國小教師、教育部閱讀推手）

多年後，還是難忘第一次閱讀阿嘉莎・克莉絲蒂作品的感動和激動。

這套將近一世紀的作品，文筆流暢，邏輯縝密，過程中不斷與作者較量、猜出凶手，直到最後解答不禁佩服，蛛絲馬跡處處展現作者的精妙手法，於是又拿起另一部作品，再次沉溺在謀殺天后所編織的日常世界中的奇幻，無可自拔。犯罪動機和手法穿越時空限制，如今讀來合理且依舊令人感動，閱讀中趣味橫生，難怪成為後來諸多偵探小說的原型。

克莉絲蒂創作生涯中產出的八十部推理作品，至今多部躍上大銀幕，無怪乎被稱之為「經典」，喜愛推理偵探作品的人不可不讀，你會驚異於她在文字中施展的魔法！

張東君（推理評論家、科普作家）

我愛克莉絲蒂！這位在台灣有時會被稱為克奶奶的超級暢銷推理小說家，即使是自認沒讀過她的書的人，也都會在各種書籍或影視作品中看到對她致敬的片段。由於她喜歡旅行和冒險，那些經驗與體驗都成為書中的場景，因此閱讀她的作品時，不只是雀躍地跟著偵探推理，也有了虛擬的旅行體驗。或者當成旅遊導覽書，在出發去尼羅河、去英國鄉間、去搭船搭火車時，就塞一本克奶奶的作品到隨身背包中。

我還是大學新生時，就聽學姐說她哥哥經常看克奶奶的小說，而且邊看邊狂笑。於是我跟著效仿，在某次搭飛機之前買了第一本小說當旅伴，不只看得超開心，看完後還到處找尋書中出現的那種有兜帽的斗篷，當成出門時的必備用品。克奶奶的作品是跨越文字、國界的。只要看過一本，就會不停地追下去。還好，真的是還好只有八十本。何況這次是全新校訂的紀念珍藏版，當然不能錯過！

發光小魚（**呂湘瑜**）（文史作家、助理教授）

一部好的偵探小說，除了情節設計巧妙之外，還需要洞悉人性，如此方能合理地交代人物的言行舉止與動機。阿嘉莎．克莉絲蒂便是其中翹楚，她的作品不管是偵探、愛情小說或戲劇，必要元素都是謎題與人性。在寧靜無波的場景下暗潮洶湧，永遠都有意料之外，讀者的情緒也會隨著劇情的進行起伏糾結。克莉絲蒂觀察到時代的變化，將犯罪心理融入作品中，於是，看她的小說不只能得到解謎的快樂，同時對人性也能夠有所省思。

此外，克莉絲蒂豐富的人生歷練及旅行經歷，例如一九二二年的環球之旅、居住過也旅行過的巴黎和埃及，甚至是追隨考古學家丈夫前往的中東，都讓她的小說讀來更加充滿異國情調。如果你也愛旅行，不如就讓我們一同搭上那一班南法的藍色列車，或由伊斯坦堡出發的東方快車，跟著白羅鑽進一樁奇案，一嘗旅程中破解謎題的快感吧。

盧郁佳（作家）

國小時，家裡買了一套阿嘉莎．克莉絲蒂全集，從此成了我的毒品，在白癡課本將我的腦袋啃囓成海綿般空洞時，撫慰受創的心靈，那時我仍對人心險惡一無所知。

數學課教你列算式，樂趣遠不如克莉絲蒂教你住宅平面圖、偷換時序的密室魔術，你從庭園長窗進房間，我從房門直通鄰房，他從走廊進房……從而學會故事是建構邏輯。她文風多變，時而《四大天王》中讓神探白羅向助手海斯汀大賣關子，眉頭緊皺，山雨欲來，預示天翻地覆，只能靠他拯救世界；時而用維吉尼亞．吳爾芙《自己的房間》中俏皮的語言，讓貧苦村姑安妮在《褐衣男子》中回憶南非出生入死的冒險，竟源於她耽讀村裡圖書館爛舊的冒險愛情小說，還有戲院每週末放映〈帕米拉歷險記〉，帕米拉每集從飛機跳落高空、搭潛艇、爬上摩天大樓，每次被黑幫老大抓到總不一刀斃命，卻老要用瓦斯毒死她，暗示續集又會逃出生天。

長大才發現，克莉絲蒂小說就是我的〈帕米拉歷險記〉：它以歌劇般輝煌龐大的天真陰謀、精細的人際觀察（一句話重音放在哪個字、從膝蓋鑑定女人的年齡等），召喚年輕讀者抱持浪漫精神投入未知的壯遊，瘋魔、衝撞、冒犯，傷痕累累毫無懼色。正如瓦斯在冒險片中太多、現實中卻太少；陰謀在現實中沒有克莉絲蒂寫得那麼複雜，但她刻畫的心理卻是現實中解謎的試金石。

賴以威（臺灣師範大學電機系副教授）

或許可以為經典下幾個定義：該領域的愛好者更都讀過；不是這個領域的愛好者，許多人也都聽過；影響後續的作品，在很多著作中都可以看到它的影子；值得反覆再三閱讀，每隔一陣子再讀都可以獲得閱讀的樂趣，有更多的體悟。我永遠記得第一次讀《東方快車謀殺案》時，被那宛如嚴謹設計數學謎題的鋪陳、推進給深深吸引、震撼。從這幾個角度來說，克莉絲蒂的推理小說被稱之為「經典」，可說是當之無愧。

謝哲青（作家、旅行家、知名節目主持人）

克莉絲蒂小說的魅力在於透過每個角色的對白，藉由不斷的說話來表現人物的個性，以彰顯其人格特質中一些無法被忽略的事實。我們從他們的言語、講話的過程和字裡行間，竟然就能知道誰是凶手。

我從克莉絲蒂的小說學到很多，除了推理小說有趣的事實之外，最重要的是，我在工作的職場跟人應對的時候，如何從語言和對話裡去捕捉某些隱而不顯的事實。許多人們欲蓋彌彰的東西，無論心事也好、祕密也好，克莉絲蒂都會用文學的手法，讓你理解語言的奧妙和魅力。

克莉絲蒂的書寫會讓你覺得彷彿自己也在現場，你可以從聽到的對話當中，學會如何理解人心的一些小技巧，這是小說家最出色、最偉大的地方。我們必須學習傾聽別人說話——這些人講話是真誠的嗎？他想要跟你分享什麼資訊？這些資訊可靠嗎？——這是我在閱讀推理小說時，最大的收穫和理解。

阿嘉莎·克莉絲蒂大事記

1890		• 九月十五日出生於英格蘭德文郡托基鎮。
1894	4 歲	• 開始在家自學，父母親、姐姐教導閱讀、寫作、算術和彈鋼琴。
1895	5 歲	• 家中經濟走下坡，舉家搬至法國，學會流利的法語。
1905	15 歲	• 在巴黎寄宿學校學鋼琴和聲樂，但生性極度害羞，未成為職業鋼琴家，最終回到英國。
1907	17 歲	• 陪同母親前往埃及調養身體，對社交活動充滿興趣，但尚未對日後感興趣的埃及古物點燃熱情。 • 回英國後繼續寫作、參與業餘戲劇表演。
1908	18 歲	• 寫出第一篇短篇小說〈麗人之屋〉，同時也寫出第一部愛情小說《白雪黃漠》，以筆名向出版社投稿，但屢遭退稿。
1912	22 歲	• 與英國皇家軍官亞契·克莉絲蒂（Archibald Christie）熱戀。 • 八月爆發第一次世界大戰，亞契奉派到法國作戰。
1914	24 歲	• 耶誕夜結婚，亞契隨即返回戰場。克莉絲蒂參與紅十字會工作，在醫院擔任護士和藥劑師，因此對藥理和毒物非常熟悉，造就後來多部推理小說情節都以毒藥殺人。
1916	26 歲	• 開始嘗試寫推理小說，寫出第一部小說《史岱爾莊謀殺案》，主角偵探赫丘勒·白羅的靈感，來自於大戰期間英國鄉間的比利時難民營。本書歷經數家出版社退稿後，終獲柏德雷·海德（The Bodley Head）圖書公司的出版機會，之後並簽下另五本小說的合約。
1919	29 歲	• 前一年亞契返回英國，八月生下女兒露莎琳。

1920	30 歲	• 出版《史岱爾莊謀殺案》。
1922	32 歲	• 出版第二部小說《隱身魔鬼》，主角是夫妻檔偵探湯米和陶品絲。 • 與亞契至南非、澳洲、紐西蘭、夏威夷和加拿大等國旅行十個月，在南非得到《褐衣男子》的靈感。
1923	33 歲	• 三月出版第三部小說《高爾夫球場命案》，白羅再度登場。
1926	36 歲	• 四月母親過世，克莉絲蒂陷入憂鬱。 • 六月在「威廉 · 柯林斯父子出版社」出版《羅傑艾克洛命案》。 • 八月亞契因外遇提出離婚，十二月初一次爭吵後，克莉絲蒂離家棄車失蹤，消息登上全國新聞。
1927	37 歲	• 一月在悲痛心情中寫出《藍色列車之謎》，第一次創造出聖瑪莉米德村，即後來瑪波小姐居住的村子。 • 分居期間在雜誌刊登以白羅為主角的短篇小說，後來集結出版《四大天王》。 • 十二月在雜誌刊登短篇小說〈週二夜間俱樂部〉，瑪波小姐初登場，後來收錄在一九三二年出版的短篇小說集《十三個難題》。
1928	38 歲	• 十月正式離婚，仍保留「克莉絲蒂」姓氏。 • 秋天搭乘「東方快車」前往土耳其的伊斯坦堡，再轉往伊拉克首都巴格達，參觀考古現場烏爾，認識考古學家伍利夫婦（Leonard and Katharine Woolley）。
1930	40 歲	• 二月應伍利夫婦之邀再訪烏爾，認識考古學家麥克斯 · 馬龍（Max Mallowan），九月於英國愛丁堡結婚。這段婚姻開啟克莉絲蒂旺盛的創作生涯，兩人到中東考古現場的旅行為許多作品帶來靈感。

		• 婚後克莉絲蒂開始維持固定的寫作行程。十月出版《牧師公館謀殺案》，是第一部以瑪波小姐為主角的小說。 • 出版第一部以「瑪麗．魏斯麥珂特」（Mary Westmacott）為筆名的《撒旦的情歌》，並陸續發表了五部非犯罪小說。
1932	42歲	• 出版《危機四伏》。
1934	44歲	• 出版《東方快車謀殺案》，是白羅海外辦案三部曲之一，故事靈感來自中東的旅行經歷。一九七四年第一次改編成電影大獲好評。
1936	46歲	• 出版《美索不達米亞驚魂》，白羅海外辦案三部曲之二。
1937	47歲	• 出版《尼羅河謀殺案》，白羅海外辦案三部曲之三，故事背景是年輕時與母親同遊的埃及。一九七八年第一次改編成電影大受歡迎。
1939	49歲	• 二次大戰期間，克莉絲蒂在大學學院醫院擔任義務藥師，學習到最新的毒藥知識，對於推理小說寫作大有助益。 • 出版《一個都不留》，是克莉絲蒂最著名作品之一。
1941	51歲	• 出版《密碼》，呈現出克莉絲蒂對戰爭的看法。 • 出版《豔陽下的謀殺案》。
1942	52歲	• 出版《藏書室的陌生人》、《五隻小豬之歌》等名作。
1944	54歲	• 以「瑪麗．魏斯麥珂特」為筆名出版第三部作品《幸福假面》，被美國書評人發現是克莉絲蒂的作品，讓她從此失去匿名創作的自在樂趣。

1950 60歲 • 獲選為皇家文學學會的會員。

1953 63歲 • 出版《葬禮變奏曲》。

1956 66歲 • 一月獲頒大英帝國爵級大十字勳章（GBE）。
• 十一月以「瑪麗・魏斯麥珂特」為筆名出版《愛的重量》，是這個筆名的最後一部作品。

1958 68歲 • 成為「偵探作家俱樂部」主席。

1960 70歲 • 馬龍獲頒大英帝國爵級大十字勳章。

1961 71歲 • 獲得艾克塞特大學頒發榮譽文學博士學位。

1968 78歲 • 馬龍獲封為爵士，克莉絲蒂亦被稱為馬龍爵士夫人。

1971 81歲 • 獲頒大英帝國爵級司令勳章（DBE），獲封為女爵士。

1973 83歲 • 出版最後一部創作《死亡暗道》，亦為湯米和陶品絲最後一次辦案。

1974 84歲 • 最後一次公開露面，出席電影《東方快車謀殺案》首映會。

1975 85歲 • 八月六日，白羅成為有史以來第一次在《紐約時報》頭版刊出訃聞的小說主角，宣傳九月即將出版的《謝幕》，這也是白羅最後一次辦案。

1976 86歲 • 一月十二日去世。
• 十月出版《死亡不長眠》，瑪波小姐的最後一次辦案。

克莉絲蒂推理原著出版年表

1920 史岱爾莊謀殺案 The Mysterious Affair at Styles（神探白羅系列）
1922 隱身魔鬼 The Secret Adversary（神探湯米＆陶品絲系列）
1923 高爾夫球場命案 The Murder on the Links（神探白羅系列）
1924 白羅出擊 Poirot Investigates（神探白羅系列）
1924 褐衣男子 The Man in the Brown Suit（神探雷斯上校系列）
1925 煙囪的祕密 The Secret of Chimneys（神探巴鬥主任系列）
1926 羅傑艾克洛命案 The Murder of Roger Ackroyd（神探白羅系列）
1927 四大天王 The Big Four（神探白羅系列）
1928 藍色列車之謎 The Mystery of the Blue Train（神探白羅系列）
1929 七鐘面 The Seven Dials Mystery（神探巴鬥主任系列）
1929 鴛鴦神探 Partners in Crime（神探湯米＆陶品絲系列）
1930 牧師公館謀殺案 The Murder at the Vicarage（神探瑪波系列）
1930 謎樣的鬼豔先生 The Mysterious Mr. Quin（神探鬼豔先生系列）
1931 西塔佛祕案 The Sittaford Mystery
1932 十三個難題 The Thirteen Problems（神探瑪波系列）
1932 危機四伏 Peril at End House（神探白羅系列）
1933 十三人的晚宴 Lord Edgware Dies（神探白羅系列）
1933 死亡之犬 The Hound of Death
1934 三幕悲劇 Three Act Tragedy（神探白羅系列）
1934 李斯特岱奇案 The Listerdale Mystery
1934 帕克潘調查簿 Parker Pyne Investigates（神探帕克潘系列）
1934 東方快車謀殺案 Murder on the Orient Express（神探白羅系列）
1934 為什麼不找伊文斯？ Why Didn't They Ask Evans?
1935 謀殺在雲端 Death in the Clouds（神探白羅系列）
1936 ABC 謀殺案 The A.B.C. Murders（神探白羅系列）
1936 底牌 Cards on the Table（神探白羅系列）
1936 美索不達米亞驚魂 Murder in Mesopotamia（神探白羅系列）

1937　巴石立花園街謀殺案 Murder in the Mews（神探白羅系列）
1937　尼羅河謀殺案 Death on the Nile（神探白羅系列）
1937　死無對證 Dumb Witness（神探白羅系列）
1938　白羅的聖誕假期 Hercule Poirot's Christmas（神探白羅系列）
1938　死亡約會 Appointment with Death（神探白羅系列）
1939　一個都不留 And Then There Were None
1939　殺人不難 Murder Is Easy/Easy to Kill（神探巴鬥主任系列）
1940　一，二，縫好鞋釦 One, Two, Buckle My Shoe（神探白羅系列）
1940　絲柏的哀歌 Sad Cypress（神探白羅系列）
1941　密碼 N Or M?（神探湯米＆陶品絲系列）
1941　豔陽下的謀殺案 Evil Under the Sun（神探白羅系列）
1942　五隻小豬之歌 Five Little Pigs（神探白羅系列）
1942　藏書室的陌生人 The Body in the Library（神探瑪波系列）
1943　幕後黑手 The Moving Finger（神探瑪波系列）
1944　本末倒置 Towards Zero（神探巴鬥主任系列）
1945　死亡終有時 Death Comes as the End
1945　魂縈舊恨 Remembered Death（神探雷斯上校系列）
1946　池邊的幻影 The Hollow（神探白羅系列）
1947　赫丘勒的十二道任務 The Labours of Hercules（神探白羅系列）
1948　順水推舟 Taken at the Flood（神探白羅系列）
1949　畸屋 Crooked House
1950　謀殺啟事 A Murder Is Announced（神探瑪波系列）
1951　巴格達風雲 They Came to Baghdad
1952　殺手魔術 They Do It with Mirrors（神探瑪波系列）
1952　麥金堤太太之死 Mrs. McGinty's Dead（神探白羅系列）
1953　黑麥滿口袋 A Pocket Full of Rye（神探瑪波系列）
1953　葬禮變奏曲 After the Funeral（神探白羅系列）

1954　未知的旅途 Destination Unknown
1955　國際學舍謀殺案 Hickory, Dickory, Dock（神探白羅系列）
1956　弄假成真 Dead Man's Folly（神探白羅系列）
1957　殺人一瞬間 4:50 from Paddington（神探瑪波系列）
1958　無辜者的試煉 Ordeal by Innocence
1959　鴿群裡的貓 Cat Among the Pigeons（神探白羅系列）
1960　哪個聖誕布丁？ The Adventure of the Christmas Pudding（神探白羅系列）
1961　白馬酒館 The Pale Horse
1962　破鏡謀殺案 The Mirror Crack'd from Side to Side（神探瑪波系列）
1963　怪鐘 The Clocks（神探白羅系列）
1964　加勒比海疑雲 A Caribbean Mystery（神探瑪波系列）
1965　柏翠門旅館 At Bertram's Hotel（神探瑪波系列）
1966　第三個單身女郎 Third Girl（神探白羅系列）
1967　無盡的夜 Endless Night
1968　顫刺的預兆 By the Pricking of My Thumbs（神探湯米＆陶品絲系列）
1969　萬聖節派對 Hallowe'en Party（神探白羅系列）
1970　法蘭克福機場怪客 Passengers to Frankfurt
1971　復仇女神 Nemesis（神探瑪波系列）
1972　問大象去吧！ Elephants Can Remember（神探白羅系列）
1973　死亡暗道 Postern of Fate（神探湯米＆陶品絲系列）
1974　白羅的初期探案 Poirot's Early Cases（神探白羅系列）
1975　謝幕 Curtain: Hercule Poirot's Last Case（神探白羅系列）
1976　死亡不長眠 Sleeping Murder（神探瑪波系列）
1979　瑪波小姐的完結篇 Miss Marple's Final Cases（神探瑪波系列）
1991　情牽波倫沙 Problem at Pollensa Bay
1997　殘光夜影 While the Light Lasts

國家圖書館出版品預行編目（CIP）資料

麥金堤太太之死 / 阿嘉莎．克莉絲蒂（Agatha Christie）著 ; 刁克利譯. -- 二版. -- 臺北市 : 遠流出版事業股份有限公司, 2022.10
面； 公分. -- (克莉絲蒂繁體中文版20週年紀念珍藏 ; 11)
譯自 : Mrs. McGinty's dead.
ISBN 978-957-32-9739-0(平裝)

873.57 111013851

克莉絲蒂繁體中文版 20 週年紀念珍藏 11

麥金堤太太之死

作者 / 阿嘉莎．克莉絲蒂
譯者 / 刁克利

主編 / 陳懿文、余式恕　校對 / 呂佳真
封面、內頁設計 / 謝佳穎　排版 / 連紫吟、曹任華
行銷企劃 / 舒意雯　出版一部總編輯暨總監 / 王明雪

發行人 / 王榮文
出版發行 / 遠流出版事業股份有限公司
地址 / 104005臺北市中山北路一段11號13樓
電話 / (02)2571-0297　傳眞 / (02)2571-0197　郵撥 / 0189456-1
著作權顧問 / 蕭雄淋律師

2002年5月1日 初版一刷
2022年10月1日 二版一刷
定價 / 新臺幣380元 (缺頁或破損的書，請寄回更換)

ISBN 978-957-32-9739-0

遠流博識網 http://www.ylib.com E-mail: ylib@ylib.com
遠流粉絲團 https://www.facebook.com/ylibfans

www.agathachristie.com